juvenation couple 01

回春冤家

✿ 個性：愛恨分明、灑脫不羈、重義氣，偏偏面對陳昭時有點傻。

組成成分

武力值	90%
男友力	100%↑ 破表!∞
賣萌	50%
智力	20%
顏值	70%

沈桀

陳國一品大將軍。
趙真的義弟。

年齡40歲。

✿ 個性：鐵血男兒，威武不能屈的領袖風範。

組成成分

武力值	100%↑ 破表!∞
男友力	50%
賣萌	0%
智力	60%
顏值	50%

✿ 個性：仙風道骨慈悲溫和，實則腹黑霸道有些毒辣，喜愛挖坑給趙真跳。

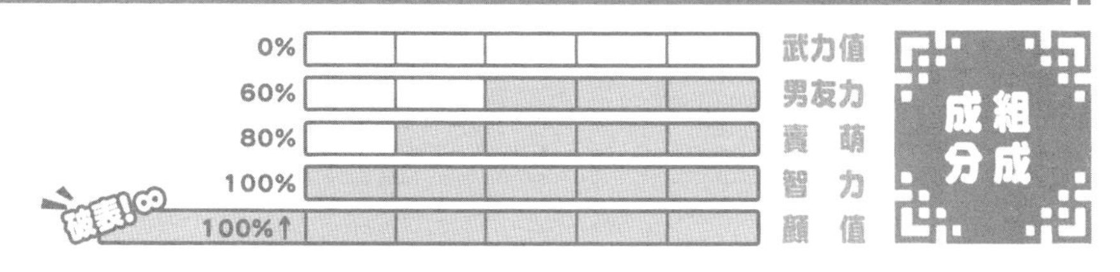

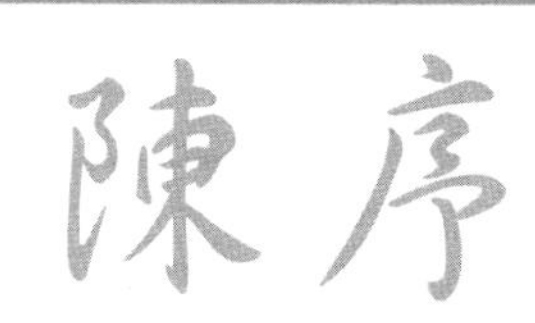

陳國太子。
趙真和陳昭的孫子。
年齡4歲。

✿ 個性：活潑聰穎，慣會賣萌。

組成成分

武力值	0%
金貴度	100%
賣萌	破表!∞ 100%↑
智力	70%
顏值	80%

目次 Contents

第一章

太上皇與太上皇后「賓天」？

京郊岷山有一名勝，便是臥龍寺，是陳國香火最旺的寺院，每到這個時節山頂霧氣繚繞，巍峨的寺院隱在霧靄中，如仙境一般。若是平日，上山的路早就被燒香拜佛的民眾堵得水洩不通了，今日卻有重兵把守在層層關口，上山的路杳無人煙。

相比寺外的寧靜，寺中除了僧人，還多了許多宮女和太監，祭壇下方也站滿了身著朝服的大臣。

陳國祭天大典本是三年一次，由天子主持，在天壇舉行，今年卻是例外。

全因國師溫離言：「天降異象，於吾陳國或有不利，須太上皇與太上皇后到臥龍寺祭天才可化解，保陳國後世無憂。」

天未亮便被折騰起來梳洗打扮的太上皇后趙真對此只有兩個字的評價：狗屁！

這太上皇后趙真可謂陳國一個傳奇，她娘家趙家自先祖時期就為陳國打天下，滿門忠烈。其父齊國公更是立下戰功無數，其母鍾氏也是一位巾幗女傑。

鍾氏懷胎九月仍上陣殺敵，不幸被敵軍困在渠山數月，誕下了趙真。

據聞，齊國公尋到妻子時，妻子已奄奄一息，而不過才兩個月大的趙真竟被一隻老虎從山洞裡叼了出來。趙真自此便與那老虎為伴，野性難馴，後來七、八歲之際便與其父一同上了戰場，小小年紀已是威名赫赫、戰功在身。

當時的康平帝對她是極為喜愛的，喜愛到許她及笄時在六個皇子裡隨意挑選，臣子之女甄選皇子可謂是前無古人了。

她當年便選了資質平平的六皇子，也就是如今的太上皇。坊間至今還有傳言，若不是當年趙真選了太上皇，怕是太上皇坐不上帝王的位置。

這話雖大逆不道，但卻有幾分準頭。

趙真嫁人以後仍為國效力，太上皇便隨妻出征，賺了不少軍功，又因隨軍在外逃過了京中奪嫡之亂的紛爭，京中的皇子死的死、貶的貶，唯他獨善其身，得以被先帝立為太子。轉年先帝仙逝，他便繼了位，接手了內憂外患的朝堂，且當年西蠻趁亂來犯時，趙真雖登頂后位卻仍請命帶兵出征，征戰數年凱旋而歸，從此天下太平。

試問，趙真這般刀尖舔血之人又如何會迷信這些？

「娘娘，您一會兒一定要謹言慎行，切莫在大典上率性而為啊。」

臨出門，伺候了太上皇后三十多年的張嬤嬤還是不放心的再囑咐了一遍。旁人都道他們這位太上皇后巾幗女傑、身懷大義，可他們這些身邊伺候的下人才知道太上皇后簡直就是任性的代名詞，她的罪狀從現在說起到明年的今日都說不完。

趙真聞言，不屑的擺了擺手，再扶了下頭頂沉重的鳳冠，表情已是非常不滿，「知道了，囉嗦。」

張嬤嬤依舊是不放心的再囉嗦一句：「見到太上皇也要保持微笑啊，娘娘。」

再聞趙真已是不耐，即便穿著繁複的鳳袍仍是闊步前行，將一干人等落在後面，完全不像個年過半百的婦人。

張嬤嬤趕緊叫人跟上，心中暗嘆：太上皇后又任性了。

到了祭壇，趙真才遇上太上皇陳昭的儀仗隊。

陳昭因為常年吃齋唸佛並未發福，雖是半百的年紀仍身姿挺拔，穿著那身龍袍更是英挺不

凡。自他禪位以來便常著清修的白袍，趙真已經鮮少見他穿得如此隆重，如今一看難免有幾分驚豔。

趙真摸了摸自己臉上厚重的粉，感覺走一步粉都能撲撲往下掉，暗嘆歲月不公：小白臉還是那個小白臉，我卻要塗脂抹粉了。

陳昭轉過頭，瞧見盛裝打扮的趙真，微微一笑向她伸出手，然而眼底卻一片清冷，整個人有一種要升仙的淡然和脫俗。

趙真在心裡不屑的哼了聲，面上也帶著皮笑肉不笑的笑容，把手放在他的掌心之中，卻暗自使力，想從他那張禮數周全的臉上看出點別的來。可惜陳昭已經練就的很能忍了，從眉梢到脣角並無任何變化，相比之下倒讓趙真覺得自己幼稚起來，便收了力氣，手乖順的被他握在掌心裡。

陳昭用餘光瞄了她一眼，脣角微勾，邁上祭壇。

如此，帝后相攜，在百官跪拜下步步走上祭壇，一副琴瑟和鳴的樣子實在是唬人。

祭天的流程冗長而繁複，日頭正高之時，雲霧已散去，趙真看著階下黑壓壓的人，聽著僧人誦讀的經文，便有些倦了。自天下太平、戰事消弭之後，她已經很久沒起得這麼早了。

唉，歲月不饒人，她也是老了，這麼快就倦了。

忍不住想抬手打個哈欠，旁邊的陳昭卻如摸透她的性子一般，在袖下適時按住她的手，用只有兩個人才能聽到的聲音道：「儀態。」

趙真轉頭看向他，他目視前方，神情肅穆，也不知是怎麼看到她想打哈欠的。

曾幾何時，她還嫌棄他的底子薄、身子弱，如今卻比她精氣神更足了，她可不想老了還輸給他，便將腰桿挺得筆直，臉上再無倦怠。

也不知是不是錯覺，她竟聽到他在旁邊輕呵一聲，轉頭再看時，他仍是一臉肅穆。

——怪了。

誦經的聲音停歇後，由太上皇誦讀祝文，聲音琅琅，中氣十足，趙真臉上掛著得體的笑容站在他身旁，都覺得震耳朵。

自他禪位以後，身體是比以前要好了，莫非吃齋唸佛真的能延年益壽？

正出神，天空突然一道驚雷落下，「轟隆隆！」

陳昭誦讀的聲音停滯下來，眾人皆仰頭望去，頭頂的蒼穹仍是晴空萬里，只是白雲裡透出了詭異的霞光，五彩繽紛耀眼得很；緊接著又是一道驚雷，似是劈在了離臥龍寺不遠的地方，刺目的閃電讓人睜不開眼。

階下的國師快步走上祭壇，手中捏著念珠，眉宇間隱有不安，揚聲道：「快送太上皇與太上皇后去大殿！」

祭壇四周頓時亂成一團，即便在沙場上征戰多年的趙真都有些慌了：這是怎麼了？莫非還真天降異象不成？

正愣著，不知是誰抓住她的手腕，要將她往祭壇下拉。

趙真轉頭看過去，是陳昭。他面上也是緊張之色，但是趙真還沒來得及開口，只覺得頭頂一麻，她便沒了知覺。

一道刺目的白光照在了祭壇上，讓眾人睜不開眼睛，待刺目的白光漸漸消失後，迎來了七彩霞光，照射在祭壇之上，美不勝收。

等霞光消失，眾人才發現本該在祭壇上的太上皇與太上皇后不見了蹤影！

寺中頓時大亂，到處尋人。

翌日天子親臨，帶著禁軍搜尋數日無果，眾人這才大驚，太上皇與太上皇后就這麼在眾目睽睽之下憑空消失了……

※◎※　※◎※　※◎※

趙真是從嘩嘩的水聲中醒來的，她睜開眼睛，眼前是波瀾壯闊的瀑布，湍急的水流拍打在水中，四周都瀰漫著濃重的水霧，讓她有種置身夢境的錯覺。

她緩緩爬起來，只覺得身上有千斤重，這才發現自己大半個身子泡在了水裡，豔色的鳳袍被水泡成了暗色，本就繁複的袍子不知道裡裡外外吸進了多少水，難怪會重。

——這是何處？發生了何事？

趙真揉揉有些發痛的額角，這才憶起自己正與太上皇陳昭主持祭天大典，卻突地烏雲蔽日，砸下幾道驚雷，最後一道似乎就在近前，她只記得看到陳昭不安的臉，便沒了記憶。

環顧四周，她似是在山間，眼前的瀑布從斷崖流下，仰頭看去一片氤氳，頭頂的斷崖竟望不到頭，不知道自己在多深的地方。

她怎麼也想不起來自己為什麼會到這裡來，莫不是還在夢中？

她彎腰掬了把冰涼的水洗臉，再睜眼時還是山間，她愣了一會兒，水面的波紋漸漸蕩開，再看時平滑如鏡，水中倒映出自己的臉，她嚇了一大跳，忙摸上自己的面頰。

觸手所及，竟是柔滑細嫩如玉一般，再看自己的手，纖纖玉手、骨節修長，摸上去細滑如綢，沒有她練武多年留下的厚繭和傷疤，也沒有變粗畸形的骨節，是一雙白璧無瑕的手。

她不可思議的再看了眼水中的自己，水中女子不過二八年華，真是花骨朵一般的年紀，眉眼肖她，卻又不似她——她年少之時，因為常年風吹日曬，是沒有這般白淨柔美的，總帶著一股男子的粗獷。

可看看自己的衣服，還是那身鳳袍，只是少女的身子讓穿著變得寬大了些，頭上的鳳冠都還在，雖然有些不可思議，但她再三確認，連腰上的胎記都看了，才驚覺自己變年輕了，而且比年少時好看，身上陳舊的傷疤也盡數不見，乾淨的像白瓷一般。

虧得她見慣了大事，很快鎮定下來，環顧一圈四周，除了她並無人煙。

——陳昭去哪裡了？他當時不是抓著我嗎？

想起陳昭，趙真倒是有些意外，沒想到他那個時候還記得抓著她，是因為害怕，還是因為念著她？

想著，趙真不禁嗤笑一聲，是怕吧。

坊間都說帝后深情，太上皇更是百年難得一見的專情帝王，因只鍾情她一人，便荒廢後宮不納嬪妃，也不讓宮人侍寢，日日與她同起同居，恩愛非常。

旁人不知真相，趙真卻是一清二楚的。早年他還不是皇帝的時候，她的性子是霸道了些，不允他身邊有別的女人，可後來他登基為帝，又怎麼是她能管得了的？再者說天子的後宮向來有制衡朝堂的作用，又豈能荒廢？

就連趙真自己都迫於外朝的壓力，做樣子勸過陳昭納妃，但陳昭仍是不納嬪妃，更是廢除

了三年一次的選秀，日日到她殿中安歇，雖很少做些什麼，卻一日不落。

起初她也覺得古怪，甚至痴想他是真的鍾情於她，後來漸漸才明白這不過是他把持朝政的手段而已。

一個曾經只能仰仗她而無半點權勢的皇子，在最終登基為帝，朝中的大臣都當他是一張白紙，誰都能擅自畫上一筆，各個野心勃勃，他又怎麼會讓這些人的女兒進宮，有在他身邊窺視的機會？

於是，她與陳昭明面上帝后深情，暗裡早就水火不容，互相都是看不順眼的，平日裡總要較勁，也就對著共同的敵人才會同仇敵愾。

不知陳昭現在身在何處，是還在當他的太上皇，或是如她一般變年輕了……

「咕咕。」

不知是多久沒進食了，腹中竟餓的叫了起來。眼下不是顧忌陳昭的時候，她總要先搞清楚自己身在何處、填飽肚子才是。

虧得她年少從戎，行軍之時難免露宿荒郊野外，生個火捉條魚不在話下。她很快尋來合適的枝木將火堆架起，烘烤身上濡溼的袍子，連帶烤隻魚果腹。

吐出口中的魚骨，趙真又環顧了一遍四周。天色將晚，這林中極靜，偶有幾聲獸鳴，她自己倒是沒什麼，若是陳昭也在林中，不知該如何熬過去……

遙想當年，陳昭隨她出征，不過在馬車裡顛簸了一路便上吐下瀉，臉色蒼白了好幾日才習慣，後來到了軍中，日子過得清苦，他總是生病，實在讓人費心……算了，想他做甚，說不定他還在宮中過著太上皇的閒適日子呢，現今沒了她應該是更快活吧。

吃飽喝足，趁著天色還沒黑透，她將衣物重新穿上，把扎眼的外袍和飾物盡數包裹起來，編了根麻繩把頭髮束起。

身體年輕了，功力也恢復了曾經的八成，趙真腳程很快，趁著天黑之前繞出了林子，這才發現竟是離岷山有兩日路程的遼山腳下。

遼山夏季涼爽，京中的許多達官貴人皆在這裡建別院，就連她娘家趙家都在這裡有一處別院，只是現在天已經黑透了，辨不清方向，她又不明京中情況，這副樣子貿然回去必然是不妥當的。

還好山腳下有一家守山人，她到院中草垛上歇了一夜。

臨到五更的時候趙真起身，前往風投鎮上的鬼市。

鬼市五更點燈，天亮的時候散市，買賣的都是一些上不得檯面的東西。趙真需要銀兩置辦衣物，但身上只有這些飾物值錢，宮中的東西不是凡物，到當鋪裡去當定會暴露身分，只能拿到鬼市上去賣，雖然價格會低不少，但她不在意這些。

將耳上的一對珠玉賣掉，換了身粗布衣衫和一些銀兩，趙真到鎮中打探消息。

古往今來，消息最靈通的地方便是官道上供過路人歇腳的茶攤，趙真要了壺茶坐下，果然周圍都在談論她的事。

「你們說這也是奇了，太上皇與太上皇后竟然在眾目睽睽之下消失了，還是駕著七彩祥雲消失的，說是飛昇成仙，哪裡有這麼奇的事情啊？」

「我聽說根本不是這麼回事，是一道雷劈下來連塊布料都沒剩下！」

趙真聽了一會兒，清楚了大概。她不過是睡了一覺，時間竟然距離臥龍寺祭天過去一個月有餘，起初眾人還當她和陳昭是失蹤，在尋了多日未果後，便昭告天下太上皇與太上皇后「賓天」了，昨日就已經抬著空棺下葬皇陵，怪不得她一路走來到處掛著白幡。

趙真抿了口茶，茶味澀苦，不知道是多少年的陳茶了，這要是以前，她是嚐不出來的。自她入宮以後，凡事講究，無論是著裝還是茶飲均是頂尖的，好是好，但她卻覺得沒有現下這般坐在路邊喝茶更為肆意。

她早年四處征戰，雖然苦卻自由，入了宮以後卻像翱翔九天的鷹被人生生斬斷了翅膀，困在那方寸之地裝腔作勢，消磨她骨子裡的野性，憋屈得很。

如今她年輕了回去，又從層層宮門走了出來，「賓天」便「賓天」吧！

她仰頭喝下整杯茶後站起來，微風捲著草香拂過她的面頰，她目光如炬，深吸口氣，頓時心曠神怡。

從此，山高海闊任我遊，她又是一個新的趙真！

邁著年少輕快的步伐，趙真踏上大路，打算好好遊覽一番大好的河山。

「踏、踏、踏。」

身後傳來一陣車馬奔馳的轟隆聲，她轉頭看了一眼側身躲開，一隊車馬呼嘯而過，馬上的人雖然穿著便裝，但趙真只消一眼便知道這些人都出自軍中，領頭的人還有些眼熟，待她看到馬車上的徽標後不自覺的一愣，這不是她趙家的馬車嗎？

——這麼急是去趙家別院嗎？

先歇下遊玩的心思，趙真跟著車隊去了趙家別院，但人腿畢竟跑不過馬腿，待她到了趙家別院的時候，車隊已經進去了，大門緊閉，不知道是回來了什麼人。

旁邊有人嘆了一聲：「唉，太上皇后這一去，齊國公又重病，看來這齊國公府怕是從此要沒落了……」

齊國公病重？她爹病重？趙真每個月都會回一次齊國公府，她爹雖然已是古稀之年，但身子硬朗得很，前幾日還去騎馬狩獵呢，怎麼會突然病重？

趙真湊上去問：「這齊國公怎麼會病重了？」

那人看她一眼，又嘆一聲：「這世間最痛苦的，莫過於白髮人送黑髮人……齊國公早年喪子，暮年又痛失愛女，自然是一下子病倒了。」

趙真聞言愧疚不已，怪她粗心，她知道自己沒死，可在她爹眼中卻是痛失愛女，定是傷心難過。

她爹如今只有她這一個親生骨肉，趙煥是她同胞弟弟趙琛死後從堂叔那裡過繼來的嗣子，哪裡能和她相比？先前她貴為太上皇后，不能在父親膝前侍奉，如今恢復自由之身，自然不能只顧著自己享樂。

——這大好的河山，還是來日再去遊覽吧……

不知父親病得如何，趙真心急如焚，天剛黑便混進了齊國公府，她對自家別院本就熟悉，功夫遠在這些護院之上，不費吹灰之力潛進了她爹的臥房，將伺候的丫鬟打暈放到了外間。

趙真走到床前，於她來說只是幾日不見的父親瘦了一大圈，緊闔雙目，粗喘著氣，竟真的是一副病重的樣子。

她頓時又悲又怒：好你個趙煥，齊國公府將你養大，父親病成這般模樣，你卻將人送到別

院休養，就打發幾個下人伺候？好！真好！

許是父女連心，感受到她的怒氣，床上的齊國公緩緩睜開了眼睛，見到站在床頭的趙真沒驚沒叫，一副茫然的神情，看了一會兒突地流下淚來，「我的真兒啊，是妳來接爹爹了嗎？真兒啊……」說著便向她抬起了手。

趙真忙跪下，握住齊國公的手，曾經蒼勁有力的手掌，如今卻如枯木一般，她一時間也紅了眼，「爹，我是真兒，我沒死，您好好看看我。」說著雙手搓了搓他的掌心，「您摸摸我的手是不是暖的？」

許是方才以為自己在夢裡，這會兒感受到掌心的溫暖，齊國公突地瞪大眼睛坐起來，相比方才奄奄一息的樣子，此刻精氣神足了不少。

「天……我的天爺爺呦，竟然真是個人！還以為陰曹地府的水土養人把我的真兒變好看了呢……」說了這一大串，齊國公才意識到自己房中是真的莫名多了個活人，終於擺出戒備的樣子道：「妳……妳是誰？」

方才還沉痛的心情因為她爹這般反應一掃而光，趙真收回手站起身，年少的臉多了些許這個年紀不該有的威嚴，「爹，我是真兒，我沒死，而是變年輕了，雖然這事情說起來有點不可思議，但我確確實實變年輕了。」

齊國公愣愣的看著她，眼前的小姑娘確實和她女兒十分相像，可他女兒這個年紀的時候粗糙的和一個野小子無二，哪裡會是眼前這姑娘娉婷的樣子？莫不是在做夢？他猛地打了下自己的臉，痛得牙齦都酸了。

趙真無奈的嘆了口氣，忙伸手攔住他，「爹！您沒做夢！是我回來了！」

齊國公疼得眼裡都是淚花，又仔仔細細瞧了她一會兒，突然拍著床哭天搶地道：「我的兒啊！妳怎麼這麼荒唐啊！最後還造了個孽留給爹，妳讓爹如何是好啊！妳再瞧不上太上皇，那也是皇帝啊，怎麼能給皇帝……哎喲喂！」

趙真起初被她爹哭得一懵，很快又回過味來，她爹這是以為她是她和別的男人生的野種，她就說剛才那個躺在床上奄奄一息的人不像是她爹，眼前這個不著邊際、胡思亂想的才該是。

「爹，您好好想想，陳昭一天到晚在我眼前晃，我到哪裡懷胎十月生個野種出來？您莫不是真的老糊塗了！」

齊國公的哭聲一頓，仔細想了想，「好像是這麼個理……可……」

趙真沒等他的可是，撩起衣服給他看腰上的胎記，「爹，您看，這是不是我的胎記？」

齊國公看見她的胎記愣了，一時困惑起來。趙真趁機又跟他講了一些自己小時候的事情，費了許多口舌才讓齊國公相信自己是他的親生女兒。

齊國公看著失而復得的女兒，又哭了一通，像是要把這輩子沒流的眼淚都流乾，「回來就好……回來就好……就算別人把妳當妖，妳也是爹的閨女。」

見他終於信了，趙真才問道：「爹，宮裡沒有半點陳昭的消息嗎？」

齊國公忙捂住她嘴，「瞎胡說，那是太上皇！」敢直呼太上皇的名諱，這絕對是他的真兒無疑了，「我倒是想問問妳的太上皇在何處呢，你們一同消失卻沒在一處嗎？」

趙真將來龍去脈細細的跟他講了一番。

「若是陳昭同我一般，怕也是昨日才清醒的，現不知在何處。如今我重拾昭華，便不想再與他有糾葛了，往後就留在父親身邊侍奉。」

自從太上皇登基為帝，女兒進了後宮，齊國公許久才能見女兒一面，此時聽她能守在他身旁，自是歡喜，只是……

「這妥當嗎？若是太上皇回了宮要尋妳怎麼辦？」

趙真不屑一笑：「左右我現在年輕了，變了模樣，他尋到我，我不承認，他又能奈我何？這種變年輕的事情有幾個人會信？若是他也變年輕了，怕是這個時候也不敢回宮呢，父親不必憂心。」

齊國公想想這倒也是，就算是帝后，這變年輕的事也太過妖異了，回不回宮，太上皇定然也會思量一番。

如此，他便放下些心來。看著眼前變年輕的愛女，齊國公滿心歡喜，總算有個機會讓他彌補自己的女兒了，「閨女也放寬心，妳這一回來，爹又能活個七、八年了，這次定護好妳，替妳尋個如意郎君！」

當年趙真及笄，他趙家正是鼎盛時期，煞有功高蓋主之勢，可是戰事未歇，康平帝不能收回他手中的兵權，便對趙家極為忌憚，自是不讓趙家與朝中大臣結親，美名其曰讓趙真甄選皇子，可皇子哪容得她自己挑？

康平帝多疑，連自己的兒子們都不能全信；其他皇子都有外戚，唯有六皇子陳昭的生母出身低微、娘家無權，康平帝便對陳昭封了王，央人在齊國公面前說盡好話，趙真最後自然是選了陳昭。

康平帝龍心大悅，封了趙真女將軍，特許陳昭不回封地，隨妻出征。趙真大權在握，陳昭空有王爺的名號，康平帝煞有把兒子當成玩物送給趙真的意思。

齊國公倒不是對女婿不滿，畢竟當年的太上皇在康平帝的幾個皇子裡模樣是最出挑的，性子也溫和，好拿捏，只是他女兒喜歡野性難馴的，全當太上皇是個手無縛雞之力的小白臉。

不過，後來太上皇登基為帝，性情大變，重整朝堂的時候是半點不手軟，將他趙家的兵權奪回去不少。原以為他會廣納後宮、冷待自己女兒，卻不想他倒是專情，一直獨寵女兒一人，想來夫妻倆出生入死還是有感情的，只是他這個女兒每次回來談起太上皇都是滿臉的不屑，實在讓他內疚，總覺得愛女的一生毀在自己手裡了，現在倒是有機會重新替她尋個合意的了。

趙真泰然一笑：「爹，我這剛回來，您就想著把我嫁出去了？」

齊國公一想：是呢，閨女好不容易回來，怎麼能嫁出去。

他忙握著女兒的手道：「不嫁不嫁！爹幫妳招婿，招個好女婿！」

她爹現在是年紀越大越像個稚兒，趙真倒不指望他能幫她什麼，他能安度晚年便是她最大的心願了。

「爹，現在的重中之重不是您的女婿，是如何讓我名正言順的回趙家。」

趙真是想讓齊國公把她當私生女接回家，雖名聲不好，但好歹有趙家的血緣，名正言順。

可齊國公聽完連連擺手，「這不成，就算是假的，我也不能對不起妳娘，讓她蒙羞，更不能讓妳擔上私生女的惡名。」

私生女的名聲終究不好聽，怕是將來行走各方受阻，趙真想了想，想到一個主意：「爹，要不然這麼辦吧……」

※◎※　※◎※　※◎※

一條蜿蜒的石板小路隱在層層疊疊的青竹間，竹林極靜，風吹過，唯有竹葉的沙沙聲，帶著竹子特有的清香撲鼻而來。

丞相向儒穿著還未脫下的朝服風塵僕僕步入林中，路的盡頭是一座石砌的涼亭，撥開遮擋的竹葉，便能見到亭中身著白袍的男子端坐其中，袍尾隨意垂落在地上，鋪散在四周，他手裡正拿著一本書翻看著，雖低垂著頭看不清容貌，但舉手投足間可見不凡。

向儒上前恭敬道：「太上皇。」

此人正是太上皇陳昭。

向儒能遇上年輕後的太上皇也是陰錯陽差，太上皇與太上皇后因國師之言意外「賓天」，國師被降罪，向儒奉命抄了國師府。

國師府中有一寶塔，曾經向儒與太上皇常來此處找國師問法，心中不免緬懷，便去登塔眺望，誰知在塔頂發現了昏迷不醒的太上皇。他與太上皇一同長大，自是一眼就認出來他年輕時的模樣，便命親信將他先運回了丞相府。

陳昭聞聲放下手中的書，他抬起頭，那是張年輕的臉，而且是張美得出塵的臉，曾經年少的陳昭便是這般模樣，每一處都似精心雕刻的藝術品，美得不凡，讓人過目難忘。但他的美從不具有侵略性，帶著從骨子裡散發出的沉靜如水，目光清冷、不苟言笑，使他像個從天而降的仙人，帶著對蒼生的悲憫降世。

趙真曾對他有一句評價：「你這副表情是想上天嗎？！」

不似向儒略顯急切的神色，他的表情仍是淡淡的，「子衿，現下你我也不必這般稱呼了，喚我的字便可。」

向儒幼時是陳昭的伴讀，因為兩人皆性情乖張，便格外合得來，一同長大情同手足，陳昭更是救過他一命，如今向儒能坐上丞相的位置，除了他自身的努力，更少不了陳昭的賞識。

眼前之人雖年少，卻是貨真價實的九五之尊，更是他的恩人，他不敢怠慢，恭敬道：「旁人不知，可臣知，君臣之禮不敢廢，太上皇還是允臣私下裡仍這般尊稱您吧。」他頓了下，繼續道：「太上皇，臣約是有太上皇后的消息了。」

陳昭也沒說什麼，抬手示意他落坐，「坐下說吧，太上皇后如何？」

向儒屈膝跪坐下來道：「齊國公上書，說是尋回了威震將軍的遺腹子，現年十六歲，身懷威震將軍的遺物，模樣與太上皇后有七分相似，齊國公不勝歡喜，現下已大病痊癒，過幾日要邀族中宗親入府，開祠堂入族譜。皇上命臣前去封賞。依臣之見，此人該是太上皇后本人。」

威震將軍是齊國公的獨子趙琛，趙真的胞弟，比她小了十八歲，只是英年早逝，才不過雙十年華便戰死沙場，要不然齊國公也不會過繼趙煥到膝下。

趙琛生前立下過「吳寇未除，何以為家」的豪言壯志，便無妻無子，只是不成家不代表不近女色，有個遺腹子也沒什麼不正常的，只是偏偏這個時候冒出來，不是趙真假冒又會是誰？

陳昭慢條斯理斟了杯茶給他，似笑非笑道：「倒是她的做派，回趙家便回得明目張膽。」他頓了下，又道：「皇上要給她什麼封賞？」

向儒恭敬接過茶，小抿了一口，「只是些金銀首飾。齊國公雖未言明，但言語中是希望皇上能封賞個縣主的封號，功臣遺孤倒也沒什麼不妥當，只是臣見皇上的樣子，對這個遺孤似有疑慮，所以並未封賞縣主的封號，只是讓臣親自前去以示珍重。」

陳昭聞言點點頭，「逝者已逝，誰能證明這個遺孤真的是趙家血脈？旁人也便罷了，齊國公畢竟是國丈，若是趙琛的遺孤，便是皇上的親表妹，皇上有疑慮也是應該的，命你前去只怕不是以示珍重這麼簡單，是想讓你看看這個孤女到底與太上皇后有幾分相像吧，畢竟文臣裡見過太上皇后年少模樣的如今也只有你了。」

向儒道：「太上皇所言極是，皇上已命臣從齊國公府出來後便去宮中覆命，太上皇可要同臣一併前去齊國公府？」

陳昭提壺斟茶，嫋嫋的熱氣蒸騰而起，半晌他才道：「自是要去，我若不去，她怕是要無法無天了……」

※◎※　※◎※　※◎※

同樣得知消息的還有齊國公嗣子趙煥。

趙煥踱了幾步，拍案坐下，眉宇間隱有怒氣，「怎麼養個病還能養出個遺腹子來？父親也是老糊塗了，哪裡來的野丫頭都認下，竟還找聖上討要個縣主的封號給她！那丫頭何德何能？我為國公府鞍前馬後那麼多年，也不見父親為我討要個一官半職？」

當年趙煥過繼來的時候已是十六歲了，全因他相貌與趙琛最為相似，齊國公是思子心切，才過繼這個性子與趙琛差了十萬八千里的嗣子。

趙琛驍勇善戰，是個錚錚鐵骨的少年英雄，而趙煥不過是三老爺府中的庶子，也沒什麼才智，人看起來雖老實，但到了齊國公府脫離嫡子的壓迫，便揚眉吐氣了，不知發憤圖強卻學會仗勢欺人，實在讓齊國公與太上皇后失望，即使平日裡不說他什麼，可對他的不滿和壓制誰都能看出來。

其夫人方氏乃兵部尚書方大人的嫡次女，為人就聰明多了，她知道齊國公與太上皇后雖不滿趙煥，卻對她生的兩個嫡子寄予厚望，畢竟這兩個孩子才是齊國公栽培長大的，且齊國公自己是個專情之人，對嗣子寵妾無度的行徑十分看不慣，總要偏幫方氏一些，方氏自是明白該如何做才對自己有利。

方氏勸慰他：「老爺莫急，這倒是好事，太上皇后仙逝，老國公年事已高，若是這個尋回來的遺腹子被封為縣主，便能說明咱們國公府仍盛寵不衰，讓那些等著國公府沒落的人明白咱們不是好惹的。」

她親手沏了杯茶奉上，又道：「再者說，尋回來的是個丫頭，管她真的假的，將來還不是要嫁出去？國公府也不過是多準備一份嫁妝罷了。若是她將來嫁得好，也是多了一方助力，何樂而不為呢？」

趙煥也不是傻到無藥可救，經方氏這麼一說便平靜了下來，左右不過是個山裡的野丫頭，還能讓她翻出天去？

「也不知道是哪裡來的野丫頭，可不要是個不識抬舉的。」

方氏笑道：「老爺且放寬心吧，一個山裡來的丫頭能有多少見識？老國公再喜愛，總不會親自教養。如今後宅裡妾身主事，多的是工夫調教這個丫頭，若是個不識抬舉的，便讓她明白明白什麼是國公府的規矩。」

趙煥這才放下心來，握住方氏的手溫情道：「這家裡家外多虧夫人費心了。」

他雖然不喜歡這個結髮妻子，心中卻是敬重的，知道她聰明能幹，凡事都能打點的妥妥當當，實在不失為一個好主母。

方氏面上柔情一笑，溫言細語道：「都是妾身該做的。」

然而她心底裡卻忍不住鄙夷：事情可不是都由我一個人做了嗎？你的精力全都用在那些狐狸精身上了！

※◎※　※◎※　※◎※

齊國公今日回府，趙煥與妻兒在門前等候，心裡雖然百般不願意，卻又不得不做個樣子。方氏說得對，他的兩個兒子還未出仕，女兒也未出嫁，他自己空有一個無實權的三品官職，府中上上下下還要依仗老國公的餘威。

「不是說快到了嗎？怎麼還沒到？」

日頭越來越高了，方氏心底也有幾分不耐，吩咐下人道：「再去看看老國公到哪裡了。」下人得令剛要去，不遠處就傳來一陣馬蹄聲，不多時一行人便出現在他們視野裡，為首之人身著一身俐落的騎裝，遠遠看去辨不清男女。

直到一聲馬兒的嘶鳴，人停在他們面前，馬兒原地打了個轉被勒住，坐在白馬上的人俯首看了過來，陽光在她臉上投下幾處暗影，顯得她眼窩深邃、鼻梁高挺，一雙黑眸異常晶亮，騎在高頭大馬上有種傲視群雄的震懾感，一個不過十幾歲的姑娘竟有如此強大的氣場，實在令人心驚。

後面傳來齊國公朗朗的笑聲。走的時候還是被人攙扶著上馬車的齊國公，如今自己騎著馬回來了，到了門前朗笑道：「老了老了，還是輸給瑾兒了，瑾兒想要什麼？祖父都答應妳！」

改名為趙瑾的趙真從馬上下來，動作乾淨俐落，一看便知騎術精湛。

她走到齊國公馬前，露出笑容，這才多了幾分孩子氣的天真，「瑾兒什麼都不要，只要祖父健健康康便是。」說完挽上了齊國公的胳膊，親暱得很。

門口等人瞧見心下一驚，齊國公對幾個孫女雖然疼愛，卻從不曾這般親暱，這才幾日的工夫竟允這個尋回來的孤女如此放肆？

齊國公拍著她的手，引她到眾人前，鄭重道：「這是長房的獨女，你們的親姪女趙瑾，她剛回府，你們做叔嬸的要好生照拂她才是。」說罷又轉頭對趙真親切道：「瑾兒啊，這是妳的二叔和二嬸，那幾個呢，是妳的弟弟妹妹，他們都是妳的親人。」

趙煥面無表情一看就是心中不悅，方氏倒是一臉笑意，方氏身後是她的姪子姪女，嫡長子趙雲柯十五歲，嫡次子趙雲皆十二歲，嫡長女趙雲珠與趙雲柯是雙生子，剩下兩個庶女趙雲靜十四歲、趙雲夏十三歲，皆乖順的叫了聲堂姐。

趙真聞言並未言語，只是屈身行了一禮，她雖知道這般不妥當，但讓她委身喚他們叔嬸，她實在是過不去自己心裡那道檻；再者說，她回到國公府也沒想和他們一起過日子，最好平日裡能不見就不見，不要來叨擾她更好。

趙煥眼下是十分不悅了，因為趙煥過繼來的時候，趙琛早就不在了，國公府裡從沒有什麼長房和二房之說，如今這個趙瑾回來，他們卻成了二房，加之趙瑾敷衍的態度，趙煥臉色難免有些難堪。

齊國公自是看出嗣子的不悅，對他更為不滿，袒護趙真道：「瑾兒認生，都先進去吧。」還是方氏會看眼色，忙道：「瑾兒這孩子委實讓人心疼，在外面這麼久才被尋回來，可是受了苦了。如今回來了，我們做叔嬸的定要好好疼愛她才是。」說著親暱的拍了拍趙真的手。

齊國公對知書達理的兒媳還是很滿意的，神色便好看了一些。

趙真十分不喜別人碰她，眉心幾不可見的蹙了一下，將自己的手收了回來，道：「二夫人無須憂心，我過得很好。」

比起趙煥來說，趙真對方氏是較為滿意的，這才給她個面子喚她一聲二夫人。

方氏聽著這疏遠的稱呼笑容一滯，但很快又笑了起來。

待進了廳中，方氏從身後的丫鬟手裡接過一方錦盒遞給趙真，「瑾兒回來的突然，嬸嬸也沒來得及準備貴重的見面禮，這個是新打的鐲子，也不知道瑾兒喜不喜歡。」

趙真並不喜歡戴這些累贅的東西，只是方氏一番心意，她便接過來看了一眼，錦盒裡放的是個金鐲子，手工不過一般，甚至有些寒酸。她每次回國公府都會挑揀些稀世珍品賞賜給方氏和姪女們，與這金鐲子簡直雲泥之別，方氏第一次見她這個長房的「親姪女」便用這個做見面禮，是認準了她是個好打發的野丫頭？

方氏做事向來面面俱到，趙真可不信她不是故意的，必然是打從心眼裡就沒當她這個找回來的孤女是回事，所以才隨手找個鐲子打發她，若她真是沒見過世面的，看見這金鐲子沒準兒真會感動於這個「嬸嬸」的好呢。

她倒是要重新審視這個寬容大度的弟媳了，但臉上也沒什麼不悅的神色，怡然笑道：「多謝二夫人，瑾兒十分喜歡。」

方氏瞧見她波瀾不驚的樣子有些驚異，不是說在山裡尋回來的野丫頭嗎？怎麼一點也不像沒見過世面的樣子。看做派，甚至比他們更像這齊國公府的主子，半點懼色都沒有，甚至有點不把他們放在眼裡……

齊國公對女人的首飾並不在意，也沒看出什麼，張羅眾人坐下，「都坐吧。」說著，他又看向趙真，「瑾兒餓了嗎？想吃點什麼？」

趙真接過丫鬟遞過來的茶抿了一口，搖頭道：「顛簸一路倒是不餓，只是有些乏了。」

方氏現下回了神，仍是得體道：「瑾兒若是累了，我讓下人帶妳到悠然居去休息，知道妳回來，嬤嬤便讓下人收拾好了。」

齊國公聞言皺起眉頭，悠然居只是西院的一間小院子，哪裡能讓真兒住那裡！

「瑾兒同我住到東院的錦竹居去，一會兒叫人打掃打掃，要添置些什麼，讓瑾兒自己做主便是。」

方氏聞言大驚：錦竹居？那可是太上皇后的院子！

國公府分東、西兩院，東院是主院，唯有齊國公和嫡長子趙雲柯住在東院，太上皇后回來也是住在東院，而他們都住在西院。老國公往日裡若非有重要的事情，否則都不讓他們去東院的，現在竟讓這個尋回來的野丫頭住進去了！

事情遠遠出乎方氏的意料，她的笑容都有些僵硬了，「好，兒媳早已經為瑾兒挑好了伺候的丫鬟，這就派人過去收拾。」就算是去了東院，她也休想逃出她的掌控，必然要先把她自己的人安插進去！

齊國公點頭，倒沒覺得什麼，趙真卻攔道：「府中諸事都要二夫人操勞，我的這點小事實

在不好讓二夫人費心，以後我院中的事情我自會找人打理，那些丫鬟就留在夫人院中好好服侍吧。」言下之意便是她趙真的事不用她方氏管。

這府中諸事向來都是方氏做主，這小丫頭才來竟想著自己主事，實在是大膽得很。

方氏還未說話，趙煥先坐不住了，他道：「爹，錦竹居是太上皇后的院子，您怎麼能讓她一個野……小丫頭住進去呢？」

齊國公聽完自是不高興了，拍案道：「放肆！她是你兄長的親生女兒！什麼小丫頭？虧得你一把歲數了，腦子竟如此不清楚！」說罷又對方氏道：「瑾兒的事我會讓孫嬤嬤替她打理，妳就不必費心了，管好西院的事便好。」說完，他親自帶著趙真去東院休息。

孫嬤嬤早年是國公夫人的女親兵，後來趙真出生，便待在趙真身邊照顧，是趙真的心腹，終身未嫁，上了年紀才被送到國公府養老，一直在東院管事，偶爾會請出來教導府裡幾個小姐規矩，跟半個主子無疑。現在竟被齊國公安排去伺候趙瑾？

方氏震驚之餘又有幾分看好戲的意思。孫嬤嬤是從宮裡出來的，又受太上皇后器重，那可是個厲害角色，連她都不敢去招惹的，齊國公以為自己是為了孫女好，孫嬤嬤那般傲氣的人被命去伺候趙瑾，趙瑾落她手裡才沒有好果子吃呢！

※◎※　※◎※　※◎※

孫嬤嬤早就在東院裡翹首盼望了，太上皇后這一去她也大病了一場，命是撿回來了，心卻像缺了塊大窟窿，聽聞齊國公尋回個和太上皇后十分相似的大小姐，也是滿心歡喜的，看著一張相似的臉總還算有個念想。

趙真到了東院，瞧見孫嬤嬤還是精神矍鑠的樣子也是滿心欣慰。她走到孫嬤嬤近前，十分有禮道：「孫嬤嬤。」

孫嬤嬤瞧見這張和太上皇后相似的臉，霎時紅了眼眶，握住她的手還有些抖，「這便是大小姐嗎？快讓老身好好看看。」說罷上上下下好好看了一番，神色漸漸發生了一些變化，最後對上趙真那雙晶亮的眸子，表情已經有些難以置信了。

孫嬤嬤未說話，忙先把身邊伺候的人全部屏退出去，這才看向齊國公道：「國公爺，老身是太上皇后的心腹，這大小姐到底是怎麼回事，您可要和老身說清楚。姪女像姑，也沒有這般像的！」

國公夫人是女巾幗，生了孩子也斷然沒有留在後院相夫教子之說，太上皇后便是孫嬤嬤照看大的，她終身未嫁，在心裡頭太上皇后就是她的親骨肉，身上哪一處她不熟悉？就算是變得白嫩了些，也逃不過她的眼睛啊。

齊國公是唯女兒是從，沒有女兒的吩咐也不敢說，便默默的看向了趙真。

趙真沒想到孫嬤嬤這般年紀了，眼睛仍舊如此毒辣，她握住孫嬤嬤的手道：「嬤嬤，早前傳書回來怕被人窺去，便沒言明，我是趙真，我沒有死而是變年輕了，我腰間的胎記還在，不信妳可以看看。」

孫嬤嬤聞言也是大驚，她之前只是懷疑這是太上皇后的骨肉，但就算是親骨肉也沒有耳輪都那麼相似的，想不到竟是太上皇后本人！

她是半點不疑的，忙把人抱住，生怕趙真又突然沒了似的，「真是蒼天有眼！老身就知道娘娘是不會有事的！」人到暮年，什麼怪力鬼神的東西都不怕了，就算是鬼，這也是她的心頭肉啊。

果然是練家子的，就算是老了，抱著她的力度還是半點不弱，趙真骨頭都被勒疼了。

趙真拍著她的背道：「嬤嬤可別哭了，我回來是好事，妳該笑才是。」

孫嬤嬤這才鬆開她，抹了抹臉上的淚，笑著道：「娘娘說的是。娘娘回來是大喜，老身怎麼能哭呢？娘娘餓了沒？老身去給您做麵吃，娘娘最喜歡老身做的肉湯麵了！」

趙真忙攔住她，「這不急，我才回來，身邊沒什麼可用之人，還要麻煩嬤嬤替我張羅。」

孫嬤嬤聞言，忙拍大腿道：「瞧我！這就顧著高興了，娘娘才回來要先安頓好才是。娘娘您放心，我在府裡閒著沒事，也就調教下人這點事了，馬上給娘娘挑幾個順心的過去，娘娘還回錦竹居吧？老身這就叫人去收拾！」

趙真見孫嬤嬤如此輕易認下她，也放下心來，她在宮外的一些鋪子之類的都是孫嬤嬤代為打理，她現下出了宮，自然要收回來自己管。

第二章 咕咕便是姑姑啊

趙氏一族唯有齊國公一脈最為鼎盛，但子嗣也最為單薄，就算尋回來的是個孤女，那也是國公府的寶貝疙瘩。

趙真認祖歸宗這一日，雖因在國喪期間不能大操大辦，可齊國公為了給自己女兒撐場子，請來朝中不少有頭有臉的人物，除了一些國公侯爺，還有不少武將，齊國公還特意吩咐他們帶上兒子。

雖然明面上齊國公說是自己義子沈桀今日也要回來，給這些小子一個討教的機會，但私心裡是想讓她女兒先在這些少年郎裡挑挑揀揀，要是有相上的，就讓義子重點培養。

齊國公的義子沈桀，是一品大將軍，也是戰功赫赫，在現今的武將裡是英雄般的人物，如今在西北邊陲鎮守。其實皇上早就想把他調回京中，但沈桀卻總有各種托詞無法回京任職，唯有這次皇上調他回京，他不得不回。

沈桀生父是齊國公手下一名副將，戰死沙場後就留下沈桀這一個兒子，齊國公便把他收到麾下當親兒子一般教養長大，無論是和趙珂還是趙真的感情都很深厚，太上皇后仙逝，齊國公病重，他就算有再忙的事情也必須要回來了。

親生女兒變年輕重回身邊，義子如今又從邊陲調任回來，齊國公是人逢喜事精神爽，但在別人眼中他還處在喪女之痛中，就只能忍著，不過剛走到後宅就瞧見女兒娉娉婷婷走出來，卻又忍不住喜笑顏開。

趙真終究還是怕被人猜忌，臉上施了粉黛，讓平日裡略顯英氣的容貌多了幾分柔美，身著水綠色對襟襦裙襯得身段修長優美，加之她多年為后修煉出來的氣韻，整個人透著一股清秀脫俗的味道，這可是以前的趙真從沒有過的。

孫嬤嬤在一旁又替她理了理衣裙，滿臉慈愛的說道：「我就說大小姐模樣俏麗，穿這裙子指定好看，被我說中了吧？」

趙真年幼的時候不喜歡穿裙裝，衣服都是孫嬤嬤親手為她做的。其實孫嬤嬤做裙裝的手藝最好，但也只在趙真大婚的時候施展了一次，如今大小姐又年輕了，還比從前白嫩了，可不能再浪費她的手藝了。

趙煥和方氏瞧見孫嬤嬤對趙瑾那般親暱，有一瞬的吃驚，但礙著齊國公和眾多貴客在，忙收回了臉上的驚色。

方氏上前笑道：「還是孫嬤嬤會打扮，這色襯得瑾兒更水靈了。」這孤女到底修了什麼邪術？這才幾日，連孫嬤嬤這般難對付的人都收服了。

方氏身後還站著趙真的嫡姪女趙雲珠，模樣肖母，長得端莊俏麗，附和母親道：「昨日長姐歸家英姿颯爽，今日換了身裙裝便秀麗非常，實在讓妹妹好生豔羨。」

趙真每次回來，主要教導的都是兩個嫡子，因為趙煥的女兒都太嬌柔，說話嬌滴滴的，實在讓她無話可說。她對趙雲珠印象也不深，現在瞧過去，見她一身盛裝打扮，比她這個正主還豔麗，哪裡需要羨慕她啊？

趙真正要不鹹不淡的回一句，齊國公走了過來對方氏道：「我帶瑾兒去前廳見客，妳帶著雲珠在這裡招待女賓，莫要怠慢了。」說完便拉著趙真走了。

方氏知道國公爺今日請了許多少年才俊入府，趙雲珠終究還是國公府的嫡孫女，齊國公總不會厚此薄彼，所以才大著膽子把女兒打扮的隆重些，卻不想齊國公只顧著趙瑾了，連露臉都不讓嫡孫女露一下！

到了前廳，齊國公親自帶著趙真拜見來府的貴客。這意思很明顯，趙真雖是才找回來的，但齊國公對其極為看重，是國公府正經的大小姐，任何人都不能小窺的。

趙真雖明白父親的意思，但不久前這些人見她還要下跪，如今她卻要屈身拜見了，實在是難以適應。

漸漸的，趙真發現每個來府的貴客身後都站著個少年郎，與她如今的年齡相當，有的還會刻意和她說上一、兩句話。

趙真不禁看向一旁的父親。

齊國公察覺到了趙真審視的目光，討好一笑，衝那些少年郎努努下巴，那眼神基本上就是：挑，閨女，隨便挑。

趙真一時哭笑不得，她爹對她的終身大事是有多操心啊，這些少年郎在她眼裡當兒子都嫌小，還讓她嫁他們？笑話不是？

這時外面傳來一聲高喝：「聖旨到！」

所有人統統到外面跪地聽旨，如今已不是太上皇后的趙真也在所難免。

來宣旨的是當朝丞相向儒，趙真對他可熟得很，一個月裡有十天陳昭都和他混在一起，兩人的關係可比她和陳昭的夫妻關係親密多了。

正出神的這會兒工夫，聖旨唸完了，皇帝賞了一堆金銀珠寶，就是沒賞縣主封號，倒也沒讓趙真意外。自己的兒子她還不瞭解嗎？他做事向來謹慎，派向儒前來，表面上給齊國公撐面子，但實則是為了一探虛實吧。

一雙黑底滾金絲線雲紋的靴子停在她面前，「趙小姐，接旨吧。」

趙真接旨謝恩，這才看了向儒一眼。向儒也看著她，鬢髮微白，笑起來一臉的褶子，明明和陳昭一般的年紀，卻比陳昭老了不少。

——嗯？

趙真突地注意到向儒身後不遠處有個戴著面具的少年人，他著一身如雪的白袍，站在黑壓壓的護衛之中異常顯眼，半塊銀製的面具遮住了他的上半張臉，但這麼遙遙一望，趙真只看他的唇形便知道是陳昭！

真不讓人意外啊，她回趙家，他果然去找他的摯友向儒了。

趙真又看了看向儒，向儒衝她微笑頷首，留下一個意味深長的眼神，便繞過她和齊國公寒暄去了。

本站著未動的陳昭也抬步向她走來，步伐穩健，毫不猶豫，這般找上門來的舉動竟讓趙真心裡莫名多了幾分緊張。

怎麼，他還想和她糾纏不清不成？帝后深情的戲都演完了，不至於還來纏著她吧？

趙真心裡正想著一會兒怎麼擺脫他的死纏爛打，陳昭走到她近前卻目不斜視，擦著她的肩就過去了，那不屑於理會她的樣子，委實讓趙真吃了一癟。

趙真恨瞪了他的背影一眼：很好，非常好，你這傢伙就是來招搖過市的！

丞相大人位高權重，又是皇上派來封賞的，齊國公自然不能將人晾在一旁，介紹了一番趙真後便邀丞相入內一敘，臨走時囑咐趙真好好瞧瞧那些少年郎，若是有相中的一定要告訴他。

趙真也是無奈，她爹這堂堂的齊國公、曾經的鐵血將軍，怎會變得婆媽了？還當起媒婆來

了！明明是她認祖歸宗的日子，弄得和後宮選秀差不多，陳昭都沒她這排場。

說到陳昭，趙真看了一眼不遠處的陳昭，他從向儒進了內室後，就同護衛一起站在門外守著，不知道的還以為他是護衛統領呢。

不知是不是察覺到她的目光，陳昭的頭微微側了過來，但因為隔著面具，也不知道是不是在看她。

趙真還未多探究，突然有一人擋在她身前。

「趙小姐，聽聞妳自幼學武，不知刀槍劍戟善用哪一個？」

趙真循聲看去，是個俊俏的少年郎，身材魁梧高大，一看就是個練家子。

也不知道這些少年郎是不是聽到了什麼風聲，總有那麼幾個大膽的過來和她攀談。趙真是在男人堆裡長大的，什麼荒唐事沒幹過，這些少年郎在她眼裡不過是孩子，撩撥人的本事比起她來連皮毛都搆不上，她就當看個樂罷了。

趙真再瞄了一眼陳昭，他已經轉回頭去了，她收回目光對少年郎含笑道：「善用刀，公子可是想與我比試一番？」

趙真所言似乎正中他下懷，少年郎倨傲道：「說來甚巧，我也善用刀，只是小姐是女子，我總不能欺負小姐吧，比試談不上，切磋切磋倒是可以。」

趙真在心底嗤笑一聲，瞧不起她是女子？她上陣殺敵的時候他娘恐怕還沒生出來呢！她也懶得跟小孩子計較，輕笑道：「切磋倒是可以，只是我此時不便，下次有機會再與公子切磋吧。」說完輕點下頭，轉身走開。

其實趙真就是想去園中清靜一會兒，但趕巧要走陳昭那個方向，她便走到他面前，腳步微頓看了他一眼，被面具遮擋的臉連眼睛都看不真切，她便很快帶著丫鬟浩浩蕩蕩過去了。

進了園子，趙真將伺候的丫鬟屏退，自己轉了一會兒，最終蹲在池邊。

池水清澈，裡面色彩斑斕的鯉魚游來游去，她撚了點草扔進去，這些蠢魚便冒出頭去啄，啄完又吐出來。

——這種蠢魚就是養肥了吃，才對得起牠活一場。

她又撚了點溼土想扔下去，後面有人道：「想和我說什麼？」

不用回頭趙真都知道這聲音是陳昭的。

——怎麼？不當門神了？

趙真拍了拍手站起來，果然陳昭正站在那裡，他臉上的面具在陽光的照射下閃著光，極具神秘感。

趙真睇了下眼睛，邁著閒適的步子從岸邊走回石板小道上，和陳昭相對而立，嘴角勾出一抹天真的笑意，「公子方才是在和我說話嗎？這是府中內院，公子進來不妥吧？」

面具下的陳昭皺起眉頭，她剛才走到他面前故意停了一下，難道不是暗示他跟過來嗎？瞧著眼前趙真故作天真的樣子，陳昭回過味來，她這是以牙還牙呢，果然幼稚。

陳昭不言語，面具下的眼睛正細細打量她，她現在的樣子讓他有些意外。

他猶記得自己初見趙真之時她也是這般年紀，她隨父回京押送戰俘，進入大殿的時候身上還穿著輕甲，明明是個姑娘家，走起路來卻虎虎生威，寬闊的大殿裡都是她匡匡的腳步聲，她目不斜視跪在御前，覆命時不卑不亢、聲音嘹亮，和京中的女子十分不一樣。

陳昭知道她這次回來會嫁給他們皇兄弟之中的一個人，因而當她看向他們的時候，他竟有些緊張。也是那時陳昭才看清她的臉，她的皮膚不似尋常姑娘一般白淨無瑕，有些黝黑，泛著健康的蜜色；那雙黑白分明的眼睛帶著天生的肅殺之氣，很凌厲，落在他身上的時候，他看到她挑了下眉頭，他心頭也跟著跳了一下……

再看眼前的趙真呢，膚色白滑細嫩，略施粉黛，笑起來還有幾分女子的天真和嬌俏，讓他都有些懷疑自己是認錯人了。但她那雙眼睛他是不會認錯的，幽暗中閃動著狡黠的光，是她算計人時慣有的眼神。

「趙真。」沒有多餘的話，他就這麼篤定的叫了聲她的名字。

趙真面色都沒變一下，天真道：「公子可是認錯人了？我姓趙名瑾，是祖父取的名字，很快就要入趙家族譜了。」言下之意：所以你最好永遠把趙真這個名字忘掉。

陳昭聞言不語，他就知道若不是他找上門，趙真恐怕找都不會找他，巴不得離他遠遠的。她現在不僅回了趙家，還開始操辦起「終身大事」了。當年她在他們六個皇子裡甄選，如今又找來這麼多少年郎，不得不說，趙真比他有後宮的命。

趙真見他不語，戴著面具又看不清他的表情，挑了下眉頭走近他，嘴角掛上一抹不正經的笑容，道：「公子不請自來，又演了一齣認錯人的戲碼，現下沉默不語，莫非……」她微探身子離他更近，「公子如外面那些人一般對我有意思？那公子可要想好了，我在趙家不外嫁，只招婿，而且……我喜歡貌美的，公子戴著面具，莫不是見不得人？」說著，她伸出手指在他冰涼的面具上劃了一下。

面具後的陳昭也挑了下眉頭，她的話七分假三分真，她再回趙家，以齊國公的性子肯定不會把她嫁出去。招婿？就算是重拾青春，她也早已是個婦人，還想招什麼婿？而外面那些愣頭青，不過是看中了齊國公的權勢，她當真以為是看上她啊！

陳昭轉念一想，內心呵了一聲。也是，趙真哪裡會在意自己是不是婦人，她嫁給他之時，不也沒有落紅嗎？也沒見她解釋過半句。

陳昭抬手將臉上的面具取下來，在她面前遮遮掩掩也沒有什麼意思，「趙真，妳還真想從頭來過嗎？」

趙真看見他的廬山真面目愣了一下，畢竟這張白壁無瑕的臉她也很久沒見了……

初見陳昭的時候，趙真是真的很驚豔，她在西北的時候從來沒見過這樣的男子，就算是女子，也沒有好看到他那種程度的。父親一直覺得她受了委屈，但她當時能娶……哦，不，是嫁給陳昭，還是挺滿意的，畢竟這張臉萬裡挑一，就是看著都有食欲。

她小時候與雄虎作伴，長大了在男人堆裡混，野到十頭烈馬都拉不回來。軍營裡的男人只要閒下來了就喜歡找樂子去，趙真也不例外，調戲小丫頭，或是到青樓、戲館鬼混，她一樣沒少幹，見慣了營裡的糙男人，趙真就喜歡摸小姑娘的嫩臉，而陳昭的臉比小姑娘還嫩……

遙記得大婚之時，趙真可是盼了很多天的，全當自己娶了貌美如花的媳婦兒，心裡樂得跟什麼似的，就盼著洞房花燭夜的時候能好好摸摸她的「小媳婦兒」……

※◎※　※◎※　※◎※

穿著一身喜服的趙真早就自己掀了蓋頭，手裡抓著把花生沒滋沒味的咀嚼著，探頭探腦等

她的「小媳婦兒」回來，終於等到人回來了，卻已經醉得不成樣子。

——他娘的！誰灌了老子的人！一定是軍中那幫兔崽子，等老子回了西北一定挨個統統揍一頓！

趙真氣哼哼的走到床邊，床上的人迷迷糊糊看著床頂，白皙的面頰不知是被襯的還是醉的，泛著淡淡的紅暈，不施粉黛都比女子還美豔。

趙真搓搓手湊上去，他黑漆漆的眸子便看向她，隱隱帶著水光，可勾人了。

「喂，剛才拜堂成親了，你現在是我的人了。」她像宣告主權似的說了這麼一句，然後伸手在他白嫩的臉上摸了摸、捏了捏，果然比蜜桃還嫩滑，這京中的水土就是養人，男人都能養得這麼水靈。

許是她手上的繭子刮疼了他，陳昭皺了下眉頭，揮開她的手，「別碰我！」

——別碰？天大的笑話，落我手裡還由得你？

趙真就喜歡敢和她對著幹的，性子越烈越喜歡，為了昭顯自己不容撼動的女將軍地位，她上去就扒他，半點不帶羞澀的。

陳昭就算是醉了，也有少年郎的骨氣，怎麼能被她調戲了去，卯足了勁反抗她。

趙真自小怪力，一般的男人都敵不過她，更別提沒練過武還醉著酒的陳昭了，再怎麼反抗依然被趙真扒了個精光，白皙的皮膚還紅了幾處，看著就像受了虐待一般。

趙真攥著他的手腕咂嘴：「這京中的男人也太嫩了吧？」他身上也和臉一樣，白得像瓷，指甲劃一下都能出一條印子，她五大三粗的男人看膩了，這樣的還挺新鮮。

原本還撲騰的人這會兒不動了，趙真伸手戳了戳他安靜的臉，人還是一動不動。

「喂？生氣了？還是暈過去了，不會這麼不禁折騰吧，我還什麼都沒幹呢！」

趙真湊上去看他，離得越近越驚豔於他的容貌，那睫毛就跟小扇子一樣，又密又長，面若芙蓉，脣不點而紅，像極了戲文裡描述的小白臉。

她舔舔脣瓣，湊上去親了親他的脣，軟軟的，帶著一股濃重的酒氣，她又親了幾下，可這人跟隻死魚似的沒反應，她便漸漸歇了心思。無論是抵抗還是順從，總要有反應才有意思嘛，等人醒了再說吧，這樣不好玩。

趙真便扯了被子替他蓋上，自己和衣躺在他的身旁。

天才濛濛亮，一向淺眠的趙真感覺到旁邊人醒了，她睜開眼藉著窗外投進來的微光看他。她瞧見陳昭一臉驚恐的看著未著寸縷的自己，又忙用被子把自己裹起來，那表情別提多有意思了。

——既然醒了，就把沒做完的事補上吧。

趙真出其不意，起身捉住陳昭要穿衣的手，把他壓回被褥裡，「王爺，既然醒了，總要把洞房花燭夜補上吧？你昨夜醉得不省人事，我可什麼都沒做。」

陳昭顯然被突然起身的她嚇了一跳，愣了一瞬便鎮定下來。醒了酒的陳昭果然淡定許多，他道：「我想將軍嫁我並非所願，我也不願強人所難，將軍要是怕皇后娘娘那裡不好交代，遞塊假的白帕上去便是……」

趙真聞言皺起眉頭：呵，這話說得好聽，不就是沒瞧上我嗎？我也就把你當個「美妾」，你信不信？

趙真鷹似的眸子盯著陳昭強裝鎮定的臉，抬手在他細滑的面頰摸了摸，擺出一副無賴的樣子道：「既然婚都成了，我可沒有日日在被窩裡陪王爺數羊的愛好，王爺就老實從了我吧！」

趙真是能真刀實槍的上就不多廢話，話音落下人便撲上去。

瞧不上她？很好，那就徹徹底底臣服於她。

早起的男人最是精力旺盛，就算心裡不想，身體也是誠實的。

趙真攻城掠地不費吹灰之力，片刻間便已將敵軍收入囊中，她紙上談兵的多，這事還是第一次實戰，事先又沒使什麼誘軍出戰的伎倆，猛地這麼兵戎相見，傷敵一千自損八百，她痛得吸了口氣。

下面的陳昭臉色也不好，他是宮中一個不受寵皇子，雖不至於無人伺候，但因為知道自己不受寵，才更為克己、潔身自好，從未想過這方面的事情，就連自瀆都未曾有過。大婚之前掌事太監遞給他兩本冊子，他看了一眼便放下了，實在難以入目。

他原以為，大殿之上那般孤傲的女子不會一成婚便與他圓房，做出這般不堪的事情，卻不想她竟是個如此……如此荒唐的女子！

趙真雖難受，但自己起的頭，跪著也要做完。她心裡也納悶，那幾個渾小子不都說這事銷魂蝕骨嗎？為什麼她苦不堪言，比被人捅了一刀還難受？好像陳昭也不是很享受的樣子。

她低頭看他，他似是很痛，眉心皺成一團，倔強的別開臉看著別處不回應她，緊咬著自己的唇瓣逼自己不出聲，那本來紅潤的唇都開始發白了。

趙真就喜歡看他逞強的樣子，這樣才讓她覺得這張天仙似的臉不是死的。她伸手摸摸他的面頰，輕喘著氣道：「難受就別忍著，你叫出聲來也沒事，我喜歡聽，不會笑話你的……」

陳昭面色瞬間竄紅，咬著的唇瓣一鬆，悶哼了一聲：她……她怎麼能說這種混話呢！

頃刻間他的臉紅得像蜜桃，白玉般的身體也紅了，那一聲哼更是撩動了她的心弦，趙真舔舔唇，俯身輕啄他的唇瓣，「乖，一會兒就好了……」說完便熱情似火的吻他，學著書裡看來的姿勢繼續攻城掠地，心裡想著一定要大展雌威。

她的唇貼上來，起初陳昭是抗拒的，但漸漸發現自己又不反感，反而在她有些粗暴的吻中起了反應，漸漸懂得了這事的妙處。

其實最一開始聽聞她選中自己的時候，陳昭並不抗拒。五皇兄笑話他要娶個殺人無數的女閻王，可他覺得自己要娶的是陳國的女英雄，他甚至忐忑她會不會看不上他，他娶了她以後要如何待她才不顯得自己太過唐突……可現在被她壓著，陳昭才發現自己到底有多天真……

昨日還下定決心要好好敬重她，今日便被她強迫著攀上情慾的頂峰，陳昭腦中空白了一瞬，像是瞬間被掏空一般，渾身顫慄著。

他聽到趙真低咒了一聲，從他身上翻身下去，披上一件外衣站在床邊。她體態修長，身上肌膚寸寸緊實，他雖沒看也沒摸，卻在兵戎相見之時知道了她的傲人之處。

她道：「我叫人抬熱水進來，你先緩緩。」

這一刻，陳昭也說不上來自己現在是什麼感覺，可能就是一種……明明是自己娶了妻，卻像是嫁了人……

※◎※　※◎※　※◎※

再看眼前的這張臉，趙真不禁回想起那時候的陳昭，他當時還沒那麼淡定自若，總被她的

無賴惹得臉紅脖子粗，抿著唇繃著面容，強作鎮定，像隻不服輸的小獸。

趙真突地一笑，抬手摸上他的下巴。

——唔，又變得細滑了。

她擺出一副無賴的表情，臉湊上去，眨著眼睛呵氣道：「雖不知公子在說什麼，但公子的容貌甚得我心，不知公子可有心入我趙家的門？」說完，她盯著他的臉，想從他臉上看出些從前的影子，就是從前那個一調戲就會臉紅的男人的影子。

可結果讓趙真很失望，他臉不紅，氣息也平穩，黝黑的眸子冷得像冰潭，整個人是老僧入定般的淡然，可不及年少之時有意思了。可惜，可惜，容貌年輕了也不是那個他了。

突地有丫鬟的聲音傳來：「小姐！您在哪呢？沈大將軍歸府了，國公爺讓您過去呢！」

趙真聞聲，鬆開陳昭的下巴，眸子微微一亮。沈桀回來了，她與他已是數年不見，他回京述職都不曾與她相見，也不知現今變成何等模樣了。

「我還有事，公子請自便吧。」說完半分留戀也沒有，她抬步就向尋來的丫鬟走去，「我在這裡！」

趙真走後，陳昭仍站在原地，雖然依舊是面無表情，但細細看去便知他的耳根與面頰不知何時已經泛起紅來，平靜如水的眸子漸起波瀾，一個如仙般的人硬生生被拉回凡塵了。

陳昭咬咬牙：這個混帳女人！

※◎※　※◎※　※◎※

在園中的時候沾了一身灰土，趙真先回屋中換了身衣裳才出來，等她到廳中之時，陳昭都已經回來了，還入了廳站在丞相身後，面具重新戴回去，看不見面容。

趙真掃他一眼，看向廳中最為高大的男人——沈桀，沈大將軍。

沈桀與她過世的弟弟趙琛年紀相仿，如今剛到不惑之年，正是年富力強的時候。他尚在襁褓之時，趙真還抱過他，那時候的他就是個白麵團子，胖乎乎的十分可愛，她記得她當時還親了他一口，小傢伙還對她又笑又流口水的。

後來趙琛出生，他便與趙琛相伴左右，趙真把他們兩個都當親弟弟看待，兩個小男孩也最是崇拜長姐，總到她這裡討教功夫。她大著肚子的時候在後院中待的時間最久，他們便日日過來，她還記得沈桀曾摸著她的肚子稚氣道：「我長大以後要保護姐姐和姐姐肚子裡的小娃娃！」

時光流轉，當時的小男孩已是威震四方的大將軍了，他兌現了幼時的諾言，為她的兒子征戰四方，鎮守邊關。若非他與趙家無血緣，趙真更想要他這個弟弟。

齊國公瞧見她忙招手道：「瑾兒，快來！」

沈桀聞聲轉過頭，目光落在她的身上，目似尖刀帶著審視，並非是對她不悅，只是多年身居軍政要職，練就了這般凶悍的目光，加之蓄了鬍髯，看著有些唬人。

若是尋常姑娘可能會被嚇到，趙真自是不會，她年少時也是一副看誰就像要宰誰的眼神。走到近前，她對他微微一笑，落落大方道：「瑾兒見過大將軍。」眼下她的身分叫他一聲伯父也不足為過，只是趙真實在是叫不出口。

沈桀看著眼前的小姑娘，劍眉微挑，似是有些驚詫，不過他緊繃著面容，將詫異隱藏的很

好。他點了下頭，淡淡道：「我已聽聞妳的事情，回來便好。」

沈桀是進宮面聖的時候才知道齊國公尋回了趙琛的遺腹子，因此皇上才允他先回齊國公府寒暄，改日再進宮稟報軍務。

別人不瞭解趙琛，然而沈桀卻是十分瞭解。趙琛為人剛毅正直，他說不成家便一定會潔身自好，哪裡會有什麼遺腹子？

可看著眼前的小姑娘，他卻明白了幾分，眼前人的來歷一定不簡單，且與仙逝的太上皇后大有干係。雖自趙真卸甲歸隱後宮之後，他已鮮少見她，但她的一顰一笑都記在他心中，從不曾磨滅過，眼前的姑娘雖施了粉黛，但眉梢間的相似卻逃不過他的眼睛。

他有個大膽的想法，卻又不敢想。

有生之年女兒和義子還能回到他身邊，齊國公喜不自禁，「如今你們都回來了，我便也能安度晚年了。」說著，又瞧見沈桀後面站著的少年郎，他衝少年招手，對趙真道：「瑾兒啊，這是明洲，妳還沒見過他呢。」

趙真聞聲看過去，這才發現沈桀身後的少年郎，模樣和沈桀年少時十分相像，劍眉高鼻、眼窩深邃，因著年少，剛毅的五官比起沈桀顯得更為柔和俊朗一些。也不過是十七、八歲的年紀，卻比高大的父親矮不了多少，一看就是好苗子。原來這便是沈桀的兒子沈明洲啊。

沈桀同趙琛一般忠心為國，兩人都懷揣著先立業後成家的志願，二十多歲了拖著未娶妻。只是齊國公不能看著他陪趙琛胡鬧，摯友早年戰死將獨子託付給他，沈桀為將，戰場上的事情又瞬息萬變，沈桀若是戰死，沈家便無後了，齊國公便三番五次苦苦相勸，連請旨賜婚都搬出來了，沈桀才寵幸了府中一個丫鬟，生下了沈明洲。後來天下升平，沈桀有了後，更不急著娶妻了，但凡齊國公一提，他就把沈明洲推出來堵他的嘴。

趙真一直聽過這個孩子，卻還未見過他，得見之時已經這麼大了。

趙真看著他十分歡喜，開心笑道：「我叫趙瑾，早就聽祖父提過你，說你小小年紀武學造詣頗高，刀槍劍戟樣樣精通。若是得空，我定要找你討教一番。」

聽這小丫頭想跟他討教，沈明洲覺得有些好笑，他在武學方面天賦極高，軍中比他年長許多的將士都敵不過他五招，一個小丫頭也就是想找他陪玩罷了。

沈明洲抱拳，雖對她的討教不怎麼上心，卻還是溫言道：「不敢當，是祖父抬愛罷了。瑾兒妹妹喚我明洲哥哥便是了，我們兄妹之間不必客氣，妹妹若是有心，我定陪妳練幾招。」

趙真看著少年輕笑一聲。練幾招？不錯，他說得謙遜，性子倒是滿傲氣的，那她一定要讓他領教一下小瞧女子的後果。

有丞相大人在，一家人不好繼續話家常，都介紹過以後，互相寒暄了幾句，就到了開祠堂的時候。

趙真由齊國公親自帶著拜見祖宗，可見齊國公對這個孫女的厚愛，自此以後眾人便也知道她這個遺腹子在齊國公心中的地位了。

送客之時，對於丞相這樣的權臣是要送出一段路的，趙真跟在齊國公和沈桀身後，旁邊是沈明洲。

趙真碰了碰旁邊的沈明洲，「你說要和我過幾招，擇日不如撞日，回府之後我換了衣裳便與我過招如何？」

不遠處，跟在丞相身後的陳昭聞聲看向他們，趙真連瞄都不瞄他一眼，自沈家父子出現，

她眼中便再也無他了。

沈明洲沒想到這小丫頭還真想跟他過招，瞧著她那雙靈動的眸子，心下一樂，道：「那就隨妹妹的意吧。」

趙真衝他挑挑眉頭，「我若是贏了，你以後便不許叫我妹妹。」以後她和這姪子相處的時日還久，一口一個妹妹，她可忍不了。

沈明洲聞言一愣，這小丫頭還挺有脾氣，他比她大自是叫她妹妹，她還不樂意聽了。

「好啊，妳若是贏了，我以後叫妳瑾兒可好？」

瑾兒？這個稱呼趙真也不滿意，思索一番道：「叫我小名吧，咕咕。」咕咕便是姑姑啊。

沈明洲聞言腳下差點一滑，這小丫頭是在哄騙他嗎？有人小名叫「姑姑」的嗎？算了，反正左右她贏不了，便道：「可以，一會兒便請瑾兒妹妹指教了。」

這時的陳昭把頭轉了回去，面具下嗤笑一聲，他知道趙真是故意逗弄那孩子呢。還好，她還不至於年輕回去腦子便不清楚了。

向儒登上馬車與齊國公告辭，陳昭便也翻身上馬，繼續扮演著護衛的角色。臨行之前他掃了趙真一眼，一直未看他的趙真此時卻看著他，遠遠的衝他眨了下眼睛，調戲之意十分明顯。

陳昭不知為何心下一亂，忙回過頭去，夾了馬肚離去了。

回到丞相府，向儒屏退下人，「太上皇可有機會與太上皇后私下會面？」

陳昭取下面具點點頭，「她死不認帳，從她選擇回趙家，我便知道她是不會認下的。」

向儒嘆息一聲，「其實太上皇也不必再去深究為何會變成這樣，於天下人來說，返老還童是夢寐以求的事情，太上皇又何必刨根究底呢？」

陳昭搖搖頭，「事出反常必有妖，我與她一同成了現今的模樣，不知這背後有何緣由，我必須要弄清楚，而她休想置身事外。」

向儒與陳昭情同手足，算是他的知心人了，他與太上皇后之間的事情向儒也略知一二。

太上皇后不似一般的女兒家，性子果決，處事直截了當，一切由著性情。而太上皇卻內斂得很，有怒有怨都會深埋心中，且又是個疑慮頗多的人，他在位之時被歌頌為仁君，可只有向儒才知道這位君主仁善面目下那狠絕殘酷的一面。

人生兩面非太上皇所願，他幼時受過創傷，留下心病，整日整夜被夢魔侵擾，難以安眠。說來也是怪，自他與太上皇后大婚以後，便睡得安穩了，後來自己獨自一人也能安睡一夜，只是不知什麼時候起他又開始犯病，唯有在太上皇后身邊才能勉強安眠。但日積月累下來仍是他的負擔，性情已是大變，他有時都控制不住自己的心緒，怕事態嚴重，這才早早禪位，修身養性，方才好轉。

太上皇雖不承認，可向儒知道，太上皇后就是他心裡的一方淨土，也是他最信任的人，不然不會只有在她身邊時他才能安心。

「太上皇，我見齊國公今日的做派，怕是有將太上皇后留在趙家的心思……」他說得很隱晦，這個「留下」自是想為太上皇后招婿了。

陳昭聞言，倒是沒什麼情緒，「我知道，她親口同我說了，如今沈桀回京任職，我猜她暫且不會把心思放在這上面，不過是齊國公的意思罷了，她此時定在思琢如何藉沈桀之手回到軍中，那裡才是她心之所向。」

向儒聞言點點頭，不多時又有些疑慮似的問道：「今日見到沈將軍之子，大有沈將軍當年風範，太上皇后今日所言雖帶著幾分逗趣，但太上皇后對他是有栽培之意吧？」

那是沈桀的兒子，她自是滿意，她一直遺憾無人能繼承她的衣缽，如今有個資質不錯的，若是今日測試出來的結果好，怕是將來她會親自磨礪這個孩子。要是從前，他便隨她去了，只是現下的身分……終歸是不妥。

陳昭沉聲道：「你先暗中觀察那邊的動向，我自有打算。」

※◎※　※◎※　※◎※

趙家世代為將，府中便設有校場，供子孫操練。

此時天色已暗，僕人們將校場中架起的火盆依次點燃，偌大的校場漸漸燈火通明起來。

齊國公站在高臺之上俯首望下去，一時間有些感慨：「這校場的火盆許久沒有點燃過了，我這一脈人丁單薄，膝下只有你們這幾個孩子，你們若是和和睦睦，國公府才能長盛不衰。」說罷，他掃了幾個兒孫一眼。

趙煥這幾日過得可不如意，齊國公找回孫女，視如己出的義子又回京任職，他為孫女和義子大操大辦，卻從不見他對自己這個嗣子那麼上心過，心裡自是不舒坦，但他看了眼沈桀卻也不敢造次，垂首道：「父親說的是。」

沈桀看向高臺之下的少女，她換上了一身玄色男裝，闊步走進校場，腰束得緊緊的，長髮盡數綰在頭頂，此時正邊走邊用布條捆綁著袖口，明明是個身段玲瓏的少女，卻有種說不出的英姿颯爽，很像她。他道：「如今義父尋回瑾兒，國公府的人丁會越來越興旺的。」

齊國公看著臺下的愛女，朗笑道：「這是自然，瑾兒好不容易才回來，我自是不忍心把她嫁出去，將來招婿還要你們做伯父、叔父的為她把關才是。」說罷，他又對沈桀道：「子澄，你在京中也未安置府邸，國公府便是你的家，你就安心在這裡住著，明洲這孩子我也喜歡，他一個人委實孤單了些，便讓他和弟弟妹妹多親近一下。」

「依義父的意。」

沈桀雖久居邊陲，但齊國公月月都會寄家書給他，問他諸事可安，與他嘮叨京中瑣事，日日盼他能歸京。齊國公待他如親子，他如今回來了，在他膝下盡孝也無甚不妥。

而趙煥夫妻卻受了雙重的打擊，趙瑾不外嫁而是招婿，將來生下的兒子便姓趙，是齊國公的血脈，而沈桀位高權重不是好相與的，這齊國公府……是要變天了。

校場上，趙真站在放刀的兵器架前挑來揀去，時不時拿一把刀來掂掂，略顯英氣的眉毛蹙著，模樣還挺認真。

沈明洲覺得有些好笑，他如今在軍中也是個校尉了，現在卻要在這裡興師動眾陪一個小丫頭過招，說出去都怕人笑話。他摸了摸腰間的明堰刀，看來他也在兵器架上隨意選一把好了，不然用絕世名刀和這小丫頭過招說出去好像太欺負人了。

一旁的趙雲柯瞧見他的動作，便注意到了他的那把刀，他自小由齊國公教養長大，小小年紀也是見多識廣的，眸子晶亮道：「明洲大哥，你這把是明堰刀嗎？」

沈明洲聞言一愣，旋即微笑點頭，「是。是明堰刀。」

趙雲柯不僅驚嘆，更有些雀躍道：「我在兵器譜上看過。明洲大哥，能讓我瞧瞧嗎？」

明堰刀在兵器譜上排名前十，是前朝名將謝丙的武器，當年趙真攻進俞國時，從俞國國庫之中繳來的，她嫌輕，一直沒用過，聽聞沈桀有了兒子便送給他當賀禮了。

沈明洲很痛快的將刀解下來遞給趙雲柯。

此時趙真已經選完了兵器，是一把九環大刀，在刀中算是最重的一種。通常只有身高體壯的大漢才用這種刀，而趙真一個小姑娘卻輕輕鬆鬆扛著那把與她十分不襯的大刀闊步而來，到他面前還耍了個把式，那刀在她手裡就像根花槍似的輕便。

沈明洲有些驚異，怪不得敢找他比試，確實有幾分本事，但空有蠻力之人他見多了，便也不足為懼。

趙雲柯見長姐來了，忙把刀還給沈明洲，「明洲大哥，還你刀。」

沈明洲微笑搖頭，「你看吧，我用別的便是。」說罷隨手拿一把寒月彎刀在手裡掂了掂。

趙真見此，挑了下眉頭：不錯嘛小子，夠目中無人。

她昂頭道：「我建議你還是用趁手的兵器，動起手來我可就不分親疏了。」

沈明洲聞言噗哧一笑，這小丫頭還挺會放狠話的。

「那就請瑾兒妹妹指教了。」

趙真也不和他廢話了，抬手便向他揮刀而去，氣勢頗為狠厲。沈明洲輕笑一下，果然是個蠻橫，她到了近前，他微微側身抬刀一擋，輕而易舉擋住了她的招式，他還未得意，手臂突地一麻，竟是被她的刀氣震的，再看刀刃，居然硬生生被她劈出一道斷痕！

沈明洲看著眼前少女凌厲的眸子，猛地一驚，不敢再輕敵，退了幾步，扔了彎刀拔出自己的明堰刀和她過招。

趙真勾唇一笑，「這才有點意思。」

除了他爹，沈明洲哪裡被人看低過，而這小丫頭竟是一副瞧不起他的樣子，他一時間有點惱，目光一凜，腳一蹬便揮刀佯裝向她襲去，欲趁她慌亂之時捉她破綻。

誰知趙真卻坦然自若，直到他奔至跟前，才涼涼的抬眸，瞬息間側身閃過他看似洶洶的一擊，隨即右手已起，刀上九環凜凜作響，襲向他後背空門！沈明洲不料她反應如此迅速，心下一驚，堪堪避過她橫斜一刀，勉強穩住身形，再看她之時竟覺得有些詭異。

趙真抖了抖大刀，刀尖觸地，冷道：「是爺們就不要和我耍把戲，真刀實槍的幹一場！」

他們的陪練再厲害也都是人，而趙真少時的陪練是老虎，出其不意誰能比得過野獸？

沈明洲深吸一口氣，知道她功力不淺，便斂了心神，開始觀察她的路子。只見趙真架著大刀，並未擺出特殊的起式，明明渾身都是破綻，但偏偏讓他瞧不出可以自信攻破的空門。

兩人僵持了半刻，沈明洲死活瞧不出可攻之招，便見趙真刀身一橫，沉步朝他逼來。一步，又一步，不快，卻也不慢，節奏剛好踏著他的心跳而來，讓他難進難退。沈明洲深深吞了口氣，只能以攻為守了，當即刀一豎，裹刀而出，夾著秋風掃落葉之勢朝趙真襲去！

趙真冷靜的看著他一記刀花襲來，心頭哂笑，刀鋒一豎，正面迎上——恰好破在他刀花已下、刀勢未起的空檔！

「匡噹——！」

刀與刀在空中碰撞！

沈明洲被她砍在正好使不上力的姿勢，當即一身的蠻力被卸去了大半，刀身被她的九環大

刀一壓，虎口陣痛，刀竟脫了手。

如此，勝負已定。

趙真雖用的不是趁手的兵器，但對這個姪子也沒放多少水，能與她過上這幾招，她這個姪子倒是個可塑之才，就是沉不住氣。傲是好事，輕敵卻是大忌了，但日後好好磨練磨練他，將來必能成就大事。

「你……還不錯。」趙真覺得自己這個評價已經很高了。

沈明洲愣愣的看著地上的明堰刀，竟不知自己為何輸給一個小丫頭……

高臺之上的人早就走到了校場上，沈桀看著校場中的少女，本平靜無波的眸子滿是震驚，他的功夫算是趙真教的，對她的招式再熟悉不過，而這個少女……

他猛然看向旁邊的齊國公，齊國公無聲的點了點頭，沈桀便明白了大半。

——是她……竟是她……什麼羽化成仙，她分明是浴火重生了！

沈桀活了四十年眼眶從未紅過，就算是趙琛戰死，他也只知道提刀上陣為他報仇，可看著校場之中那個略顯纖柔的身影，他竟紅了眼眶。

——她沒死……她沒死！

趙真完全沒注意到沈桀的變化，看著姪子失魂落魄的樣子有些不忍，湊上前道：「我的功夫是名師指點的，而且我天生蠻力，輸給我也沒什麼大不了的。我才剛回來，身邊沒人能和我過上幾招，不如你日後同我一起練武吧？」

沈明洲聞言看向她，眼中滿是不可思議，他怎麼說也是堂堂校尉了，她是在讓他當她的陪練嗎？這算不算是公然侮辱他？可他剛才確確實實輸給她了，就算侮辱又如何？

沈明洲還未回話，沈桀已走到他們近前，他的面色已經恢復如常，只是看著趙真的目光卻是灼灼的。

「明洲，現下軍中無事，你近日練武也懈怠了不少，日後便跟在瑾兒身邊吧，你跟她多學學，她對你也不過是用了半成不到的功力，你能學的有很多。」

沈明洲聞言瞪大眼睛，聲音都拔高了許多，「父親！」

沈桀面色一冷，道：「怎麼？屈了你了？」

被父親這般冷冷一掃，沈明洲吞下欲脫口的話。他是輸了，讓父親失望了，但是不能輸不起，趙瑾確實比他厲害，他認了，「孩兒遵命。」

趙真看了眼乖順下來的姪子，又看向沈桀，沈桀對她微微一笑，她便也明白過來，沈桀知道了。那更好，那她以後揍他兒子就不用客氣了。

這時，趙雲柯雙眸晶亮的湊到趙真身邊，跪下身認真道：「長姐！我也想在妳身邊學武！請長姐賜教！」

趙真看向趙雲柯，心下十分欣慰，這孩子不愧於她與父親的教導，明白怎麼樣做對自己才是最好的。

「雲珂想學，長姐自是要教，快起來吧。」說罷，趙真彎下腰親手扶他起來，齊國公府的興衰未來還要靠這個孩子。

算是收了兩個徒弟，趙真心裡高興，當下便安排明天的事，「眼下我手邊沒趁手的兵器，明日你們便陪我去廖縣走一趟，去打個趁手的兵器回來。」

廖縣是有名的鐵匠縣，朝廷還在那裡建了個兵工廠，專門打造兵器。想要打個趁手的新兵器，去那裡最好不過了。

齊國公知道女兒高興，但也不能這麼急啊。

「我說瑾兒呀，明洲才剛回來，一路勞頓，妳把人叫來比試本就不妥了，明日還不讓明洲先歇歇？」

趙真想想也是，但她還未說話，沈明洲便道：「多謝齊國公關愛，明洲自幼隨軍，什麼苦都吃過，現下一點也不累，明日便陪瑾兒妹妹去廖縣。」

趙真聽完他這句話，倒是高看這個姪子一眼了，還算有骨氣。

「好像你不應該叫我妹妹了吧？」

沈明洲聞言，轉頭看向她，眼中已沒有了屈辱的神色，很淡定的道：「咕咕，我明日陪妳去廖縣可好？」

趙真聽著這聲「姑姑」很舒爽，勾唇一笑：「甚好。」

※◎※　※◎※　※◎※

「太上皇，齊國公府的線人來報，說是太上皇后勝了沈家公子，沈大將軍允他在太上皇后身邊練武，明日要一同前去廖縣。」

陳昭聞訊點了下頭，眼眸低垂，看著手中的書本平靜無波道：「叫人替我備馬，練武自是要打個趁手的兵器才是。」

向儒點頭應諾，去廖縣總要有個兩、三天吧？

「太上皇可需臣加派人手侍奉左右?」

陳昭搖搖頭,「我一人便可,無須勞師動眾,人多礙事。」

向儒聞言躬身退下,待到四下無聲,陳昭抬頭看向跳動的火光,眯起眼睛。

——沈檗怕是已經知道她的身分了,若是因此讓他生了什麼不該生的妄念便不好了。

※◎※ ※◎※ ※◎※

沈檗屈膝跪在趙真面前,眼眸澄亮,本威嚴的臉上竟多了幾分孩子氣的笑容,「長姐,本以為此生已無緣向妳親自謝罪,沒想到……長姐,真的是妳嗎?」

趙真含笑點頭,手摸在他的臉上,觸手便是滄桑,曾經的少年已是這般年紀了。

「是我,子澄,快起來吧,你何罪之有?如今你能回京,長姐為你高興,以後咱們一家人好好過日子。明洲我替你教導,這孩子我很喜歡,將來一定大有出息。」

沈檗笑著起身,握住她的手捨不得鬆開。

齊國公也道:「就是!快起來吧,都是一家人還這麼跪來跪去的。」

曾經牽著他的那雙手,如今在他掌心裡顯得十分秀氣。他記得他年少時,她曾教他握刀,她掌心裡還有厚重的繭子,而今年輕回去竟變得細滑了。這樣也好,他現在長大了,可以為她撐起一片天,她想怎樣都有他頂著。

「長姐喜歡就好,這孩子我平時很少教導,以後有長姐教導他,我很放心。」沈檗知道她對明洲不過是愛屋及烏罷了,因為是他的兒子,她才願意教導。

趙真欣慰的拍拍他的手，突地想起什麼似的問道：「說起來他母親呢？怎麼沒見他母親和你們一同進京？」

沈桀聞言，臉上的笑意頓變，旋即垂眸道：「很多年前就病死了。」

趙真驚訝道：「怎麼沒聽你提過？」

沈桀再抬眸時已是淺笑，「這種小事哪需要叨擾到長姐那裡，不過是我院中伺候的丫鬟，福淺命薄……不說這些了，長姐此番回來有何打算？」

趙真聞言蹙起眉頭，雖是他身邊伺候的丫鬟，但也是明洲的生母，一夜夫妻還百日恩呢，為什麼沈桀說得如此薄涼？而他如今這個年紀還不娶妻，實在讓趙真憂心，也不知道他是怎麼打算的。

「子澄，你不要嫌長姐管你，你如今正是年富力強的時候，膝下只有明洲一個兒子委實單薄了些，現下天下升平，你也不要再有什麼顧慮，當娶妻便娶妻，不要再耽擱下去了。」

齊國公附和道：「你長姐說的對，就算有了子嗣，明洲一個也太單薄了。我當年要是能再多生幾個，也不至於琛兒戰死以後還從堂兄弟那裡過繼個沒出息的過來。」

沈桀聞言仍是笑著，在她細軟的手背上揉了揉，「義父和長姐怎麼還當我是小孩子，這等事無須義父和長姐替我操心，我自有分寸。」說罷一頓，對趙真溫言道：「長姐還未說有何打算？可需子澄替長姐做事？」

沈桀如今的手畢竟是成年男子的手，粗糙厚重不似陳昭那般溫軟如玉，讓她有些不適應，抽回手道：「我回來主要也是在父親膝下盡孝，說打算，也沒什麼打算。」

齊國公豎眉道：「你們這一個個的，說得好像我沒幾年便要作古似的！我哪裡需要你們在我膝下，都該幹什麼就幹什麼去，只要讓我見著你們人就好。」

趙真聞言，睨他一眼，「爹，說什麼呢，莫要說這些不吉利的話！」

齊國公趕緊討好女兒道：「呸呸呸！爹說的不對！」

趙真這才正襟危坐道：「若說打算，我還是想回軍中。現今雖戰事停歇、邊陲安定，軍務卻不可荒廢，這天下現在是勍兒的天下，他雖然已親政四年，但有些事情還要我與他父皇替他定奪，如今我們這一去太過突然，即便有他長姐在，我心裡還是放心不下的，能幫他一些便幫他一些，他父皇當甩手掌櫃，我卻做不得。」

提到太上皇，沈桀眉心微蹙，道：「長姐可知太上皇現在在何處？」

趙真聞言嗤笑一聲，「本來不知道的，現今倒是知道了。他去了向儒那裡，向儒今日帶來的面具護衛就是他。」

齊國公這才恍然道：「原來那是太上皇啊！那他可認出妳了？同妳說話了嗎？」

趙真點點頭，「他怎麼可能認不出我來，只是我沒承認，我知道他不會善罷甘休，但對付他，我自有辦法，你們就不必替我憂心了。」說罷，她飲了口茶，「天色已不早了，父親早些歇息吧，子澄一路奔波也該去休息了。」

沈桀的目光落在她平靜無波的臉上，看了一會兒才垂眸道：「長姐也早些歇息，我定會助長姐回到軍中。」說罷一頓，「若是太上皇對長姐不利，請長姐一定要知會我，我定會護長姐周全。」

趙真搖搖頭，「放心吧，他不會對我不利的，我們怎麼說也夫妻那麼多年了，要想爭個你死我活也不會拖到現在。」

沈桀聞言，垂眸不語，還是不捨離去，想了想又道：「長姐才回來，想來身邊沒有什麼得力的下屬，我從軍中調幾人到長姐手下吧？也好保護長姐。」

趙真笑道：「勞你有心，不必了，你身邊的人還大有用處，到我這裡不過屈才罷了。再者說我也不需要什麼保護，一些雜事孫嬤嬤便能替我打理了，你不必操心我這裡，去吧。」

以趙真的功夫自是不需要保護，只是她身邊沒有他的人終究不讓他放心，若是派人暗中盯梢，定會被長姐發現，委實難辦，看來只能在明洲那裡敲打敲打了。

第三章
一把刀聘我，想得美

趙真一早便換了男裝與兩個姪兒騎馬上路，自入宮以後她已鮮少這般出遊，現在從頭到腳都如這清晨的空氣一般舒爽。

趙雲柯平日裡不是去學堂便是去校場，也鮮少這般出遊，孩子心性漸顯，出了城門便不安分了，回頭對他們道：「長姐！明洲大哥！咱們賽馬如何？看誰先到這條官道的岔口！」

沈明洲在軍中多年，性子顯得沉穩許多，對這種小孩子的比試沒什麼興趣，搖搖頭，「你們比吧。」

趙真騎馬一向喜歡追求速度，雖然覺得比這個幼稚，但能自由自在的跑起來她是十分樂意的，「行啊。」說罷，她又看了一眼沈明洲，挑眉道：「你不比，難道要一個人落在我們後面嗎？還是怕再輸給我？」

沈明洲聞言蹙眉，昨日他敗給她，今日若是不比，更會被她瞧不起了，遂點頭道：「好，比就比。」

趙真勾唇一笑，還是個小孩子。

三人停在一處，趙雲柯興致勃勃高喝一聲：「開始！」三匹快馬便奔馳而去。

沈明洲的坐騎是跟隨他多年的烈馬，配合默契，跑的自然快。

趙真座下雖是新馴的馬，但是她騎術好，也不落於下風。

只有帶頭的趙雲柯落在後面，小小少年郎也不甘於落後，在後面緊追猛趕，揚起的馬鞭一次一次落下，恨不得多出一隻手來。

風在耳邊呼嘯而過，趙雲柯從未騎的這般快過，漸漸被風吹得瞇起眼睛，揚起的馬鞭正要落下，突見前方不遠處橫出一匹馬來，停在官道上不走了。

他心下一慌，忙拉緊韁繩想調轉方向，但馬被打驚，直直撞了上去，兩馬相撞，一時間人仰馬翻，趙雲柯還反應不過來便飛了出去，落地之時被人接住，連帶那人一起在地上滾了幾圈才停下來。

「嘶——」身下傳來抽氣聲。

因為被人護著，趙雲柯並未受傷，他忙爬了起來，這才看到接住他的是個白衣公子，如雪的白衣已經都沾染上泥土。對方低著頭，按住自己的左臂，鮮血從他指縫裡流了出來，顯然是受了傷。

趙雲柯忙蹲下身焦急道：「公子！你怎麼樣了？」

白衣公子抬起頭，對他淺笑道：「無妨。公子沒事吧？是我的馬突然竄到官道上撞上了公子，公子若是出什麼事，我實在良心不安。」

趙雲柯看到他的臉瞬間一呆，要說他見識的人也不少了，卻從未見過姿容這般出眾的公子，莫不是什麼貴人吧……

這時前面的趙真和沈明洲也回來了，後面聲音那麼大，加之趙雲柯許久沒過去，他們自是要回來尋的。

此時的官道上躺了一匹馬，還在撲騰，但已是起不來了，是趙雲柯的那匹馬。趙真翻身下馬查看一番，馬腿有傷是人刻意為之，不仔細看都看不出來；她又看向不遠處的趙雲柯，沈明洲已經過去了，看樣子無礙。

趙真抬步走過去，到了近前才看清那個多出來的人，他捂著流血的手臂，還滿臉的笑意，不是陳昭是誰？

趙真瞇起眼睛，膽子真是夠大，為了黏上來，敢從她年少的姪子下手，連苦肉計都用上。

趙真蹲到趙雲柯身旁，一臉憂心忡忡，半點沒看受傷的陳昭，「雲珂可有傷到？怎麼突然出了這種事情？」

見長姐來了，趙雲柯有些焦急的解釋道：「我摔下來的時候多虧這位公子接住我，他還因此受了傷呢！」

趙真這才裝模作樣看向陳昭，先是小小驚訝了一下，而後又掩飾住驚訝，如初次見面般的客氣道：「多謝公子出手相救，不知公子傷勢如何？」

陳昭陪著她一起裝，仍是笑道：「無妨，只是手臂擦出些皮外傷。說來也是我的錯，是我的馬跑到了官道上，才會撞上小公子的馬，實在慚愧。」

沈明洲上前道：「公子不必如此，官道上本就不該賽馬，是我們有錯在先。我帶了傷藥，若是公子不嫌棄，我替公子上藥吧。」

受傷倒是出乎了陳昭的意料，不過受傷也好，更有理由與他們同行了。

陳昭有禮道：「那就勞煩這位公子了。」

「公子不必客氣。」

沈明洲蹲下身，從懷裡掏出傷藥，用隨身帶的小刀割破了陳昭的衣服，露出裡面鮮血淋淋的傷口，似是被尖銳的碎石劃的，傷口外翻，上面還沾有許多小碎石。

趙真暗暗惋惜，那白壁似的身子怕是要留下疤了，陳昭倒是捨得下本，原以為他不過是被輕輕劃了一道，卻沒想到傷得那麼深。

沈明洲瞧見了也有些犯難，蹙眉撕下衣襬一角，用隨身帶的水壺把布條浸溼，小心翼翼的擦拭傷口，但他再小心也免不了弄疼陳昭，聽著他隱忍的抽氣聲，額上都開始冒汗了。

趙真在旁邊看著也是蹙眉，沈明洲在軍中那麼久，處理起這種皮外傷還如此笨拙，看來他該學的還有很多。她再看陳昭，本就白皙的面頰更加蒼白了，這可不是裝出來的。

趙真起身蹲到他們面前，按住沈明洲的手，對他柔聲道：「明洲哥哥，我擅長處理這些，不如我來幫這位公子處理傷口吧。」

沈明洲聽見這聲甜甜膩膩的「明洲哥哥」，心頭一抖，不解的看向趙真，又見她對他笑得天真可愛，心裡更是不解，她這是怎麼了？

但趙真肯接這個棘手的活，沈明洲便也順勢讓了出去，女子做事輕柔細緻，她應該比他做得好吧？

沈明洲把位置讓了出來，趙真蹲過去，抬頭對陳昭和善笑道：「我現在用水為公子沖洗傷口，公子且忍著些。」

陳昭抬眸看向眼前溫柔和善的趙真，明知她是裝的，但又總覺得哪裡不對勁，道：「那就勞煩小姐了。」

趙真接過沈明洲手中的水袋，笑道：「公子真是好眼力，一下子就看出我是女子了。」說罷手腕微傾，潺潺清水流了出來，澆在陳昭的傷口上，將上面的汙血和碎石盡數沖刷下來。

旁邊的沈明洲聽見趙真的話，臉色微變，有些探究的看向陳昭。察覺到沈明洲的視線，陳昭本落在趙真臉上的目光挪開，低垂著頭，有些難忍的皺著眉頭。

水袋中的水被倒盡，趙真抬眸對沈明洲道：「明洲哥哥，我記得前面不遠處有一條小河，哥哥去前面再打些水來吧。」

沈明洲看著趙真，實在是搞不清楚她的想法，她之前明明不願意叫他哥哥，怎麼現在一口一個哥哥叫得這麼親熱？

他看了眼水袋，又看了眼少女明媚的臉，她對他露齒一笑，比她昨日和他比試的時候可人多了，沈明洲頓時有些不自在，最終點點頭道：「好。」

同樣不解的還有陳昭，她之前不還千方百計讓姪子叫「姑姑」嗎？怎麼現下自己叫哥哥叫得這麼熱絡了？

聽著她那甜膩膩的「明洲哥哥」，陳昭實在不痛快，他從來沒聽過她對誰叫哥哥。

趙真用布將血水擦乾淨，又對趙雲柯道：「雲珂，你去看看你的馬怎麼樣了，處理好公子的傷口，我們還要繼續上路呢。」

趙雲柯性子單純一些，立刻道：「我這就去看看。」說罷起身跑走了。

現在就剩趙真和陳昭。

趙真停止上藥的動作，抬眸看向他，頗有深意的一笑。

陳昭心下一震，斂了臉上的神色，一臉肅穆看著她，等她的下文。

趙真輕笑一聲，打開瓶蓋替他撒藥，待到藥撒好了才慢悠悠道：「雖不知我與公子的故人有多相像，但我確確實實不認識公子，公子若是因為我上次的出言不遜而不平，小女子便在這裡向公子賠不是了。」

趙真說完，從袖中取出一方錦帕，將他的傷口綁上，又道：「實不相瞞，小女子已有心上人，公子繼續這般糾纏實在讓人為難。以公子的風姿，什麼樣的女子沒有，何必在小女子身上浪費工夫呢？還望公子不要再這般苦苦糾纏了。」說罷還一臉誠懇的看著他。

陳昭看著她，漸漸皺起了眉頭，眼前的趙真和他認識的趙真大不一樣，她從不會稱自己是小女子，也不會這般溫和的說話……

他心裡也開始有些搖擺不定了，莫非她失憶了？怎麼可能呢，她若是失憶了，怎麼記得回趙家？她一定是在誆他吧？

陳昭收回自己的手，正色道：「妳不要以為妳裝不記得，我便會相信妳。」

趙真聞言，有些氣鼓鼓的樣子，「公子怎麼如此冥頑不靈呢？我承認我之前對公子多有得罪，但現下我已有心上人了，不想再與公子糾纏不清了，還請公子不要讓我為難。」

陳昭瞧著她煞有其事的模樣，嗤笑一聲道：「心上人？什麼心上人？妳的心上人都七老八十了吧？」

趙真認識他之前是真的有個心上人，陳昭都知道。那人當年是軍中一個火頭兵，比趙真大了十歲，不會武，但是做飯相當好，趙真最喜歡吃他做的東西，而且那人模樣還十分周正，為人謙謙有禮，和軍中的大老粗們不一樣，如此就成了她的心上人。但那也不過是年少不懂事罷了，自從趙真嫁給他，她心上就剩怎麼玩弄他了。

兩人還未來得及再多說，趙雲柯和沈明洲都回來了。

趙真小跑著湊到沈明洲身旁，道：「明洲哥哥，我已經替那位公子處理好傷口了，咱們快些啟程吧。」那樣子還帶著幾分小鳥依人。

陳昭看著這樣的趙真，心底一陣詭異。

沈明洲點點頭正要說話，趙雲柯湊上來哭喪著臉，「明洲大哥、長姐，我的馬死了……」

幾人走到馬前，果然馬已經沒了鼻息，身體都涼了許多。

陳昭吹了聲口哨，等了片刻後道：「我的馬也不見了。」

趙雲柯頓時懊惱起來，都怪他，要不是他執意賽馬也不會鬧成這樣，他對陳昭道：「不知公子是哪裡人士？要去哪裡啊？」

陳昭回道：「我乃京城人士，要去廖縣看望我的師父。」

趙真就知道向儒在她府裡安插了眼線，要不然陳昭也不會早早到這裡演這麼一齣戲，連他們去廖縣都知道的一清二楚。

趙雲柯訝異道：「這麼巧啊？我們也要去廖縣，跟我長姐打造件趁手的兵器去！」

陳昭故作驚訝：「竟有如此巧合之事！實不相瞞，我師父乃天工山莊的莊主。因我之故害公子損失一匹寶馬，實在過意不去，若是諸位不嫌棄，不如同我一道前往，到了我師父那裡，我請師父出山為小姐打造一件趁手的兵器如何？」

此言一出，趙雲柯和沈明洲都驚了。天工山莊誰人不知，那可是打造出兵器譜排行第二的兵器「天工明影劍」的山莊，而天工山莊莊主那可是有錢都請不到的人物，他們這一撞竟撞出這樣的機緣！

趙真在心底冷笑一聲，陳昭這個誘餌拋得夠大的，原來名震四方的天工山莊是陳昭手下的江湖勢力，怪不得她當年三顧茅廬也入不得其門，原因在這裡呢。

趙雲柯驚喜道：「真的可以嗎？在下早已久仰天工莊主的大名！若是能一睹真容，實乃三生有幸啊！」

本來之前覺得不妥的沈明洲也有些心動，「我們貿然前去可會打擾到令師？」

陳昭搖搖頭，笑道：「自是不會，我師父向來好客，我與諸位又有淵源，師父定會歡迎你們的。」

趙雲柯拉拉趙真的衣袖，「長姐，妳這次定能尋得趁手的兵器！」

雖然不想如陳昭的意，但是這個誘惑對她也很大，便屈身道：「先多謝公子了。」

陳昭虛扶一把道：「小姐不必客氣。」

沈明洲思琢片刻道：「那這樣吧，現在我們四個人兩匹馬，兩人共乘一騎，堅持到前面驛站再買兩匹馬如何？」

陳昭含笑點頭，「甚好。」

現下沈明洲最為年長，由沈明洲安排道：「那我與公子一騎，咕咕與雲珂一騎吧。」

趙真聞言，扯了扯沈明洲的衣袖，為難道：「明洲哥哥，咕咕騎技不精，帶不得人，不如明洲哥哥帶我，那位公子與雲珂一騎吧……」說完眨巴眨巴眼睛，擺明了是有內情的樣子。

啊？他來帶她？雖說兩人明面上是兄妹的關係，但畢竟不是親兄妹，共乘一騎實在是不太像話啊……

趙真見他遲疑，忙又湊上去幾步，帶著點撒嬌道：「明洲哥哥……」

看著近在咫尺的俏丫頭，沈明洲免不得耳畔一紅，勉為其難的點點頭，「那好吧。」

若不是臉白，陳昭的臉此時早就成鍋底了。真是想不到，她竟還有這般嬌滴滴的一面，明洲哥哥？虧她叫得出口。

陳昭是真的懷疑趙真全然不記得自己的身分了，要不然曾傲得不得了的她怎麼能做戲做成這般模樣？

可陳昭就算是心裡再不爽，作為一個外人也干涉不了他們，只能眼睜睜的看著趙真厚顏無恥的坐到沈明洲懷裡，沈明洲刻意往後仰身子，她卻恬不知恥的靠上去，莫非她口中的心上人就是她姪子不成？

——趙真啊趙真，妳到底在演哪齣戲啊？

四人啟程，到了離陳昭稍遠一些的地方，趙真對沈明洲正色道：「那人我識得，你昨日未來之前，他闖進後宅與我說話，錯把我當成故人纏著我不放，我猜他現下是衝著我來的。」

沈明洲一愣，這才恍然，怪不得趙瑾今日那麼怪呢，「什麼？那妳怎麼不早說？我們一會兒藉口與他分道揚鑣吧，這般同行終究對妳不妥。」

趙真搖搖頭，「不可，他是丞相府的人，恐怕不是個好對付的人，我們躲得過一時躲不過一世，現今倒是有個法子，但是需要你的幫忙。」

沈明洲未遲疑，問道：「什麼法子？」

「我方才已和他說了，說我有心上人，那麼就要麻煩明洲哥哥做我的心上人，他見你我情深意切，便知我不是他要找的人，就不會再糾纏下去了。」

沈明洲聽完遲疑了，和她假扮有情人？這怎麼妥當呢……

趙真見他有所遲疑，便握住他抓著韁繩的手，道：「明洲哥哥不願，可是要看著我被人糾纏不休？」

這……父親昨日再三囑咐，要順從妹妹的話，好好保護她，萬不能讓她有半分損失，他既已承諾，自是不能懈怠，思琢再三道：「那好吧，若是我有做不妥的地方，還望妹妹提醒我。」

話音落下，卻還是不敢靠得太近。

趙真轉頭對他微笑，「這是自然，我是信任明洲哥哥的人品才出此下策，明洲哥哥不要有負擔才是。」

聽到她的信任，沈明洲頓時坐直身子，他問心無愧，又何必遮遮掩掩，只要他行得端、做得正，假扮有情人又何妨，反正他對妹妹也沒有歹意。

陳昭在後面看著兩人你來我去，又說又笑的，不禁開始懷疑是不是自己認錯人了，又或者是趙真失憶了；若是她失憶了，真與旁人生出情意……

本來半個時辰能到的驛站，行了一個多時辰才到，平日裡騎馬不覺得枯燥，現下坐在別人馬上可是把趙真鬱悶壞了，腿都麻了，果然見了陳昭她就要遭罪，他就是她的災星！

趙真瞥了眼正下馬的陳昭，那動作乾脆俐落，已不是當年的不堪了，他站定以後瞧見她坐在馬上揉腿，還挑了下眉頭露出個笑容，可不就是在對她挑釁嗎？

瞧他那春風得意的樣子，她卻受這罪！趙真收回目光，裝著嬌弱的樣子伸手托托正在拴馬的沈明洲：「明洲哥哥，我腿麻了下不去。」

小心了一路的沈明洲好不容易鬆口氣，聞聲再看馬上嬌滴滴的向他撒嬌的姑娘，心又提起來了，這哪裡還像昨夜把他打趴下的那個？

要不人家都說女人多變呢？沈明洲可是長見識了。

沈明洲自小在軍中長大，又是大將軍的獨子，一言一行受人矚目，所以他不似別人一般出去胡鬧，向來是嚴於律己，可沒和小姑娘相處過，更不懂兩情相悅怎麼弄了。他遲疑著伸出手問道：「我扶妳下來？」

趙真雖說有過陳昭這個男人，可她哪裡是會讓男人有機會憐惜的人？覺得需要扶著就夠嬌

弱了，便把手放在沈明洲掌心裡往下跳。

本來自己下來能穩穩當當的，但是一讓人扶著反倒是更不穩當了，徑直就撲人懷裡了，落地的時候腳踝還崴了一下。沈明洲趕忙抱住她，畢竟是少女的身子，軟綿綿的還帶著若有若無的香氣，登時就紅了臉。

他有些結巴道：「咕……咕咕沒事吧？」

哎喲，真是丟死人了，要是讓她的舊部知道她有這麼一天，還不笑死她！想著想著，趙真就忍不住瞪向罪魁禍首，誰知陳昭正直勾勾的看著她呢，她心一虛，把臉埋在沈明洲懷裡，悶聲道：「明洲哥哥，我腳崴了。」

這一幕從陳昭這個角度看去可不就是郎情妾意嗎？

——怎麼，打了一架還打對眼了？被趙真打過的人能繞陳國兩圈，也沒見她和別人對眼過，她絕對是在裝。

——沈桀的兒子她倒是真放心，若是她知道沈桀的狼子野心，不知道還能不能這麼安穩的在他兒子懷裡。

陳昭走上前，瞥了一眼沈明洲泛紅的耳根，再看向裝鴕鳥的趙真，「小姐腳崴了嗎？我會正骨，不如讓我替小姐看看？」

趙真怎可能讓他近身，揪著沈明洲將他隔絕開來，「不必了，並無大礙，歇歇就好了。」

沈明洲見陳昭這麼殷勤，更是信了趙真的話，護著妹妹道：「不勞煩公子了，一會兒我帶她看大夫便是。」

看著沈明洲對他的防備，陳昭便知趙真已經說動了他，兩人現在是同仇敵愾，他過於殷勤反倒落實了趙真的話，便點點頭轉身去挑馬，結果看到趙雲柯一臉新奇的看著趙真和沈明洲。如此，陳昭更篤定趙真在裝，兩人之前的關係一定沒現在這麼親密，一切都是她的計策。她向來荒唐，總把自己當個男人看待，和姪子在一起也不當自己是女人，她也不看看沈明洲的眼神，有半點把她當妹妹看的意思嗎？

待陳昭轉過身去，沈明洲忙推開趙真，輕咳一聲正色道：「真的崴了嗎？」

趙真蹙著眉頭，試著動了一下腳，痛得抽了口氣：「真崴了。」說罷瘸著走了一步。

沈明洲瞧著她一瘸一拐的也皺起眉頭，居然還崴了腳，若是讓爹知道了定要說他連妹妹都照顧不好。為了避免她傷得更厲害，沈明洲彎下身子，將瘸著走路的趙真彎腰抱起，「我抱妳到那邊休息一會兒。」

猛地被抱起來，趙真驚呼一聲摟住他的脖子，看著他的臉有點不可思議，這還是她生平第一次被除了她爹以外的男人抱起來呢，那強而有力的臂彎抱著她，竟讓她生出幾分小鳥依人之感。這個姪子……不得了呦。

沈明洲是對上趙真瞪大的眸子才察覺到此舉有失禮數，但人已經抱起來了，總不能欲蓋彌彰再放下了，便有些尷尬的紅著臉抱著她走到茅舍裡。

趙真眼睛也不瞎，看見姪子臉紅反倒笑了起來，取笑他道：「臉紅什麼啊？不就是抱一下嗎？我都沒覺得怎麼樣，你把我當親妹妹就是了。」

沈明洲被她這麼一笑，臉更紅了，忙把她放下，轉過身去斟了杯茶灌下去，一下子灌得太猛還被嗆到了，捂著唇不停的咳嗽起來。

趙真瞧著他的樣子笑得前仰後合，這個姪子也太害羞了，哪有他爹當年的厚臉皮，他爹當

年為了賴在她身邊，可是什麼事都做得出來的。

陳昭在一旁看著，臉色越來越陰沉，她這是把沈明洲當姪子還是當成他了？

趙真這個荒唐女人最是喜歡調戲人，他們成婚以後，她平日裡最大的樂趣就是看他臉紅，她做事那麼混，陳昭當年又是個臉皮薄的，可不是一逗就臉紅嗎？每當那個時候，她就如現在這般在旁邊笑得前仰後合。

如今他已不是當年的陳昭，那便看看誰更技高一籌吧……

選好馬匹繼續上路，趙真是個有耐心的，就算是和姪子同騎不舒服，她也要繼續裝下去，便以腳傷為由繼續和姪子同騎。

陳昭聞言，半個字都沒說，逕自翻身上馬，拖著受傷的手臂走在前面。沒多久，有血漸漸透了出來，他仍是面不改色。

趙真斜眼瞄著他，現在的他可不是當年柔弱的模樣了，是從什麼時候開始他變了樣子，她竟有些記不得了……

※◎※　※◎※　※◎※

天將暗未暗時，他們趕到了廖縣，由陳昭領著到了天工山莊。

天工山莊居於山腳之下，隱匿在叢林之中，算是個避世的地方。

趙真曾找了好久才找到天工山莊，只是一直未入其門，這事想起來她就糟心，不禁瞪了眼罪魁禍首，現在倒是主動帶她來了。

門口的下人正蹬著梯子點燈，陳昭走到指揮下人的老者面前抱拳道：「勞煩管家通報，弟子陳清塵前來探望恩師。」

管家看向他，丞相府早就傳話來說今日會有一位自稱是老爺徒弟的貴人登門，瞧著眼前人的氣度，再看了眼他腰間的玉牌，定是丞相府的貴人無疑。

管家熱絡道：「原是陳公子回來了，快進莊吧，老爺聽聞您回來便一直等著呢。」

陳昭回身將趙真等人引到身旁，「管家，這幾位是我的朋友。」

管家看向他們笑呵呵道：「幾位貴人快快請進。」說罷帶著他們去前廳見莊主。

天工山莊莊主邵成鵬，其父曾是前朝的工部尚書，被人陷害入獄以後冤死獄中；陳昭早年與他交好，登基後便替他父親平反，邵成鵬對他感激不已，但因其父之事無心朝堂，便自願成了陳昭的江湖勢力，建立了天工山莊，以「天工明影劍」一朝成名。表面上以鐵藝為生，但實則邵成鵬善用機關，是個了不起的機關大師。

現今邵成鵬也已是半百的年紀，蓄著半花白的鬍子，有幾分書卷氣。他瞧見陳昭時驚了一下，但很快掩飾了過去，起身朗笑道：「愛徒啊，為師只是小病，還勞你從京中回來一趟。」

陳昭恭敬道：「師父有恙，徒兒自要回來。」

說罷，師徒兩人假模假式寒暄一番後，陳昭才介紹了趙真等人，將請他出山之事一併說了出來。

邵成鵬聞言，很爽快的答應了，「這等小事不過是舉手之勞。你們還未吃飯吧？我早就讓廚房準備了飯菜，先吃了飯再說。」

趙真先行謝過，隨著他們去了飯廳。

趙雲柯湊到長姐身邊，「長姐，天工莊主不愧是高人，瞧著就仙風道骨的模樣。」

趙真瞄了他一眼，這叫仙風道骨？那是因為他沒看過年邁的陳昭，那才是時時刻刻仙得要上天呢。

飯桌上，邵成鵬對他們頗為熱情，不停的招呼布菜，邀他們這些晚輩喝酒。

酒過三巡，邵成鵬才道：「今日天色已晚，我先安排幾位住下，明日再替這位小姐相看武器可好？」

趙真點頭，「勞煩莊主了。」

邵成鵬朗笑道：「小姐客氣了，來來來，我親自為幾位帶路。」說罷領著他們出去了。

這莊子十分的大，從前院到後院需要走很長一段距離，途徑不少個院落，搭建的方式和尋常的院落很不一樣，似乎各有用途。這天工山莊莊主果然不是個俗人。

途徑一處蓋著三層樓的小樓院子，邵成鵬回身道：「這裡便是我的武器庫，明日……」

他說著一頓，似是瞧見了什麼，走到沈明洲身前問道：「方才沒瞧見，小公子腰間的刀可是明堰刀？」

沈明洲將刀解下遞上，「回前輩，此刀正是明堰刀。」

邵成鵬接過刀，將刀拔出後細細打量，驚嘆道：「原來這便是明堰刀，果然是千古名刀，好生氣派！」緊接著他又咂咂嘴，「只是可惜這刀鞘是個粗鄙的料子，配不上這把刀，可惜啊可惜……」

他搖著頭，又突地眼睛一亮，「來來來，這位公子，能讓我見到此刀便是緣分，我現在帶公子去選個刀鞘的料子，來日替公子做個襯得上這把刀的刀鞘！」

說罷，他攬過沈明洲的肩就走，走了幾步回頭道：「清塵，先帶著這位小姐和公子參觀一下武器庫，我一會兒就回來。」

陳昭點頭應下，看向趙真和趙雲柯，「兩位隨我來吧。」

趙真看了一眼被拉走的沈明洲，然後與趙雲柯一同走進院子，這院中有管事，引著他們進了樓裡。

一進門，趙真便眼前一亮，房梁建得頗為高的屋中擺滿了武器架子，分布著刀槍劍戟、斧鉞鉤叉等等各式各樣的兵器，只有她沒見過的，沒有她找不到的。

她左摸摸右看看，霎時就忘了自己在哪裡，眼裡只剩下琳琅滿目的兵器了，哪個都想拿起來耍一下。

陳昭走到她身邊，「這裡擺的不過是些小玩意，好的在樓上，我帶妳上去看看？」

趙真現下也顧不得和陳昭對著幹了，點了點頭跟上他。

陳昭背對著她脣角一勾，引她往樓上走，走到了頂樓才停下，指著一間房鄭重道：「這裡存放的都是師父的藏品，一會兒只可以看，但不可以摸，知道嗎？」

趙真瞧著他這鄭重的樣子，心中雀躍，天工山莊莊主的藏品哦！不得了呢！

她忙點頭，「知道了！」

陳昭掏出鑰匙開了門，趙真一看這房間還落了鎖，肯定放著好東西，等門打開後，半點沒猶豫就邁了進去，一進去就到處看，「藏品在哪呢？」

「砰。」

後面傳來關門聲，她一回頭，陳昭已經將門鎖上了，正似笑非笑的看著她。

趙真心下一凜：娘的，上當了。

雖然門被鎖上，但是趙真又怎麼會懼怕陳昭，就是對他這般要她的行徑很不滿，橫掃他一眼，不以為然道：「公子這是要做什麼？」

陳昭將鑰匙揣進袖中，步步向趙真走去，明明還穿著那件破爛髒汙的白袍，姿態卻聖潔如雪，讓人看著就扎眼。

他笑道：「叫公子太生疏了，以後叫我的字『長熙』吧。」

眼見他要走到她近前，趙真不知怎的竟不自覺退了一步，退完了頓覺懊惱，怕他做甚？她昂頭不屑道：「我與公子又不熟，這般不太好吧？」長熙就是他原本的字，他竟也不避諱。

在約有三步遠的地方，陳昭停了下來，那雙黝黑的眸子就那麼淡然的看著她，彷彿她已在他的掌控之中，「現在不熟，以後就會熟了。」說罷他又向前一步，伸手握住她的手，緊接著就是一句：「怕了嗎？」

本來在他握上的瞬間，她就想把手抽回來，但是聽到他的話後便頓了一下，揚眉道：「怕什麼？公子有話好好說，莫要動手動腳的。」說完才抽了下自己的手。

陳昭握得很緊，沒讓她順利的抽回去，他從懷中掏出帕子在她變細滑的手上擦了擦，才抬眸道：「若是某人早先也能懂這個道理，便也不會招惹上我了。」

這個某人自然是指趙真了，新婚之夜第一次私下相處，趙真幾句話就把他強上了，他能不記仇嗎？

趙真被他弄得心裡癢癢，梗著脖子道：「不知道公子在說什麼，公子把我騙來這裡就是為了擦我的手嗎？」

陳昭聞言，將她的手鬆開，道：「自然不是，我不是騙妳過來，這裡確實有師父的藏品，但給妳看之前我還有幾句話。」說罷對她一笑，煞是溫柔可親。

之前陳昭一口咬定要拆穿她，現在換了套路，趙真已不知道他到底想要幹什麼了，提起精神問道：「什麼話？」

陳昭慢條斯理將帕子折好放進懷中，再看她之時竟有幾分含情脈脈，「自我第一眼見妳便覺熟悉，回去之後久久不能相忘，因而才貿然來見妳，再相見這種感覺便更為強烈了，我與妳之間定有某種淵源，妳雖有心上人，但並未婚配，何不給我個機會呢？」說完，他雙手握上她的手，攏在掌心裡揉搓。

一股麻酥感從掌心傳到了趙真的骨子裡，房中燭光搖曳，昏黃的光映照著眼前這張如玉的面孔。明明還是記憶中的那張臉，但他現在居然能厚著臉皮說出這種話？他這番話是在向她表白心意嗎？

趙真反手扣住他的手腕，挑眉道：「公子平日就是這般和姑娘家說話的？」

陳昭微微一笑，任她扣著手腕，眼含幾分寵溺，「自然不是，唯有妳一人如此。」那般寵溺的眼神讓趙真心頭一顫，差點破功。這傢伙好狠，竟然將計就計！她差點一巴掌搧過去讓他醒一醒了！

好，她裝他也裝，現在就看誰功夫深了！

趙真可不想平白被他調戲了去，莞爾一笑湊近他，手指摸在他的下巴上輕輕勾弄：「公子現在是在和我訴說真情嗎？」

陳昭不似上次那般讓她隨意戲弄，沒受傷的那隻手一抬，攬住她的腰肢，把她扣進自己的懷裡，調笑道：「真兒現在才知道嗎？」談話間，他的手指在她腰間似有似無的撫弄。

趙真的腰間最是敏感，身子都有些酥了，在他下巴上的手差點捏到他臉上，想看看是不是哪個登徒子換上了他的臉。

許是年紀大了，她竟有些吃不消他這般親近，猛地推開他道：「我說了我不叫真兒！」

陳昭以前從未試過這般反守為攻，沒想到一向荒唐的趙真卻是如此的反應，莫名讓他有些得意，怪不得趙真以前喜歡戲弄他呢，確實有趣。

他安撫似的牽住她的手揉捏，語氣裡仍帶著那股膩死人的寵溺，「我知道，這是我替妳取的愛稱，臻兒，百福並臻的臻，喜歡嗎？」

他這是睜著眼睛的胡扯！趙真輕哼一聲甩開他，「有你這般隨意替人取名字的嗎？」

陳昭溫笑道：「都說了是愛稱，妳若是想替我取，甘之如飴。」

他還要不要點臉了！怎麼年輕回去就變成這般模樣了，莫不是被誰下了降頭？這種不受控制的感覺讓趙真莫名一陣煩躁，道：「你到底想幹嘛？」

陳昭見她已經亂了陣腳，翩然一笑，「和妳下戰書。」

趙真蹙眉，「戰書？」

陳昭篤定點頭，「對，我要向妳征討……妳的心。敢不敢迎戰？」以他對趙真的瞭解，他逼到這種程度，為了她自己的面子，她也會迎戰的。

她的心？趙真身上的寒毛都要立起來了，他想要她哪顆心？是象徵她命脈的那顆心，還是她的真情？

要她的命，那就看他本事，要她的情……呵，她更要見識見識他的本事了。

「好啊，有本事你便來。」

陳昭燦然一笑，「那好，若是我今後見妳，妳可不能故意避著我，若是迎戰便要堂堂正正。」

趙真頷首道：「你放心，只要你有本事，我不會故意對你使絆子。」

陳昭要的就是這個，目的已經達成，他便不刻意逗弄她了，免得她炸毛。

「來吧，帶妳去看藏品。」說罷，他沒再動手動腳，轉過身去自顧自走在前面，又是一副正人君子的樣子。

趙真邁步跟上他，見他突然又變得冷淡了，竟有幾分失望，這就是他追女人的本事？他懂不懂調戲人要有始有終啊！勾起火來便閃到一邊去，這不是個稱職的流氓好不好！

陳昭走到一方櫃子前停下，掏出鑰匙將櫃子上的鎖打開。櫃門打開，裡面放著個半人高的木盒子，上好的紫檀木，一看就知道裡面裝的不是凡品。

陳昭閃身讓開，對她道：「妳自己搬出來吧，這盒子太沉。」

趙真並未覺得這有什麼不妥，她天生力氣大，重活向來都是她做的，便過去將盒子搬出來放在不遠處的桌案上。這盒子確實有些重量，不知道放著什麼好東西呢。

「這裡頭是什麼？」

陳昭走到她身旁，「妳自己看。」

趙真聞言，伸手把盒子上的暗扣打開，「嚓」的一聲似是有機關一般，盒子自己慢慢敞開了蓋子，露出裡面的東西來。裡面有一把套著刀鞘的長刀裹在金色的綢緞裡，不似藏品，更像

是要送人的禮物。

她看了陳昭一眼，他對她點點頭，她便伸手將刀取了出來。

這刀的刀鞘不似一般刀鞘那樣是用木頭製成的，而是一種類似於鐵的質地，但又比鐵精緻許多，紋路雕刻的也極為華美，還鑲了一顆碧翠的寶石，微一翻轉閃著耀目的光，霸氣啊！

趙真忙又把刀抽了出來，這把刀長而不笨拙，比她從前的刀更為便攜，且流線優美、花紋精緻，頗為適合女子，握在手裡又不乏厚重之感，她掂了掂刀，退開身子耍了幾下，這個重量剛剛好，正趁手，簡直就像是為她量身做的。

她驚豔道：「這刀叫什麼名字？」

陳昭倚在案前看著她，輕巧道：「妳替它取個名字吧。」

趙真猛地抬頭，她取名字？他要將這把刀送給她嗎？

陳昭瞧到她驚喜的樣子，帶著一絲笑意道：「這刀本是為故人所製，來來回回煉製了十年才煉成，只是最後沒送出去，便一直無主。妳若是喜歡，我便把它當聘禮送妳如何？」

趙真聞言臉一垮，這套路玩得深，兜兜轉轉還是在耍著她。她把刀插回刀鞘裡，繼而放回盒子，「一把刀聘我，想得美。」一說完很闊氣的轉身要走。

陳昭側身一擋，兩隻手抵在她身後的桌案上，把她困在他的臂膀之間，「騙妳的，這刀算是我的見面禮如何？」

趙真抬眸看他，他的臉近在咫尺，脣邊噙著笑意，似乎在等她什麼反應。

見面禮的話就有些貴重了，但讓她客氣的婉拒這個見面禮，她又不想，趙真也不好平白占他便宜，便問道：「那你想要什麼回禮？」他心裡不知道揣著什麼小算盤呢，她就給他這個機會，看他能提出個什麼要求來。

陳昭聞言並未回話，四周一下子就靜了。他的目光漸漸從她的眼睛游離到她的鼻尖上，又落在她白皙的面頰上，最後落在她微微翹著的唇瓣上，那曾經總是乾裂的唇瓣此時豐潤而有光澤，他眸光閃了閃，不似在想什麼回禮，更像是在思考從哪裡下嘴。

不知是不是兩人離得太近，他搶了她的呼吸，趙真感覺四周漸漸熱了起來，呼吸不順，心口一陣陣的跳，她伸手推了他一下，道：「你到底要什……唔！」

她的話被他堵在了唇齒之間，久未碰觸過的兩唇緊密的貼合在一起，氣息都混到了一處，趙真有點傻眼了。

但趙真是誰啊，她可不是後宅裡溫柔嫻靜的大家閨秀，會因為他的輕薄或哭或鬧，拋卻一開始的驚訝，她很坦然的享受了陳昭的獻吻。但陳昭這人在這方面向來缺根筋，許是他為人斯文，親起人來也慢條斯理的，柔軟的唇在她唇上輕柔輾轉，始終也不見半點狂風驟雨。

趙真也不回應，就這麼耐著性子等著，等他能來點稍微刺激些的、讓她把持不住的，結果他在她唇瓣上輕咬了一下便鬆口了，黑黝黝的眸子濛著水光看著她，比他這個吻誘人多了。

蚊子叮一口還能癢一會兒，他親一下沒滋沒味的，白瞎了她早年身體力行教他了。

唉，她很想再教他一遍，但自己這次不想折在男色上了。

陳昭不知她心中所想，現下挺得意的，整個人氣色都更好了。重來一次，他終於先她一步非禮她了，也算是找回了當年的幾分面子。

趙真眼瞅著他的得意，很不屑的嘖了一聲。

陳昭聞聲，揚了下眉頭，「這便算是還禮了，想來妳也沒有不樂意。以妳的本事，若是妳不樂意的話，我也強迫不了妳。」

——喲，還挺瞭解我的。

趙真舔了下脣，微笑道：「我當然沒有不樂意，公子獻吻想來還是我占了便宜，但只此一次，下不為例。」她抬起一隻手，五指一張，一支鑰匙掛在她的指上晃了晃，「孤男寡女同處一室終究不妥，我怕自己獸性大發，便先行告退了，這刀明日勞你光明正大的贈予我吧。」一說罷，她伸出一根手指，按在他的胸口處，笑吟吟的把他推開了，人就這麼大搖大擺的出了門。

陳昭在原地站了一會兒沒動，剛才的得意一掃而空，突地自嘲一笑：趙真啊趙真，真是一點沒變。

虧他親她之前還心理建設一番，想著親完她要怎麼奚落她一頓才能揚眉吐氣，卻不想他親她的時候，她的心都放在如何偷鑰匙上了。是他自己幼稚了，還想在這事上爭個輸贏，真是年紀越大越小心眼了。

趙真腳步輕快的下樓，下到二樓腳步一頓，摸上自己的脣。

其實也不是沒滋沒味的，他主動一次還是滿新奇的，就是希望他下次努力一些，可以讓她把持不住最好，畢竟無敵是多麼寂寞。

趙真下到一樓，趙雲柯見了她，連忙湊過來道：「長姐！妳去哪裡了？怎麼我一回身妳就不見了？」

趙真看一眼姪子，在心裡嘆了口氣，就算是父親教導，雲珂在遇事方面的見識也太少了，似溫室裡的花朵，為人正派，但心眼太少，該放到人堆裡歷練歷練了，「我去樓上看了看，見你看得高興就沒叫你。」

沈明洲不知什麼時候回來的，這會兒也湊了上來，見她回來，看她的眼神有些自責，「咕咕……妳方才沒事吧？」

趙真微微一笑，但笑意輕淺，未達眼底，「我能有什麼事？倒是乏了，還是早些休息吧。」同沈明洲一起回來的是那位老管家。老管家聞言，說道：「老奴這邊送諸位公子和小姐回房休息。」

趙真有禮道：「多謝。」

直到他們走出院子，陳昭都沒從樓裡出來，趙真回眸瞟了一眼，三樓的光逐漸滅了，想來是他要下樓了，她脣角勾了勾，萬不要知難而退哦。

管家將沈明洲與趙雲柯安置在同一間院子，而後帶趙真去另一間院子，趙真卻攔道：「不必麻煩了，我與他們同住便可，我們是兄妹，沒什麼要避諱的，無須多騰一間院子。」

天工山莊本就是江湖門派，沒有那麼多循規蹈矩，管家也不多言，吩咐丫鬟替他們收拾屋子後便離去了。

趙真坐在院中的石凳上飲茶，沈明洲看了眼正好奇四處看的趙雲柯，坐到了趙真的對面，小聲道：「咕咕，實在對不住，我走出幾步才察覺是調虎離山，回去後妳便不見了……他可有為難妳？」

她原本以為沈明洲在軍中多年，又已是校尉，警覺性該高一些，卻不想還是個孩子，不由得有點失望。

「我能有什麼事？就算是他想做什麼，也要打得過我才行。」她抿了口茶，才又道：「你我假扮之事就此作罷吧，左右你也保護不了我，我自個應付便是。」語氣間對沈明洲那股嫌棄勁，完全忘了自己之前是如何傻乎乎上了陳昭的套。

被妹妹這麼數落，沈明洲臉色漲紅起來，「是我一時大意了……但我不會不管妳，往後也定不會再有這樣的事了。」

趙真也不想讓他難堪，畢竟這孩子是真心念著她的，這不也半路回來了嗎？後知後覺也不算沒心沒肺。

「行了，這事就這麼過去吧，我也沒什麼事，以後出門在外切記要多一分謹慎，不能仗著自己武功高便懈怠，很多人、很多事都是出其不意的。」這話說給他聽，也說給她自己聽，她自己不就是對陳昭太瞭解也太懈怠，才著了他的道嗎？

沈明洲聞言，覺得有點古怪，怎麼感覺眼前的小丫頭是把自己當長輩一般在教導他，那從容不迫的樣子連他都懷疑起自己是不是她的晚輩了。

「咕咕沒回國公府之前是哪家小姐嗎？訓起人來倒是一套一套的。」

沈明洲這麼一說，趙真才注意到自己現下的身分，剛才那番話從她嘴裡說出來的確是有些不妥，但她仍是一副面不改色的樣子道：「這倒不是，我早先的師父是個江湖術士，下面有幾個徒弟，我是大師姐，便經常教訓人，時間久了就習慣了。」

沈明洲聞言，瞭然點頭，「原來如此。妳師父姓氏名誰？在江湖中可有名號？」

趙真搖搖頭，「不過是個無名人士，我跟著他就是混口飯吃罷了，沒什麼好提的。他品行不端，我早已退出師門了。」說完便一副不想再談的樣子，起身自顧自的進了屋子。

沈明洲抬眸看向她的背影，總覺得這個妹妹不簡單，許是小小年紀便顛沛流離，心思總會比同齡人沉一些。

唉，本該是國公府的掌上明珠，卻受了十幾年的苦，他怎麼說都是個做哥哥的，要多體諒她才是。

陳昭進院子的時候正瞧見沈明洲目送趙真進屋，眼裡還夾雜著心疼，不知道前一刻兩人說了什麼，竟讓沈明洲生出憐惜之感了，她有這本事，怎麼沒讓他憐惜、憐惜？

沈明洲瞧見他進來，立刻站起身來，斂了臉上的神色，有些戒備的看著他，「不知公子前來有何事？」

陳昭溫和笑道：「瑾兒先前不是崴了腳嗎？我送些藥酒過來。」然後看了眼趙真的屋子，又道：「她在那屋吧，我送過去給她。」

沈明洲聽見他的稱呼，眉心一蹙，攔道：「不勞煩公子了，我替她拿過去便是。」說罷，奪似的拿去了他手中的藥。

陳昭神色未變，任他把藥拿走，「怎麼說也是相識一場了，不必再公子來公子去了，你喚我清塵，我喚你明洲可好？」

如今他們在他這裡做客，自是不好太冷漠，沈明洲便道：「自是可以。現下天色不早了，若是沒別的事，清塵早些回去歇息吧。」

陳昭點頭未作糾纏，「那便不打擾了。」說罷，半點沒遲疑的轉身走了。

沈明洲見他離去，便走到趙真門前敲了敲，「咕咕，方才陳清塵送了藥酒過來，妳的腳傷如何了？要不要用藥酒？」

片刻後，門從裡頭打開，趙真走了出來，拿過他手中的藥酒，留下一句「早些歇息吧」，便把門關上了。

沈明洲看著關上的門有些悵然，也不知道他方才走後到底發生了什麼，她先是不與他假扮有情人了，又收了下陳清塵送來的藥酒，明顯是對他沒那麼厭惡了，那陳清塵其實一表人才，要是趙瑾心軟了，兩人真生出什麼情愫，他回去該怎麼向老國公還有父親交代啊……

第四章 把外孫引來了！

趙真夜裡向來淺眠，門一開她便醒了，熟悉的氣息進了屋裡，繼而徑直到了內室，踢踏的腳步聲沒有半點遮掩，就那麼從容不迫的走到她床邊坐下，隨便掀了她腳下的被子，有些冰涼的手指按在她的腳踝上。

「就知道妳不會好好上藥，雖然只是崴了腳未傷及根骨，但也傷了筋肉，妳向來好動，斷不會好好養著，日子久了會成大患。」他說完將她腳放下，起身拿了桌上的藥酒回來，打開蓋子倒在手中些許，搓熱了便覆在她的腳踝上搓揉。

趙真懶洋洋的躺著，黑暗中只能看清他的輪廓，感受到他漸漸溫熱的手掌在自己腳踝處揉搓，他夜視的能力還是那麼讓人羨慕。

「我不是你的故人，你不要把我當你故人那般，我叫趙瑾。」

陳昭聞聲，黑暗裡瞥她一眼，「我知道，妳現在不是我的心上人嗎？我就是把妳當心上人一般。」彼此的身分明明就是心照不宣了，偏偏她還要繼續裝，那就裝。

趙真在黑暗裡嗤了一聲：什麼心上人啊？以前不是，現在更不可能是。

其實趙真也不是一直和陳昭那麼不對盤，有段時間他們還算挺恩愛的，不管真的假的，趙真那個時候過得很開心。

大婚過後不久，她就帶著陳昭回邊陲去了，那個時候邊陲還算穩定，都是些小打小鬧，趙真在營中的時間很多，便把心思放在了新娶……哦，是新嫁的夫君身上。

她沒和陳昭這樣貌美如花又手無縛雞之力的男人相處過，因而有點犯愁。當她知道他不會騎馬，就藉口教他騎馬和他親近親近。

但陳昭在這方面真是過分的一竅不通，總要從馬上摔下來，把白嫩的身體摔得青一塊、紫一塊。不過就算是這樣，他還是很有骨氣的，摔慘了也要爬起來繼續學，只是眼瞅著人越來越不開心了，可能總學不會他心裡也氣吧。

要是別的男人，趙真可能就隨他去了，但陳昭是她床上的人，免不得要憐惜一些，便苦口婆心勸他慢慢學，有時間就騎馬帶他遛遛，算是夫妻間的情趣了。

騎馬這事擱下了，可她夫君笑著的模樣還是很少，趙真很犯愁，找了軍中有媳婦的將士取經，取來個「投其所好」的經，她便靜下心來認真觀察，結果發現她的夫君最愛看書。可這看書是趙真最煩的事情了，她也不是不認字，就是不喜歡看些咬文嚼字的東西，平日裡看兵法什麼的都是讓軍師譯成白話給她看，可不願意在這上面下功夫。

但為了夫君，她忍了，有時間就捧著書本找他研討。一開始趙真還怕陳昭嫌她沒學問，先在軍師那裡做做功課再去找他，但是時間久了難免要露餡，趙真就鬧了個笑話把一個詞解釋錯了，沒想陳昭卻笑了，卻不是嘲笑，是那種開懷的笑，還很耐心的糾正她的錯誤，用簡單的方式讓她明白了那個詞的意思，趙真自此就學會故意在他面前賣蠢逗他笑了。

就因為這樣，他們夫妻間的關係越來越好。有一回趙真受了傷回來，正自己換藥，陳昭瞧見了，二話不說就坐下幫她換藥。要說從前，陳昭是很不喜歡和她有身體接觸的，就算是房事上他都很少有什麼多餘的動作，極為不喜歡主動碰觸她的身體。但現在他不僅替她上藥，還為了能幫她處理好傷口，特意找軍醫學了包紮止血和一些活血化瘀的方法，每到就寢的時候就幫她弄，將她身上有瘀血的地方揉開，細緻又耐心。

也是那個時候，趙真對這個夫君才真的生了情愫，想和他好好過日子，也開始在意起來自

己在他心裡的形象。

她曾經問他：「陳昭，你覺得我身上的傷疤難看嗎？我明明是女子，卻連你這個男子都不如，有那麼多難看的疤痕。」

陳昭溫熱的手指落在離她心口處有一寸的傷疤上，那眼神中夾雜著心疼，「怎麼會？這不是疤痕，這是妳的功勛，是這些才換來了陳國百姓的安定。」

趙真聞言，頭一次覺得眼眶有點熱，心裡像撒了蜜一樣的甜，她娶了個好夫君……哎呀！管他是嫁還是娶，她趙真就是娶了個好夫君！

從那以後，趙真在他面前就更放肆了，即便是當著其他人的面也喜歡逗弄他，看他臉紅、看他笑，讓所有人都知道她對他的喜愛。可她不知道的是，她不在軍營裡的時候，軍中竟有人敢欺凌他！

有一次趙真回來得早，正聽見兩個教頭揚聲道：「真不知道那人有什麼可清高的，還真當自己是王爺了，不過就是上面送給我們將軍的玩物，這軍中誰敬他是王爺啊？成日裡跟個娘兒們似的，就知道魅惑將軍，我呸！」

「哎~話不能這麼說，咱們將軍沒有丫鬟伺候，這不有個王爺紅袖添香，多有面子啊~」

那兩個人看著是背後說，可不遠處就是正在井邊打水的陳昭，就當著他的面把這些難聽的話說給他聽。

趙真當時就火了，直接抽出鞭子打在兩人的身上，「誰他娘的給你們的膽子！王爺身分尊貴，我身為王妃都要敬他幾分，竟由你們這些癟三在背後說三道四！我看你們這條命是不想要了！」說罷高喝一聲：「來人！把這兩人綁到校場上去，讓他們好好在日頭下清醒清醒！」

邊陲地帶滿是黃沙，日頭十分的烈，只曬一天就能把人活活曬死。有人來求情，趙真一併打了出去，她那時才知道軍中的人把陳昭說得有多難聽，所有人都覺得他不過是個以色令人的王爺，是個在她身邊苟延殘喘的角色。

說到底都怪趙真，趙真以為自己和他親暱逗趣是寵愛，殊不知底下人當她是故意羞辱他。她生來就是將，向來都是被人捧著的，不知道在軍中無人依仗且被主將輕視會受人欺凌，陳昭一直不和她說，她便不知道，連調撥些自己的手下保護他都沒想到。她自己是個自強的人，從未想過陳昭在軍中需要人照顧，現下愧疚不已，便殺雞儆猴好好整頓一番軍紀。

趙真問他：「你怨我嗎？都是因為我忽視你了，才讓你受這些罪。」

陳昭對她笑笑：「我若是把這些人的話當回事，早就告訴妳讓妳替我出頭了。不過是些閒言碎語，只要將軍看重我，旁人說什麼我都不在意。」

趙真頓覺心暖，與他好好溫存了幾日，只是好景不長，吳寇來犯，她便要帶兵出征了，待到歇戰回營之時已是四個月後。

她特意沒讓人先報信，要給他個驚喜，可回了帳裡卻不見他的人，「王爺呢？」

副將連忙跪地，道：「請將軍降罪！屬下無能，王爺與方軍師之女多次幽會，屬下人微言輕勸不動王爺，王爺現在正與方軍師之女在一起……」

什麼？趙真將手上的刀匡的一聲放在桌上，「帶路！」

趙真隨副將到了一頂帳前，她停在門口並未進去，便聽到裡面一軟糯的女聲道：「王爺，女子讀太多的書是不是沒用？像將軍那般上陣殺敵做個巾幗女傑才更受人敬仰？」

接著便聽到她日思夜想的聲音道：「我並不覺得如此，女子多讀些書是好的，將軍那般打

打殺殺其實我是不喜的……哎，和妳說這些做什麼，人各有志，妳喜歡讀書便好好讀書，將來也能大有用處。」

女聲道：「多謝王爺這幾日的提點。西北風硬，我想著將軍不是尋常的女子，該是不會為王爺做冬衣，我便為王爺縫製了一件冬衣，請王爺不要嫌棄……」

陳昭道：「怎麼會嫌棄呢，勞妳有心了。」

女聲雀躍道：「那王爺快些試試，若是不合身，我再替王爺改一改。」

趙真聽到這再也聽不下去了，掀了門簾便走了進去，門簾拍在帳上發出一聲重響。

一個纖弱的女子正站在陳昭身旁，手捧著冬衣滿臉的嬌羞，而陳昭正伸手去接，看到趙真進來一愣：「妳回來了……」

趙真看著這一幕，心口像是被人捏著，疼得難受，她冷笑一聲：「我還不能回來嗎？打擾你的好事了？」

陳昭聞言眉心一蹙，正要說話，旁邊的女子突然跪地，道：「請將軍贖罪！不是民女故意勾引王爺的！王爺時常到民女這裡來拿書，見民女識字，便教導民女，日子久了民女一時昏了頭……才……才……」說著竟是一副說不下去的樣子，彷彿已經有了什麼苟且之事。

趙真看著那個跪地女子，方才還嬌羞的臉上掛上了淚，就好像自己是個惡棍，要把他們活生生拆散似的，可憐的模樣我見猶憐。她再看向陳昭，他直愣愣的看著地上的女子，不知道在想些什麼。

趙真冷哼一聲：「我怎麼會怪罪妳呢？王爺看上妳是妳的福氣，起來吧，妳以後就在王爺身邊好好伺候吧。」說完她再也不想留在這裡，看也不看陳昭一眼便離開了。

她回了自己帳中，心情久久不能平復，死死盯著門帳：陳昭竟沒有跟回來！

副將小心道：「將軍，王爺對您這般不忠，您就這樣把人賞給王爺嗎？末將親耳聽到王爺同那賤人說喜歡她的知書達理，而在將軍您面前只是曲意奉承……其實早先不能怪將士們說話難聽，王爺的心根本就不在您身上，這皇室的人心高氣傲，哪裡會真的甘心……」

趙真抬頭冷掃他一眼，「住口！我養你就是讓你在我面前如長舌婦一般嚼舌根的嗎？成事不足敗事有餘的東西！滾出去！」

副將頓時不敢再說話了，忙退了出去。

這時陳昭回到了帳中，正要退出去的副將對他譏諷一笑，方才還弓著的身子挺直起來大步離去。

陳昭看向寒著臉的趙真，不禁捏緊袖下的雙拳，走到她面前，「我身邊不需要人伺候。」

趙真抬眸看他，那張她朝思暮想了很多天的臉就在眼前，而她此時卻只剩下厭煩。她裝作毫不在意的樣子扯過桌上的刀用了鹿皮擦拭，上面還有殘留的血腥，昭示著她在戰場上殘暴的殺戮——想到他的話，她心口突地一悶，又把刀扔了回去，冷聲道：「隨你的意。」

陳昭看了眼她一向珍愛的寶刀，蹙眉道：「我與她是清白的。」

趙真聞言，抬眸看他，他的神情比她還理直氣壯。不管他是不是清白的，他心裡若有她就不該和別的女人私下相會，讓全軍將士都知道她戴了綠帽子！

她冷冷看著他，「那又如何？」

她這般冷冷的眼神便證明她完全相信了副將和那女人的話，一星半點兒也不信他，陳昭還是不甘心問了一句：「妳不信我？」

趙真雙手環胸而坐，對他道：「你說，你要我怎麼信你？」

陳昭看她良久，心中思緒萬千，最終只剩下黯然，「將軍若是不信我，我如何解釋將軍都不會信的。」說罷人就轉身走了。

他這一走，趙真一個人生了一夜的悶氣。她其實是相信陳昭的，可他卻為何不跟她解釋清楚？是不屑嗎？而且他曾明明說過她的傷疤是她的功勛，轉頭就和別的女人說不喜歡她打打殺殺，他的心到底是怎麼想的？難道真如副將所說就只是奉承她？

趙真只是暫回營中，很快又回到陣前去了，陳昭不與她說，她也沒閒心再問他。等她再從戰場上回來，軍中已經沒了方軍師父女，說是方軍師愧對於她，帶著女兒走了。這事便也不了了之，她和陳昭短暫的和諧也就此結束，從此以後再也找不回那些甜蜜的過往。

曾幾何時，她那般貪戀他偶爾的溫情，現下卻總要思量他是不是又在算計些什麼。坊間皆言陳昭登上帝位是靠她，但趙真可不敢居功，陳昭向來是個不外露的人，他也是個有勇有謀之士，並不比他的幾個兄弟差，而且光是拿耐心來說，他的兄弟絕對比不過他，就比如他現在很有耐心的對她下套。

不知什麼時候被他包裹在掌心的腳踝已經灼熱起來，趙真縮起自己的腳，支起身子看著他道：「其實我不喜歡紅袖添香的類型。」

紅袖添香？他曾隨她從軍之時，她軍中的將士就這般稱他，他那個時候無權無勢，又被父皇所厭棄，可不就靠著紅袖添香在趙真身邊苟活？但他並不覺得委屈，因為事實就是如此，也因著在她身邊，他才風光了幾日，享了幾日她的溫情。

他一直記得，那時軍中有兩人正在說他的壞話，恰巧被趙真聽到了，她因此雷霆震怒，不僅處決了那兩人，還召集三軍訓話，就為了他。

她站在高臺之上，高聲怒喝：「安平王乃聖上親封，本該在封地安穩度日，卻隨我跋山涉水遠征至此，一個本該養尊處優的王爺現在卻要凡事親力親為！你們以為這樣是為了什麼？當真是因為他在這裡無依無靠便受人冷待嗎？」

「他背後乃是當今聖上，他隨我出征是帶著聖上對我與諸將士的厚望，本應受到優待，可他卻不願因自己的身分而異於旁人，自甘平凡，為的就是與我、與眾將士一般同甘共苦、同舟共濟！他堂堂王爺放下身分做到如斯地步，換來的卻是某些人的汙言穢語，實在是令我寒心，令當今聖上寒心！我是你們的將軍，但我首先是安平王的王妃！王爺與我夫妻同心，你們侮辱他便是侮辱我！若是讓我再聽到諸如此類的汙言穢語，格殺勿論！」

他生來便受盡苛待，其實早就不在乎旁人的閒言碎語了，而現在看著她身披厚甲的背影，他心中是澎湃無比的。他遠不如她說的那般高大，可她卻願意維護他，為了他訓斥三軍，將他視作心頭寶，他那時就覺得此生能得一人如此，便已是滿足。即便，那只是因為她年紀還小，不過一時的貪戀，但只是那一瞬的真心，也值得他銘記一生。

趙真畢竟與他不同，她一出生便受人擁戴，被養成了男子的性子，對待感情之事難免浪蕩一些，今日能衝冠一怒為紅顏，翌日也能拋之腦後，他當時也沒苛求她能始終如一，她心裡有他便是。可他的身分畢竟不能如她一般率性而為，總要瞻前顧後一些，便讓她越加不喜。後來他也擁有了權勢，身居高位，難免變得貪婪，總是想得到的更多，就對她的約束多了一些，卻與她越行越遠……

陳昭取了帕子擦了擦手，漫不經心問道：「那妳喜歡什麼樣的？」

趙真歪歪頭，裝模作樣的思琢片刻，道：「反正不是你這樣的。」

這不是無理取鬧嗎？陳昭隔著夜幕抬眸看著她，「那妳說說我是什麼樣的？」

趙真皺皺眉頭，這不是胡攪蠻纏嗎？她身上還有什麼利可圖，他就不能安安穩穩過他的日子去，不要來煩她嗎？

屋中一片靜逸，趙真知道他在看著她，她眼珠轉了一下，道：「你是送上門的，我喜歡性子烈的、不好得手的，你懂吧？」所以趕緊去裝他的貞潔烈男吧！以前他不是裝得挺好的嘛？現在強撩她，又撩得高不成低不就的，讓人難受！

陳昭替她把被角掖好，「真不巧，這我做不到，我就喜歡送上門來。」說罷自顧自的褪了鞋子，躺在她床邊一角，看樣子是要和她過夜了。

趙真瞪著他，對他現在的厚臉皮也是服氣了，她就不信他這貞潔烈男現在這麼豁得出去，她湊上去衝他齜牙：「你當我不會碰你是不是？」

陳昭沒出聲，就是伸手扯了扯她的被子蓋住自己，彷彿在說：有本事妳來啊。

——瞧我這暴脾氣！他這是三天不打上房揭瓦了！

趙真也不和他廢話了，撩了被子張牙舞爪撲過去，陳昭忙把她攔住，「等等。」

趙真揚眉：怎麼樣？怕了吧？

陳昭平躺好，把一隻胳膊舉過頭頂放著：「我這隻胳膊受傷了，妳小心點。」然後就好整以暇的等著她上手了。

趙真：「……」

這是風水輪流轉嗎？她怎麼覺得他現在的無恥行徑特別像當年的自己。

趙真被他弄得有點憋悶，特別想就地辦了他，讓他領略一下她不減當年的雌威，可是辦了他後患無窮，所以她只能忍著……

趙真扯了被子蓋住自己，背過身去睡覺了，心裡怒道：願意賴著就賴著，老子不碰你！

陳昭見她背過身去睡覺，反而鬆了口氣，許久沒有做那事，其實他也沒準備好，若是露怯反倒適得其反，還是要準備準備，他日再提上日程。

聽著趙真那邊不滿的呼哧聲，陳昭不禁露出笑容。如今，他不再受外在身分所束縛，她身邊也沒了旁人，如此天賜良機，他再也不會錯過了。

※◎※　※◎※　※◎※

翌日清晨，陳昭已經走人了。

看了一眼床邊皺巴的床單，趙真翻了個白眼，心道：沒那金剛鑽就別攬瓷器活，乾睡一夜什麼也沒做，還學人夜闖閨閣，丟人！

在天工山莊吃過早飯，天工莊主很客氣的邀趙真過去畫圖樣，陳昭對她使了下眼色。畢竟是三十多年的夫妻，趙真心領神會，畫了昨日那把刀，陳昭便順其自然的把刀送她了。

趙真抱著刀喜不自禁，恨不得現在就出去耍兩下，但眼下還是要很客氣的說道：「多謝莊主割愛，這是謝禮，請莊主萬萬不要推辭。」說著將裝著數根金條的盒子遞給他。

邵成鵬忙推拒道：「這刀不是我煉製的，是我徒兒心頭所愛，妳若是謝，謝他吧。」

趙真看向在旁人面前又開始裝仙人的陳昭，心裡呸了一口：老子替他打江山，還幫他生了一兒一女，要他一把刀都算便宜他了！還謝他？他臉怎麼這麼大！

心裡不樂意，臉上還是要甜甜的笑，趙真又將盒子遞給陳昭，「多謝陳公子割愛。」

陳昭對她點頭輕笑，「是瑾兒應得的，謝禮我已收過了，這個便不必了。」

他所說的謝禮當然是昨日那個吻了，趙真默默的橫他一眼，又客氣了幾句就告辭了。

陳昭跟上他們，「林中機關重重，我送你們出去。」

這個理由合理的讓人無法抗拒。

因為林中有機關，趙真也不能大步流星走在前面，只能任由陳昭走在她身旁。

他看了一眼她的腳，：「瑾兒的腳可是好了？」

趙真不鹹不淡回道：「託陳公子藥酒的福，已經無礙了。」

陳昭走近了她一些，「那便好，回去記得多休養，傷筋動骨一百天，總要小心些才是。」

沈明洲這時有眼力了，隔到兩人中間，道：「多謝清塵兄的關懷，瑾兒是我義妹，我自會好好照顧她。」

陳昭微笑頷首，「這是當然，明洲兄是哥哥，關心妹妹是理所應當的。」

沈明洲聞言抿一下唇，多說無益，免得像爭風吃醋一般，他轉而看向趙真說：「咕咕，若是不舒服就告訴我，我揹著妳。」

趙真點了下頭，也沒多說話，眼睛瞄向了別處。

出了樹林，陳昭便停下了腳步，「我就送諸位到此了，後會有期。」

趙真瞄他一眼，真的就送到這了？她翻身上馬，想了想還是道：「多謝你的刀！」

陳昭銜她笑笑，華光照在他精緻的臉上分外明媚，「應該的。」

趙真被他晃了一下，忙轉了頭走人，「告辭！」

三人上路，行出一段距離趙真回頭看去，陳昭竟真的轉身走進林中，他不繼續跟著了嗎？

沈明洲見趙真回頭，遠遠便見那人已進林中，他心頭不禁一悶，「咕咕，看什麼呢？」

趙真聞聲回過頭，瞄了他一眼道：「沒什麼，走吧。」說罷揚起馬鞭飛馳而去。

三人行出不遠，便見一隊人馬飛馳而來，為首之人身著玄色騎裝，玉冠束髮，露出一張俊逸清朗的臉，但他雙眼似鷹，天生帶著股凌厲之氣，微微一掃便能讓人雙膝一軟，一看就是個厲害角色。

趙真迎面看見他，神色一變，頓時咬牙切齒：好你個陳昭！怪不得不跟了，原來是把外孫也引到這裡來了！

他可真是片刻都不耽誤，竟搶在她之前動了外孫，不過既然被她遇到，她才不會輕而易舉把外孫讓出去！

趙真當即拉了韁繩，猛一調轉奔馳回去。

沈明洲見她突地回去，忙拉了韁繩，「咕咕！妳去哪！」

趙真高聲道：「你們先回去吧！我有事！」說罷人消失得更快了。

沈明洲哪裡能落下她不管，忙帶著趙雲柯也調轉了回去。

外孫的人馬跑得飛快，不知道是有什麼急事，趙真座下的馬不過是匹普通的馬，自是趕不上明夏侯府的寶馬，一會兒的工夫便追不上了，但她的直覺告訴她，外孫定是去了天工山莊，而引他去的人必然是陳昭。

果不其然，她回到了天工山莊的樹林入口，外孫的人馬便停在那裡，趙真遠遠停下將馬拴在樹上，打算先悄悄過去探探風聲。

沈明洲和趙雲柯此時也跟了過來，沈明洲頭一次進京自是不識得她外孫，可趙雲柯識得，奇怪道：「咦？那不是世子嗎？世子怎麼到這裡來了？」

趙真長女的駙馬是現下的明夏侯付淵，而她外孫付允珩是嫡長子，自是明夏侯世子。明夏侯也是武將出身，其父付柏峰是陳昭提拔的武將，戰死之後被追封為明夏侯，其嫡長子付淵繼承爵位，還將他們唯一的公主趙瑜下嫁給付淵，其實主要也是因為兩人青梅竹馬、情投意合，趙真對這個女婿還是頗為欣賞的，因而付淵成了駙馬以後仍身居要職，現在更是禁軍統領，趙家漸漸被收去的兵權許多都落到了付家手中。

趙真回身噓了一聲：「你們別過去，在這裡等著。」說罷人便悄無聲息的繞了過去。

沈明洲看著偷偷摸摸的趙真，不禁蹙眉道：「那是什麼世子啊？」

趙雲柯解釋道：「長公主和明夏侯的長子付允珩，算起來還是我和長姐的表外甥呢。不過長姐人才回來，上次歸宗世子也沒來，長姐是怎麼認識世子的？」

趙真這會兒已經繞到了前面，藏在樹枝上偷聽。

有人從樹林裡匆匆跑出來，跪在付允珩面前道：「小侯爺，這林中機關重重，布了陣法，咱們的人好幾個都被網了進去，往前走還有暗器，有侍衛被射傷了腳現在正被抬回來呢，咱們這般硬闖怕是不妥，還是回去請何軍師來吧，何軍師懂陣，應是能破。」

付允珩凌厲的眸子掃了眼跪地的護衛，冷聲道：「我倒是要看看什麼山莊有這麼大排場，讓外祖母三顧茅廬卻入不得其門。」

說罷，他便拔了腰間的劍闖進去，後面的侍衛只能硬著頭皮跟上。

是她外孫，夠衝！

趙真也從樹上跳下來，偷偷摸摸跟了進去，沒走幾步，前面好幾個人又被鐵網網了起來，掛在樹上跟掛了一堆野豬似的，她外孫身手矯捷自是都躲了過去，讓趙真頗為欣慰。

她繼續跟著，方才陳昭引路，雖兜兜轉轉，但一路平坦，現下趙真看著樹上掛的一個個鐵網才知道這裡設了這麼多機關，早年她到這裡來的時候還沒有這些，就是被關在門外進不去罷了，現下想去大門口都要過五關斬六將了。

這鐵網的陣算是個警告，不會傷人，就是要被網幾個時辰，但闖過了鐵網陣便會開始放暗器，一根根的短箭專往下身射，極其精準，一發就是三根，特別不好躲，外孫帶的侍衛被射中了好幾個。

趙真緊緊盯著外孫的身影，生怕他遭了暗算。不過付允珩是隨了她的，在武學方面同她一般天賦異稟，平日裡做事的風格也隨了她，簡單粗暴。

這裡的陣法玄妙，射出來的箭像長了眼睛似的，躲過去並不是辦法，而是要破陣。一般破陣都要找陣眼，破了陣眼整個陣就破了，但陣眼肯定是藏在暗處，要找出來很不容易，她外孫就想了個簡單粗暴的方法——破機關，哪裡射來箭便打回哪裡去，機關都被打爛了還射個屁！

這事說得容易，做起來卻難，要有足夠的洞察力和反應能力，箭擋回去的力度還要強而精準，否則很難打碎機關，付允珩一個人是很費力的。

越往深處走，機關越是密集，趙真跳了出去，拔刀將射向付允珩的短箭擋了回去，「砰」的一聲，機關碎得稀巴爛。

付允珩轉過頭來看她，淩厲的眸子落在她身上夾帶著一絲疑惑。

雖然突然出現個女子很奇怪，但是付允珩看著她卻有種莫名的熟悉，總覺得這是自己人，

趙真衝他挑眉一笑，「你開路，我斷後，如何？」

便點了頭，「好。」

於是付允珩在前面引機關出洞，趙真在後面擊破機關，兩人一路橫行，就如掃蕩一般，沿路的機關盡數被打得稀巴爛，砰砰聲不絕於耳。

等陳昭聞聲趕出來的時候，機關已經被打碎了大半，看著兩個還在橫行的敗家子，他的太陽穴突突突的跳，他就知道這兩個人能用武力解決絕對不用腦子，一個人的破壞力已經令他非常頭疼，湊在一起簡直是毀天滅地的能力！他曾經布了將近半年的陣法，被他們倆毀了一半！

「住手！」

趙真和付允珩聞聲停了手，兩人臉上還都是一副意猶未盡的表情，彷彿聯手毀了他的機關是件多麼有趣的事情。

付允珩看著白衣出塵的陳昭，歪了一下頭，陳昭此時又把面具戴上了，付允珩看不見他的臉，「你什麼人啊？」

陳昭強壓下衝上去揍他一頓的衝動，道：「這些機關陣法的主人。」

付允珩聞言挑挑眉，「就是你啊，你這山莊有什麼見不得人的，還設些機關陣法，是為了顯示你才高八斗，還是純粹無聊閒得慌啊？最煩你們這些故弄玄虛的人，會造個兵器弄個機關搞得人盡皆知，慕名找上門來還要先破機關陣法，會破這些還找你們幹嘛啊！矯情！」

啪啪啪。趙真內心為外孫鼓掌，說得好。

付允珩接著又看向趙真，本凌厲的臉上多了幾分輕佻，「小美人是從哪冒出來的？功夫不錯，甚合我心，要不要隨我回府聊一聊啊？」說完衝她拋了個媚眼，那浪蕩樣頗有趙真年少時的風範。

趙真噗哧一笑，雙手環胸道：「你也不錯，甚合我心，不愧是我的表外甥，聊一聊當然是要聊一聊，但要去我府上。」

付允珩聞言一怔，又細細打量她一番，頓時悟了，怪不得眼熟呢。

「妳是那個……趙瑾？」

趙真以迅雷不及掩耳之勢抬手敲向他的腦袋，付允珩反應也很快，抬手要擋，但終究還是慢了一步，結實挨了一下。

「熊孩子，叫小表姨。」

付允珩早先就聽說外曾祖父尋回來一個孫女，和他外祖母年少的時候頗為相像。外祖母與外祖父過世之後他也哀慟萬分，本來想去看看，但他母親卻不願去，母親說：「你外曾祖父也思女心切，找回來一個模樣相似的聊以慰藉，可你外祖母是我的母親，我卻不能看著一個與她相似的孩子寄託哀思……罷了，不去觸景傷情了。」

因此他也沒去看，沒想到卻在這裡遇見了，方才和她配合默契，莫不就是血緣裡的默契？

本來滿臉浪蕩的付允珩正經起來，有些愣愣的伸手去捏趙真的臉，只是手還沒碰上便被趙真拍開了，她瞪眼道：「你幹嘛？我是你長輩，你還想調戲我不成？」

付允珩沒見過外祖母年少的模樣，但細細看去，眼前的小姑娘眉宇間是和外祖母有幾分相似，尤其是瞪眼的樣子，頗有幾分神韻。

他有些落寞的摸摸自己的鼻子，道：「沒有的事，聽說妳很像我外祖母年少的時候，我就是想摸摸……」

趙真一見外孫這落寞樣就心軟了，付允珩是她第一個孫輩的孩子，小時候還親手帶過他一段時間，這孩子長大了也和她親，她在宮裡百無聊賴時，多虧這孩子經常入宮來逗她開心，感情自然不一般，便道：「那你摸吧。」

付允珩瞧著眼前小姑娘把臉湊過來讓他摸，噗哧笑了出來。她不僅長得有點像外祖母，性子也像，都由著他胡來。

陳昭瞅著這兩個敗家子把他忘得一乾二淨，上前問道：「二位毀了我的機關，現下想如何解決？」

付允珩聞言，挑眉看他，「你機關不就是設來讓人破的嗎？我們破了你的機關，你想怎麼解決？莫非人逢知己千杯少，想請我們吃一頓？」說完，笑得要多不要臉就有多不要臉。

陳昭要不是手裡空無一物，否則立刻能拿起來拍他腦袋上。比起趙真和外孫的親近，陳昭和外孫的關係就疏遠很多，一則是外孫出生的時候他已是帝王，二則便是性子不合。陳昭觀念裡男子還是要穩重一些，課業自是不能落下，可這個外孫過分的喜歡練武，書是一個字都看不下去，加之趙真寵著，他便浪蕩著，委實讓陳昭頭疼，說他幾句吧，他和趙真兩個人湊在一起能把他氣到腦充血，於是祖孫關係自然不親。

面具下的陳昭瞪著眼，「這機關陣法是我花了半年的時間所布，之前的鐵網已是示警，只要你們稍等片刻便有人前來接應，可你們解不了陣便破壞我的機關，使我損失將近過半，怎麼也要一月有餘的時間才能修復回來，難道兩位不該賠嗎？」

趙真聞言有些驚嘆，原來這些機關陣法是陳昭布的，其實曾在軍中陳昭對排兵布陣也頗有心得，幫過她不少，沒想到他做機關陣法也如此厲害，倒是讓她多認識了他一些。

付允珩又不知道眼前的人是他外祖父，繼續著不要臉的精神說道：「要我說，你這便有些無理取鬧了，誰說機關陣法的破陣方法只有一種，我毀了你機關也是破陣，你這機關就是為了讓人破的又何必管是什麼方法？再者說我的人因為你這機關受了傷，我還沒找你算帳，你倒是先要我賠了？」

這胡攪蠻纏的本事真是隨了趙真。陳昭嗤道：「這陣又不是我逼著你闖的，明知山有虎，偏往虎山行，自討苦吃還想找我算帳？這什麼道理？」

趙真聽出了陳昭語氣中的不悅，陳昭這人看著溫吞，實則陰招損著呢。她怕外孫吃虧，攔道：「別吵了，允珩，你侯府裡那麼多侍衛，調撥幾個去幫他修機關還不簡單嗎？何必在這裡浪費口舌，矯情來矯情去，實在不是大男子所為，賠就賠，又不是賠不起！」

付允珩聞言詫異了一下，這性子竟也如外祖母一般豁達。

「小表姨說得對，本世子賠你便是。」說完他又不屑的哼了一聲，「本來我還以為這天工山莊是什麼不得了的地方，現在看來也不過爾爾。不過我醜話說在前面，你們天工山莊想怎麼招搖我不管，但不許以我外祖母來招搖！我外祖母曾三顧茅廬是看得起你們，你們當年不識抬舉，現下便不要硬往自己臉上貼金，否則本世子便帶兵端了你們！」

趙真聞言，這才知道外孫為何會來這裡，還氣勢洶洶的，原來是陳昭用她的名頭誘外孫來的，她就說陳昭沒那麼大魅力呢。

明明陳昭就是始作俑者，現下卻裝得一副事不關己，「我天工山莊並非追名逐利之徒，要

不然也不會歸隱在這山林中，外界關於天工山莊的傳言本就很多，不能說與我們有關便是我們傳的，公子所言未免太過專斷，恕我不能認同。」

付允珩瞧他這副模樣，心下肯定是不爽了，本想再鬥上幾句，趙真從中阻攔道：「兩個大男人你一言我一語的鬥來鬥去有什麼意思？我說句公道話，我來此是求兵器，貴莊之人便贈與我一把寶刀，可見這位公子所言非虛。允珩，外界的那些傳言你便不要計較了。」孫子計較才是著了陳昭的道呢。

付允珩聞言，揚揚眉頭，「哦？什麼兵器，就是妳手裡的這把刀嗎？」

趙真點點頭，把刀遞給他看。

付允珩接過來看了一看，越看越驚嘆：「天工山莊的技藝果然超群，看來外界傳言並非都是虛言。」說罷他又看向陳昭，「不知這位公子尊姓大名？若是我想請你們莊主為我外祖母造一件兵器，要如何？」

外祖母在世之時未了夙願，他如今既然已經找上來了，便替外祖母了此夙願。

趙真不禁訝然，看向一臉認真的外孫，他是想替她了了這樁心願嗎？沒想到她過世以後，外孫還能如此念著她，實在沒讓她白疼。

陳昭淡然道：「在下承蒙江湖中人抬舉，得了清塵公子之名，世子若是想求取武器，要先拜我為師。」

清塵公子？怪不得趙真之前聽他改名「陳清塵」有點耳熟，原是清塵公子！

若說這清塵公子，便是大有來歷了。

數年前，江湖之中有一邪教，狂妄自大惡事做盡，被江湖正派與朝廷所不喜，此邪教占山為王，易守難攻，江湖正派與朝廷多次圍剿均不成功，最後是一位清塵公子橫空出世，出謀劃策，僅用半個月的時間便把整個邪教一舉殲滅，從此名聲大震。只是這清塵公子神出鬼沒，如今更是消聲滅跡多年，卻不想是陳昭捏造出來的，看來他有很多事都是她不知道的。

付允珩自然也知道清塵公子，看著眼前的面具公子，他半信半疑的問：「你就是江湖上的清塵公子？你說是我便信嗎？你有什麼證據？」

陳昭不急不躁道：「這裡站著說話未免有些怠慢，世子不如隨我一同進莊再說吧。」

付允珩想了想便點了下頭，還不忘拉著旁邊的趙真。

趙真自然要跟著外孫，不能讓外孫被陳昭騙走了，但是沈明洲和趙雲柯還在外面等著，她道：「外面還有我的同伴在等，我先出去跟他們說一聲。」

付允珩聞言道：「妳還有同伴啊！不忙，我差人把他們叫進來便是。」

趙真想了想道：「不用叫進來了，你派人過去，讓他們先回去便是。」

付允珩也沒多說什麼，吩咐沒受傷的侍衛去外面傳話，而受了傷的侍衛已經被山莊的人陸續往裡面抬了。他看了一眼前面如雪的身影，瞇瞇眼睛：這天工山莊有點意思。

趙真見外孫盯著陳昭看，扯了扯他的衣袖，附耳道：「若他是清塵公子，你真想拜師嗎？要我說，逝者已逝，你外祖母知道你有這份心便是了，拜師的話還是要學點有用的，沈桀要收徒，你不如和沈桀去學武。」

付允珩瞧著眼前明眸皓齒的小姑娘，瞇眼一笑，調笑道：「怎麼？我跟隨沈大將軍學武，便能和妳日日相處了是不是？」

沈桀他自是知道，外曾祖父的義子，當今的大將軍，現在住在齊國公府。他的武藝還是外

祖母教的，算是外祖母唯一的嫡傳弟子，付允珩倒是真的想和他學學。

趙真聞言，不客氣的掐他一把，「沒個正經！還敢調戲我！」

付允珩吃痛的揉揉胳膊，卻笑得更開懷了，「哎，妳跟我說實話，妳到底是不是我舅爺的女兒？若不是，當我的世子妃如何？我喜歡妳的性子～」

——哎喲呦！這臭小子！敢娶我？看你外曾祖父先扒你一層皮！

趙真又給了他腦袋一下，「放肆，我是你親表姨！再胡言亂語，我就用手裡的刀好好教育教育你！」

付允珩哈哈一笑，「謹遵小表姨教誨。」

祖孫倆正互相逗趣，陳昭不知什麼時候到了他們身旁，一把扯過趙真，對付允珩道：「重新介紹一下，我是你未來的表姨夫，她手裡這把刀便是我送的定情信物。」

趙真一聽炸毛了，「你瞎說什麼！什麼定情信物！」

陳昭指了刀把一處不起眼的地方，「上面有我的名。」

趙真忙湊近一看，還真有兩個字——清塵。

——這傢伙是不是又下了個套？！

「陳清塵」這名字本就不是陳昭隨意取的，早年他在朝中勢微，後隨趙真從軍，趙真出征之時，少則數月，多則數年都不會回來一次，他自不會閒在軍中，便在江湖之中發展自己的勢力。他不會武，便以才學制人，也是花了許多年才將清塵公子的名號打出去，現下為了方便自是繼續用這個名號。

而這名號已經有很多年頭了，付允珩狐疑的看向他，「若是我沒記錯，自我年幼之時，清塵公子在江湖上的名號便已經很響亮了，縱然你再年輕也該是過了而立之年，而我小表姨不過二八年華，你給她定情信物？」

趙真一聽，暗嘆：還是外孫機智！看你怎麼圓！

陳昭很淡定道：「這有何奇怪？起初清塵公子不過是個名號，指代的是我的養父，我養父收養我以後，將我取名為清塵，讓我繼承了他的衣缽，他過世之後，清塵公子便是我了，而清塵更是我的名。」

趙真以前怎麼沒發現陳昭這麼能編故事，給他自己當養子？他倒是厲害。

雖然心裡有幾分捨不得，但趙真還是把刀重新還給他，「還給你，我不要了！」上面刻了他的名字，拿在她手裡終究是個禍，說不清楚。

陳昭拒不接過，「送出去的東西沒理由再拿回來，這刀妳怎麼換去的，妳心裡也清楚，說是定情信物也不足為過。」其實陳昭送給她的時候也沒這個心思，就是一時間想起來的，現下當作情定信物也不錯。

趙真聞言跟吞了蠅一樣難看，她就知道他沒存著好心眼，原來是在這裡等著她呢！

付允珩看了眼小表姨，見她的表情便知道是被人擺了一道，眼珠一轉有了主意，「小表姨就收著這把刀吧，古往今來數位鑄器大師都會將自己的名字刻在自己的作品上，最著名的魯義大師便喜歡在自己鑄造的器物上刻名字，也沒人說他將器物送人便是定情信物了，若真如此，那他豈不是情滿天下？」

哎喲呦，什麼時候外孫這般能說會道了，趙真甚是欣慰，道：「允珩說得對，就算有你名字又如何？我才不認它是什麼定情信物！」

陳昭再看外孫，倒是有了幾分讚許，這小子也不笨吶！他坦然道：「妳不當它是定情信物也罷，只是妳我之間的約定，妳可不要忘了。」

趙真聞言無話可說，她接了陳昭的戰書卻是事實。

付允珩看向小表姨，心道：不對勁啊，這小表姨和清塵公子莫非真有什麼首尾？

正在這時，本該被驅走的沈明洲和趙雲柯都來了。

沈明洲神色不太好，見了趙真便道：「咕咕，妳怎可一人胡鬧呢？我帶妳來了這裡便要把妳平安帶回去，和我回去！」說罷也不管什麼男女之防，上去拉住她的手腕。

趙真見姪子真的有幾分惱意了，也不忤逆他，畢竟他現在當自己是哥哥，照顧好妹妹是他職責所在，沈桀定然也吩咐他了。她道：「你且等等，我再說幾句話。」說罷轉頭扯了下外孫的袖子問道：「你去我那裡學武嗎？」

付允珩看了眼拉她的少年，又看看她，「小表姨安心回去等我上門拜訪吧。」說罷又打量沈明洲一番，「這位莫非就是沈將軍之子吧？」

沈明洲不卑不亢道：「沈明洲見過世子。」

付允珩笑道：「令尊是我外曾祖父的義子，說來我與沈大公子也算沾親帶故，不必如此客氣。今日我還有事，他日必登門與你暢聊一番。」

沈明洲沒什麼表情，頷首道：「靜候大駕。」說罷又拉了下趙真。

趙真看了眼外孫，又瞪了眼戴著面具的陳昭，轉身和沈明洲走了。

待人消失，付允珩看向陳昭，問了句：「清塵公子既是令尊名號，公子又有何本事讓我拜你為師？」

陳昭背著手，冰冷的面具泛著寒光，既神秘又清貴，「我既然繼承了清塵公子的名號，自是青出於藍而勝於藍，我的本事世子也見過了，若是無意又何須在此與我糾纏？」

付允珩哼了一聲：「你心裡自是明白，我平日行事雖然魯莽，卻並非無腦，若不是想看看什麼人要誘我來此，我是不會來的。能知曉我近日在尋覓機關陣法的大師，你也非等閒之輩，惹上我你可想好了，我不是那麼好打發的。」

以前不知道，現下看來他這個外孫也不蠢，陳昭道：「世子也不必把人心想得那麼複雜，我名為清塵卻非出塵避世之人，身懷技藝自然要有用武之地，恰巧得知世子有所需，便毛遂自薦也是人之常情。」

付允珩揚眉道：「那好，讓我瞧瞧你的本事吧。」

陳昭微一側身，「世子，請。」

※◎※　※◎※　※◎※

趙真與沈明洲他們回到國公府的時候天色已經黑了，齊國公還在調養身體早早歇息了，但沈桀還沒有，聽聞趙真他們回來了，便迎了出去。

「怎麼這麼晚回來？用過晚膳了嗎？」

趙真聞聲看向迎過來的沈桀，突地眼睛一亮，兩日不見，前日還滄桑的義弟現下精神許多了，他將留的鬍髯刮了，露出光潔剛毅的下巴，還換了身暗紫色的長袍，繡紋精緻，哪裡還像個魯莽的武將，活脫脫的一個貴公子。

沈明洲看到這樣的父親也是一愣，父親多年以來鮮少在外貌上下功夫，穿的衣服也一向灰撲撲的，現下卻換了個顏色，委實讓人覺得奇怪。

趙真湊到他身邊仔細打量一番，笑咪咪道：「這樣真好看！」

沈桀低頭看著她明媚的笑容，不禁也是一笑，「餓了吧？我怕你們回來沒吃東西，讓廚房裡備了飯菜。」

趙真嘉獎的看他一眼，「正好，我們都還沒吃！」說著人便進了屋中，沈桀跟在她身後。

沈明洲覺得很疑惑，父親什麼時候還操心起這些事了？而且對趙瑾的態度也太好了吧，是因為她是他義弟的女兒嗎？

豐盛的飯菜擺了滿桌，沈桀也添了副碗筷隨他們一起吃，席間也沒避諱對趙真的關愛，時不時為她布菜，自己倒是沒吃幾口。

趙真也沒覺得有什麼不妥，坦然吃著他夾的菜，酒足飯飽摸摸肚子，「我吃飽了，先回院中休息了。」

沈桀點點頭，「熱水已經備好了，快去吧。」

趙真對他一笑，遞了個眼神，人便走了。趙雲柯也回自己院子，餘下的便是沈氏父子了。

沈桀看向兒子，道：「這兩日可有發生什麼事？」

沈明洲聞言，如實將遇到陳昭和付允珩的事情告訴他，沈桀聽完神色變得有些陰沉起來，雖不明顯，但沈明洲對父親已是十分會察言觀色了，自是逃不過他的眼睛。

沈桀沉默半晌，道：「好了，你也早些去歇息吧。」

沈明洲覺得父親回京之後變得有些奇怪了，但又說不上來哪裡奇怪，聞言便起身告退，也沒多問。

沈桀在廳中坐了一會兒，莫約趙真沐浴完了，才去了趙真院中。下人都已被她屏退了，唯她臥房亮著燈，他上前敲了敲。

片刻後，裡面趙真道：「進來吧。」

沈桀推門進去，趙真正坐在塌上吸乾溼髮，身上穿著潔白的裡衣，外面罩了一件水綠色的褙子。許是剛洗完澡，她臉上透著淡淡的粉嫩，整個人有種漫不經心的慵懶。

他心頭一動，走過去，規矩的喚了聲：「長姐。」

趙真抬眸對他溫和一笑，「坐吧。」

沈桀知道她為何喚他來，坐下之後就道：「皇上命我掌領南衙十六衛，開設幕府，廣納賢才，如今京中武官，付家一門獨大，北衙六軍又掌控在付家的手中，想必皇上任命我是有牽制之意。」

趙真聞言，嘆了口氣：「生在皇家可不就是如此嗎？就算手足還要相殘，又何談這些外戚呢？皇帝隨他父皇，行事謹慎又多疑，我與他父王又突然去了，他現下更是如驚弓之鳥，自是處處都要防備一些，你回來也是助他一臂之力。」

沈桀抱拳道：「長姐放心，義弟定會忠心輔佐皇上，為皇上分憂。」

趙真笑著按下他的手，「你，我自然是放心的。如今朝中雖是一片欣欣向榮，但誰又知道能維持多久？有你在他身邊，我也能放下些心來。」

那溫熱柔軟的手落在他的手背上，沈桀不禁反手握住，攏在自己的掌心中，「能為長姐分憂是我之幸，我已與皇上說近日要招收弟子，不分男女，皇上已經應允。長姐以我弟子的身分

重回軍中，名正言順，不知長姐意下如何？」

趙真思琢片刻點點頭，「這樣也好，凡事都要慢慢來，急不得，我若是想掌權，還要先讓下面的人信服才是。」

沈桀伏低身子討好道：「以長姐的才能，自然輕而易舉。」

趙真抽出手來，如從前一般摸了下他的髮頂，嗔怪道：「你呀，嘴一向甜。」

沈桀目光溫和的看著她，眼前的少女美好的像個夢境，若是夢，他真想一直醒不過來，只可惜安寧只是片刻，還有棘手的事情在他眼前。

「長姐，我聽明洲說，妳今日遇到了太上皇？太上皇與妳……」

趙真聽到太上皇這三字便皺起眉頭，打斷他道：「他的事情你不必插手，我自有定奪。」

沈桀聞言，順從的低下頭，「是。」

太上皇的事情他不可能不插手，即便對方現下沒有動作，卻不保證以後沒有。他如今已回到京中，回到她的身邊，便不會再收手了……

第五章 不爭氣的孩子們呦

沒過幾日，付允珩便登門拜訪來了，身後還帶著陳昭。他的臉上又換了張面具，為玄鐵所鑄，紋飾有些猙獰，身上的白袍也換成一身玄衣，腰間佩劍，整個人褪去了縹緲的仙氣，讓人感覺凌厲起來。若不是他下巴熟悉的弧線，趙真都要認不出他來了。

趙真湊到付允珩身旁，瞥了陳昭一眼，小聲道：「你怎麼把他帶在身邊了？」

付允珩不動聲色道：「哦？小表姨可是在說我的參軍？」

參軍？幾日不見，陳昭竟然混成了外孫的參軍？！他這糊弄人的本事真是不容小覷啊。

趙真點點頭，「他不是陳清塵嗎？你怎麼任用他當參軍了？」

付允珩聞言，眉尾挑了一下，本來他還有些半信半疑，現下看來便認定陳清塵說的是真話了，他和他這個小表姨果然是舊識。陳昭現下無論是氣質還是外貌都變了一個樣子，若非熟悉之人，又豈會一眼就認出他來。

「那日小表姨走後，我見他有幾分本事，又有心投靠我麾下，我便將其收為己用了，難道小表姨覺得他不堪重用？」

趙真是很想讓外孫趕他走，但之前又承諾了陳昭不能從中作梗，便吞下想脫口而出的話，轉而道：「他有什麼本事讓你重用他了？」她有些好奇一向與外孫不和的陳昭是怎麼拿下外孫的，還當起了外孫的參軍。

付允珩聞言笑笑，含糊道：「很大的本事。」

可不是很大的本事嗎？簡直是料事如神。

其實付允珩此番登門，除了看望齊國公，還有軍務在身。

陳昭言：「沈桀回京定會掌領南衙十六衛，且會說動當今聖上組建一支強軍，進而鞏固自己的勢力，皇上定會應允，但並不會讓沈桀一人掌領此軍，會讓北衙的人與他共領，而這重任便會落在身為明夏侯世子又是當今聖上親外甥的你身上。」

果不其然，他昨日便從父親那裡領此重任，不日將會去駐紮在城外的軍營中組建此軍，此軍被聖上命為「神龍衛」。而與一般衛府不同的是，神龍衛只招收文武兼備且有異能之士，入軍便是將，將來也會是朝中武將的中堅力量，實是一項重任。這事卻被陳清壓提前窺得了，這還不是大本事嗎？

趙真見外孫說得含糊，說完便進入廳中拜見外曾祖父了，便知此中機密不會讓她得知。不知便不知吧，反正陳昭跟在外孫身邊，如果不是外孫登門，他們也見不到。

趙真瞥了眼陳昭，昂著頭也進了廳中。

陳昭豈會不知她心中所想，唇角微勾，停在了門外，趙真一會兒臉色一定會非常好看。

付允珩當然不知道陳昭之所以能預料到這些，是因為他對妻兒以及沈桀都太過瞭解。以趙真的性子，早晚是一定會回到軍中的，但她自幼為將，眼高於頂，沈桀也不會讓她受委屈，自是不會讓她從默默無聞的小兵做起，沈桀為了她便會請命組建一支從起點就很高的強軍，而他的皇帝兒子會因拉攏沈桀而應允，但又不會把這支強軍只交由他一人掌領，定會讓北衙與之互相牽制。明夏侯掌領北衙禁軍分身乏力，最終便會將此事交由付允珩去處理，也只有付允珩最合適。

而陳昭不善武藝，靠本事自是混不進去，但跟在外孫身邊便能明目張膽的混在軍中，無論是沈桀還是趙真都奈何不了他。他是參軍，跟在主將身邊名正言順。

大廳裡的趙真從外孫口中聽到這個消息的時候，果然臉色很好看，快變成五顏六色了。陳昭這個男人怎麼這麼精於算計啊！兜兜轉轉繞了這麼大一個圈子，原來在這裡等著她呢！她好不容易回到軍中，他竟混成參軍跟了進去，身分還壓了她一頭！以後豈不是任他揉捏？！

齊國公不知女兒這廂猙獰的內心，呵呵笑道：「允珩小小年紀擔此重任，外曾祖父深感欣慰，過一會兒沈桀便該回來了，你有什麼事再與他商討，若是晚了，便宿在外曾祖父這裡，外曾祖父也好久沒見你了。」

付允珩瞟了眼正暗自蹙眉的趙真，嘴甜道：「那我一定要和沈大將軍聊久一些，便能在外曾祖父這裡混吃混喝了。我好久沒吃外曾祖父府裡的水晶肘子了，前幾日夢裡還想呢，現下終於有了由頭名正言順過來了。」

齊國公聞言哈哈大笑，「你到外曾祖父這裡來還提什麼名正言順啊，你想來便來！」說罷揚聲道：「來人啊，吩咐廚房今晚多加幾道葷菜，尤其是水晶肘子，做他一盆，讓我外曾孫吃個夠！」

沈桀還在廊下便聽到義父的大嗓門，他一入府便聽說明夏侯世子來了，定然是與他商討神龍衛的事情。其實皇上下了這個決定他也不覺意外，神龍衛將來是要為皇帝辦事的，自然不能全歸於他和明夏侯之中的任何一人，想必還會有宦官被指派來當監軍。這都無所謂，只要能讓趙真如意便好。

想到趙真，沈桀不免目光一柔，頓下步子理了理身上的官袍，早就聽聞趙真十分喜歡明夏侯世子這個外孫，現下肯定也在廳中呢。他走到門口看了眼多出的幾個侍衛，便猜想一定是明夏侯世子帶來的人，當瞧見有個戴面具的也只是多看了一眼，並沒有探究。

他後面跟著的沈明洲卻在陳昭身上多看了幾眼，但又不敢認，匆匆的跟進了大廳。

面具後的陳昭冷冷瞥了一眼，上次見到沈桀還是一副不修邊幅的樣子，這才幾日便光彩照人了，簡直是司馬昭之心路人皆知，也就趙真那個榆木腦袋不知道。無妨，反正他從來也未把沈桀放在眼裡，何況沈桀根本得不到趙真的心。

廳中因為沈桀回來了，不免又客氣寒暄一番，講到正事沈桀才正色道：「神龍衛的事，請世子移步書房，與我一同商討吧。」朝中的事還是要避諱一些，就算他不迴避趙真和齊國公，也不能堂而皇之下商議，免得被有心人說出去。

付允珩聞言起身，「勞煩沈大將軍帶路。」

沈桀頷首道：「請。」說罷，他又看了若有所思的沈明洲一眼，「明洲，你也一同來。」

沈明洲聞言忙起身，看了同樣若有所思的趙真一眼後，跟了過去。

他們一走，趙真起身道：「祖父，我還有事，先回房去了。」

齊國公年紀大了，這會兒感覺有點乏，揮手道：「去吧。我也去躺會兒，年紀大了坐一會兒就累了。」

趙真囑咐他一句：「閒著無事的時候要操練一下，越躺會越乏。」說完快步走出廳中。

陳昭果然沒隨外孫離去，仍在門外站著，她遞了個眼神，緩步往後院走去。

片刻後，陳昭跟了過去。

陳昭早年常陪著趙真回娘家省親，對國公府的地形很瞭解，沒過多時就找到了獨自等他的趙真。許是太上皇后當久了，她現在倒是不反感描眉畫目和穿裙子了，一身的亮色曲裾穿在她身上，安安靜靜站在那裡，也像個娉婷的大家閨秀一般。

陳昭走到她身旁道：「腳好了嗎？」

趙真轉過身來怒目圓瞪，伸手把他推在一旁的廊柱上，將他困在臂膀之間，這粗野的樣子哪裡還有方才的娉婷，「陳昭，你真是了不起啊，你怎麼說通允珩的？」

喲，驚到直呼他的名字了。陳昭坦然自若，揚眉道：「怎麼？不裝了？」

趙真貼近他的臉，橫眉豎眼道：「說！這麼纏著我有意思嗎！我是不是欠你的？」這可真是觸到趙真的底線了，她不想她在軍中的時候還日日看著陳昭，被他壓上一頭。

多少年了，趙真看著他的表情總是愛理不理、提不起精神，現下年輕了，又恢復了往日的活力，陳昭不禁一笑，往前一湊，親了她一下，「有意思啊。」

又被他非禮了一次，趙真頭頂都要冒火了，揪著他的領子就把他拉進了旁邊的屋子，進了屋二話不說把他推在門板上就揭了他臉上的面具扔在地上，繼而狠狠吻住他那讓人惱火的唇。

——調戲我？很好，讓你明白明白什麼才是真調戲！

她放肆的啃咬他柔軟的唇瓣，抵進他的唇齒之中翻江倒海，不給他半分喘息的機會，手下也不閒著，抽絲剝繭寸寸蠶食，硬是把一個方才還穿戴整潔的公子弄得不成樣子；她擒住他的命門，那裡已是蓄勢勃發，他的面上也是紅霞滿天，呼出來的氣息都帶著難耐。

趙真湊到他耳邊，呵氣道：「想要嗎？」

陳昭浸著水波的眸子看著她，伸手摟緊她的腰，曾聖潔如仙的模樣已蕩然無存，「想……」

本來是故意戲弄他，這會兒趙真瞧著他誘人的樣子也有幾分動情，但更多的還是惱意，真懷疑他身體裡是不是換了個人，現在怎麼這般無恥了！曾經堅貞如磐石的陳昭呢？被他扔去臭水溝了嗎？！

趙真抽了自己的腰帶下來，三下五除二綁住他的手，繼而把他推倒在塌上，她自己屹立在一旁俯視著滿身狼籍的他，輕蔑的嗤了一聲道：「想得美！」

陳昭安分的躺在塌上也沒反抗，閉著眼睛粗喘氣，濃密的睫毛隨著他的呼吸顫動著，過了一會兒他突地笑了起來，整個身子隨著他的笑顫動著，本就鬆垮的衣服垂落到兩側，露出白玉般的胸膛，還有胸前兩點嫣紅……

趙真呼吸一滯，差點沒把持住。

她移開目光，雙手環胸坐到榻邊，在他的腰上捅了一下：「說吧，你這般纏著我到底想幹什麼？」話音落下，正瞧見他鼓起的山丘，她臉突地一熱，轉向了別處。

這時陳昭睜眼，黑眸上那層水光還未隱去，他看著她的後腦杓勾了下唇角，回道：「想妳啊。」沒加那個「幹」字，是他的矜持，要是她才不會這麼客氣呢。

這個答案差點讓趙真抓狂，向來都是她調戲人，還從沒被人這麼三番五次的調戲過。她轉過頭來，瞪著陳昭戲謔的臉，她喘了口粗氣，「你當我傻嗎？我會信你的話？你最好趁我還客氣的時候如實跟我說，這般藏著掖著算什麼好漢？」

他哪裡藏著掖著了？陳昭很無奈的嘆了口氣：「妳在怕什麼呢？只要妳心裡不在意我，又何必顧忌我在哪裡，又想做什麼？」她這般拒他於千里之外，不是怕他是什麼？

趙真聽完一愣。是啊，她到底在怕什麼？為什麼陳昭這般纏上來，她會忍不住想躲？

趙真突地有些氣悶，道：「誰說我怕了？我只是看到你就煩！」說著她轉變了話題：「你到底是怎麼說服允珩，在他身邊當參軍的？」

「以我的能力還需要說服他嗎？」陳昭說到這裡一頓，又道：「不過允珩已經知道妳是我

的人了，我和他說妳我是青梅竹馬，因為妳飛上枝頭變鳳凰便始亂終棄，可我痴心不改，為了妳追至此，入仕逐利只是為了配上妳的身分，是不是很感動？」

趙真聽完頭髮差點沒炸起來，「什麼我是你的人？你可真是厚顏無恥，虧你還是皇帝，就是這麼君無戲言的？」竟然敢在孫子面前毀壞她的光輝形象！始亂終棄？！他還真敢說！

陳昭動了動身子坐起來，衝她笑道：「我現在已經不是皇帝了，只是一介凡夫俗子，而妳也不再是皇后，只是趙瑾。現下，我不是我，妳不是妳，我們之間無須互相利用，也無須互相壓制，為何不能摒棄前嫌重新開始？」

他這麼說著，竟也想就這樣過了。他幼時苟延殘喘，少年時寄人籬下，年長以後為這天下而活，可有一個人問過他，他想要的是什麼？身居高位，卻有太多的無可奈何，人到暮年，勞碌一生換來的卻是一身冷清，連結髮妻子都不能同心，回頭再看去，許多事情反倒是沒那麼重要了。

摒棄前嫌？她趙家到如今這個地步還不都是拜他所賜，讓她摒棄前嫌？豈不是笑話！

她嗤笑一聲道：「你是誰，我是誰，我們都清楚得很，重新開始豈不是痴人說夢？如今在帝位上的是我兒子，我如何置身事外？你我都知道，陳國現今的軍政不過是外強中乾，蹉跎下去會是個什麼結果！」

陳昭斂了神色看向她，「妳這麼說就好像勍兒不是我的兒子一樣。朝政有丞相，軍政便只能靠我自己了，我設計混入軍中又有何不可？」

趙真聞言瞇起眼睛，「終於說實話了吧！」看吧，她就說他心裡有鬼！

陳昭無奈的笑了笑，他和她的關係竟到了說假話她才信。

「一個男人肯讓一個女人騎在身上，並非他無力反抗……」他話音一頓，本被腰帶禁錮住的手重獲自由攤到趙真面前，他的眸子看著她，深邃而認真，「而是心甘情願。」

趙真看著他攤開的手一愣，他什麼時候解開的？她竟沒有發覺！對上他專注的眸子，趙真有一瞬的迷茫。

陳昭湊近她，被她啃咬的有些紅的唇瓣在她唇上輕輕落下，修長的手指抓著她的手探進他的衣服裡，他把他最脆弱的一處放在她的手心之中，攬著她腰肢讓她壓下來，禁錮在他之上。

他半是柔情半是幽怨道：「妳信妳的義弟，信妳的副將，甚至相信不相干的人，可妳卻從不信我，但我卻是陪妳半生的男人，從未傷過妳、害過妳。不管妳信與不信，我從妳手中奪去的兵權是保護妳，自古後宮不干政，我卻讓妳執掌兵權，若是不削弱，妳可知朝上的群臣會變成什麼樣的嘴臉？」

趙真覺得自己是個不適合在床榻上談事的人，現下腦中一片混沌，她竟然有些疑惑她和陳昭是怎麼走到這一步的……

陳昭見她沉默不言，繼續道：「那日祭壇之上，我以為我們會死，雷劈下來的一瞬間，我唯一遺憾的是我與妳就要這般含著對彼此的怨恨離世了，我原以為我們時間還很多，我禪位以後，我們有的是時間追憶，一起暮年，卻不知這世上有那麼多的意想不到，絕處逢生。我想開很多，妳呢？真的那麼怨我嗎？」

怨他嗎？怎麼會不怨呢……如果不是嫁給他，她可能還是個肆意的女將軍，不用坐在莊嚴的后位上，或許會有個入贅的夫君，夫君沒有太大的本事，但是夫妻和睦，她不必擔心枕邊人對她有幾分真心、在算計她什麼，就那麼平平淡淡的終老。

但這麼想想又覺得十分無趣，如果換一個男人睡在她的身邊，她竟覺得厭惡。曾經伺候她的內侍都是很漂亮的男人，因為閹了更有風情，比陳昭好看的也有那麼一、兩個，但她也只是欣賞，想占為己有的只有帝位上那一個罷了。

這一瞬，她好像明白了，她為何那麼抗拒陳昭的糾纏——她曾是掌領三軍的大將軍，吳寇因為忌憚她都要退兵千里，可陳昭卻是她過不去的檻，她掌握不了他的心，因而她抗拒他，憎惡他在她心裡占據一席之地，那是對她強大控制欲的侮辱。

陳昭眼瞅著她的神情變得有些陰鬱，不知道她想到了什麼，忙在她唇上咬了一下喚回她的心智，「趙真，妳肯不肯信我一次？」

趙真低頭看他，他現在是臣服的姿態，可是他胯下的長矛卻抵著她，想要攻城掠地攪亂城池。男人在床上說的話從來都不能信，他也曾如這般放下驕傲取悅於她，翌日便斬殺了她親手栽培的一名虎將。

好了傷疤忘了疼，是愚昧之人才會做的事。

趙真恢復理智，並未從他身上下來，半支起身子，撫弄著他交付於她手中的「誠意」，有些調侃道：「我承認，我對你的身體是十分喜歡，若是你喜歡同我這般苟且，我也樂意之至，但僅限於此。我們這把年紀了談真心未免可笑，肉慾上倒是可以彼此取悅，反正我這把老骨頭也啃不下現在的小鮮肉，你意下如何？」

陳昭之所以次次與她見面都跟她糾纏一番，是因為他知道趙真動情的時候會心軟，不似平日那麼冷硬，可現下被她說成這般不堪，他卻紅了臉，不知道是羞的還是怒的。如果被她曲解成這般模樣，他寧願以後再不與她纏綿床榻，他不是個重慾的人，更無意用這種方式羞辱他們之間的情誼。

陳昭起身推開她，將自己散開的衣衫挨個穿好，臉上再無方才的情動，「我與妳這般並非貪歡，我們多年夫妻，妳若無意也無須勉強，反正時日久了妳便知道我的誠意了。」

趙真聞言，感覺有些乏力，隨手扯了塊布巾擦了擦手，繼而站起身來，也沒再戲謔陳昭幾句，道：「我先告辭了，你過一會兒再出去，免得被人瞧見損你的清譽。」說罷她也自顧自的整了整衣衫，大步走出去了。

門砰的一聲關上，陳昭垂下眸子，久久沒有動彈，只餘滿室的孤寂。

※◎※　※◎※　※◎※

趙真徑直回了自己的院落，一進屋便看到本該與外孫議事的沈桀正站在她房中，他高大的身影屹立不動，沉沉的神色似是在出神，也不知等了多久。

「下去給我打些溫水來。」

趙真屏退了下人，自顧自的坐到椅子，舒了口氣對沈桀道：「什麼時候過來的？可是有事找我？」

沈桀已經來了一會兒，他是議完事後，沈明洲跟他說似乎見到陳昭了，他才匆匆忙忙來了她的院子，見到她人不在，差點派人去翻遍整個國公府，幸好他忍住了，才沒鬧出亂子。他走到趙真旁邊坐下，目光落在她紅得可疑的唇上，神色一下子陰沉下來，語氣有些冷硬道：「長姐去哪了？義父說妳回房休息，怎麼這麼久才回來？」

趙真看向他，她很不喜歡這種質問的口氣，蹙眉道：「怎麼？我還不許出這個院子了？」

沈桀見長姐不悅，連忙收斂神色，放柔聲音道：「長姐誤會了，我只是聽聞他進了府中，因擔心長姐的安危，才一時有些焦躁，還請長姐恕罪。」話說得小心翼翼，生怕被她察覺自己的妄念。

趙真這才臉色轉暖一些，故作輕鬆道：「他是來了，還成了允珩的參軍。神龍衛建立後，想必他也會在營中，你不必理會他，左右他是允珩那邊的人，不搭理便是了。」

沈桀聞言，握緊袖下的拳頭才沒有失態。萬萬沒想到他動作如此之快，皇上才下令組建神龍衛，他便提前混進去了，實在讓人措手不及，但神龍衛的掌舵人畢竟還是他，明夏侯世子不過是輔助，落在他手中，他怎麼會輕易放過……

想著，他看向趙真，趙真有些心不在焉的樣子，手指在殷紅的脣上游離了幾下，似乎在回憶什麼，他更是肯定她方才和陳昭在一起，兩人不知做了什麼。

「長姐……不知他有沒有對妳不敬？」

趙真聞言回了神，瞥他一眼道：「我與他本就是夫妻，有什麼敬不敬的。以後不要在我面前提他了。」

話音落下，下人端了溫水來，趙真便過去洗手，不再言語了。

趙真淨手之後沈桀也沒走，又和她說了一些神龍衛的事情，雖然都是些無關緊要的，但能和她多待一會兒，他就想好好把握這點時間。

趙真今夜的心思不在這裡，聽了一會兒便打斷他道：「你我姐弟二人許久沒有小酌了，你去拿幾罈酒來。」

沈桀聞言，眸光一亮，忙起身吩咐院外候著的親信去拿酒。

現今沈桀與趙真雖有叔姪的關係，但在趙真房中飲酒終究不妥，他命下人將小花園中的亭子收拾了一番，邀趙真過去小酌，命護衛都守在園外不准任何人進來。

亭外一側是清淺的池水，一側是繁茂的樹木，涼風習習吹來一陣草木香，煞是愜意。

趙真看了眼桌上琳琅滿目的酒罈和下酒菜，甚是滿意，左挑右撿拎了一罈打開，「沒想到你回京不久，對京中的好酒倒是瞭若指掌，連蘇春閣的十崗香都有。」

沈桀見她要斟酒，起身拿過她剛打開的酒罈，為她斟上滿滿一碗。他們喝酒向來是用碗，趙真自是不會覺得不妥，順勢接了過來。

沈桀邊笑邊坐下道：「長姐莫要取笑我了，我也就這點嗜好罷了，早知今日，更要多找幾罈好酒才是。」

「我哪裡取笑你了？男人不喝點酒那還是男人嗎？」趙真端起酒碗喝了一大口下去，彷彿積鬱在心中的不暢也都沖了下去，暢快道：「爽！自我入宮以後許久沒這麼喝了……你可不知道，宮裡的酒盅頗為秀氣，喝上一口都不夠解渴的，還要聽那些嬤嬤勸諫少飲，塞牙縫都不夠的量少飲個屁啊？」

沈桀被她繪聲繪色的模樣逗得哈哈大笑，又替她續上一些，道：「那長姐今日便痛痛快快的飲，把這幾十年差了的酒都補上！」

趙真捏了個花生扔進嘴裡，道：「這是自然，如今你我姐弟二人重聚，日後少不了一塊喝酒。我這幾十年在宮裡可是要憋屈死了，沒人陪我喝酒暢飲，偶爾喝一口還只能小酌，他娘的都不是人過的日子！」

說完，他又拿了顆花生狠狠扔在沈桀身上，斥道：「還有你這個沒良心的渾小子！進京述職都不到後宮裡看看我，你若是來看我，我還有個藉口貪杯！」

沈桀聞言垂下眼簾，那麼多年他又何嘗不想看望趙真呢？每年一次回京述職，那是他離她最近的時候，卻也只能隔著宮牆不得相見，他心中的苦和煎熬，她又豈會懂得？怪只怪他彼時年少，掩飾不住對心上人的歡喜，被當時還未稱帝的陳昭知道了，攥住把柄，後來陳昭登基，對他下了一道密令，只要趙真在，他便不得歸京，進宮述職也不得與趙真相見。

為帝的陳昭完全可以降罪於他，將他弒殺，可陳昭也知道他於趙家的重要性，於趙真的重要性，趙真把他當親弟弟，自趙琛死後更是疼愛，若是殺了他，定會影響他們夫妻間的情誼，所以陳昭留著他的命。陳昭也知道他因著對她的愛慕會更為效忠，卻又因身分只能對趙真遙遙相望。殺人不過頭點地，陳昭卻是誅他的心。

沈桀對陳昭已是恨極，趙真於他來說是年少時最珍貴的記憶，她對他如姐如母，因著他無父無母，對他比對親弟弟趙琛還好，他的一切都是她教的，滲進了骨子裡，不是幾年不見就能忘記的。陳昭根本就不懂，若非他還小的時候陳昭便有幸娶了趙真，他才是最適合趙真的人！

沈桀深吸一口氣，壓下滿腔的恨意，轉開話題道：「遙記得我喝酒還是長姐妳帶的，妳將我碗裡的水換成了酒，辣得我掉眼淚，還在一旁嘲笑我。」

提起往事，趙真不免一笑，睨他一眼道：「嘿，瞧你這孩子，怎麼這般記仇呢？你那時候都十二、三歲了，我在你那個年紀就抱著酒罈喝呢！我要是不教你，你知道這酒的妙處嗎？」

猶記得沈桀小時候臉還是圓圓的特別可愛，第一次喝酒辣出了眼淚，可憐巴巴的看著她，真是心肝都要化了。

趙真托腮看他，再看現在，已經是個大人了，眉宇間都有了滄桑，真是韶光荏苒啊。

沈桀見她如此專注的看他，臉上竟有些發熱，以笑容掩飾道：「長姐看我做甚？」

趙真收回視線，又喝了口酒，回道：「想你小時候呢，肉嘟嘟的可討人喜歡了，我就喜歡捏你的臉，欺負你。你這孩子向來要強，被欺負狠了也不哭，唯一掉眼淚的時候也就是被那口酒辣出來的，可不如琛兒會裝可憐。」

回憶總是美好的，想起曾經的那些時光，沈桀也心情舒暢起來，裝出一副幽怨的模樣，完全不覺得自己已是不惑之年了，「莫非長姐覺得我現在不討人喜歡了嗎？」

趙真衝他眨了下眼睛，道：「哪能啊？你可是我教出來的，誰敢說你不討人喜歡，長姐先揍他娘的！」

沈桀被她逗樂了，又將兩人的酒碗斟滿，他舉起酒碗道：「為長姐這句話，我乾了！」

趙真哪會落後於他，也端起來，「乾了！」說罷咕咚咕咚喝了下去，從嗓子眼辣進胃裡，又疼又爽，果然是酒解千愁。

兩人一邊喝一邊回憶曾經，說到高興處就乾一碗。

趙真很久沒喝這麼多了，不知不覺間就醉了，腦中一片混沌，坐在石凳上搖搖晃晃的。

沈桀坐到她身旁，扶住她軟綿的身子，「長姐醉了嗎？」馨香撲面而來，這一扶他便有些不想鬆開了。

趙真擺手，「哪有啊？我還能再喝一罈呢！」她搖搖晃晃站起去拿酒，剛走一步便要倒。

沈桀忙攬住她的腰肢助她站穩，哄道：「長姐，妳看今晚月色多好，咱們先去亭外看看月色醒醒酒，再回來繼續喝如何？」

趙真迷迷糊糊看了眼亭外的月亮，道：「對月當喝，人生幾何！咱們到亭子外面喝去……對月邀三人！」她現在是醉的話都不會說了。

沈桀無奈一笑，「那是舉杯邀明月，對影成三人。」說完扶住她坐到了亭外的石階上，怕她著涼，將身上的外袍脫下來披在她身上。

趙真氣呼呼的捏住他的臉頰，「膽肥了你！還敢在我面前賣弄文采！我讀書的時候你還在穿開襠褲呢！我他娘的最討厭人說我書讀得不好！」她曾將她的弱處攤開來給人取樂，而那人卻將她的弱處說給別人聽，提起來就是痛，這已成為她最大的禁忌。

沈桀不知她心中所想，看她眼睛瞪得圓溜溜的可愛模樣，心下一柔，頃刻間自己也是醉意萌動，握住她捏他臉的手揉搓著，溫言道：「我的文采都是長姐教的，我好就是長姐好。」

這話趙真愛聽，她衝他明媚一笑，「說得好！」而後轉頭去看天上的月亮，腦中還是迷迷糊糊的，看月亮都覺得有兩個，身子晃晃蕩蕩不知身在何處。

沈桀的目光始終在她身上，見她要倒，伸手摟住她的肩把她攬進自己懷裡，繼而小心翼翼去看她的神色，見她並無異色，才試探著把手放在她腰間，將人圈進懷中。

溫香入懷，他低頭去聞她身上美好的味道。過去的她身上沒有這樣的香氣，不知現下用什麼沐浴，不僅人年輕了，連身子都是少女的芬芳，好似她從未嫁為人婦，只是個不諳世事的小姑娘。

沈桀暗暗想著，他為她獨身至今，或許連上天都感動了，便讓她重拾韶華，回到他身邊，做他的妻子……這麼想著，他心澎湃起來，附在她耳邊，大著膽子叫出那個在夢裡才敢叫的稱呼：「真兒……」

趙真已經混沌了，聽人叫她，用婉轉迷懵的音色「嗯？」了一聲，雙眸半張半閉，窩在他懷中溫溫順順的。

沈桀被她婉轉的音色撩得心頭綺靡，收緊了雙臂喘了一口粗氣，心跳聲大如擂鼓。多少年了，他的心如死一樣的沉寂，現下因為她一聲回應，跳得像毛頭小子一般。

酒能消愁，亦能讓人失去理智。他想占有她，這種念頭前所未有的強烈，就算她清醒以後狠狠抽他一巴掌，罵他是混蛋，他也想要占有她，他的腦中不斷迴響著這個念頭，擊垮他鬆動的意志。

沈桀用衣服將她裹好，繼而把她攔腰抱起，匆匆回了自己的院子，令親信守在院外不許任何人進來。

進了屋，沈桀怕驚醒她，只點了一盞燈照亮，然後將佳人放在床上，痴痴的看著。趙真因醉酒臉上染著潮紅，平日裡清冷不羈的面容多了幾分少女的懵懂和豔麗，這般風情是他從未見過的……

方才吹了一路冷風，沈桀其實有些清醒了，躁動也壓下去了一些，他還是怕她醒過來讓他們連姐弟都做不成，可是現下瞧著她這般風情，想著她曾在別的男人面前展露過，心裡刀刮一樣的疼。

他還記得他曾站在她和陳昭的帳外，聽著他們恩愛纏綿，而自己卻只能在外面吹著冷風的恨，漸漸的，心裡的火便更高漲了——他也是男人，不僅僅是她的義弟，為什麼她不能好好看看他？

沈桀脫了外衣壓在她身上，心頭的澎湃如潮水一般襲捲而來，他伸手摸她滑嫩的臉，痴痴說道：「長姐，我為了妳什麼都願意做，只求妳不要恨我……」

趙真已是半醉半睡，觸到暖意，在他掌心裡蹭了蹭，紅脣抿了抿，染上一層水光，更加秀色可餐。

沈桀眸色一黯，低下頭，虔誠的吻落在她光潔的額頭上，繼而又落在她的鼻尖，最終，他看著她嬌嫩的脣吸了口氣，有些膽怯，卻又湧動著無限的渴望，「長姐，我不會後悔的，真的不會後悔……」彷彿是在說服自己，如此低喃了幾句，才緩緩湊了上去……

不過只餘半寸的距離，他便可以得到他朝思暮想的人了，外面卻傳來紛雜的腳步聲，緊接著他的親信高聲道：「大將軍，明夏侯世子不知什麼原因暈了過去，齊國公讓您過去看看。」

趙真因為這聲通報也醒了過來，迷迷糊糊道：「怎麼了？」

沈桀心頭一驚，忙撤開身子，道：「沒事，長姐妳醉了，好好休息，我出去看看。」說罷扯了外袍披上逃也似的出去了。

趙真酒還沒醒，迷濛的看了眼床頂，摸索著扯過被子繼續睡了過去。

沈桀聽聞屋中沒有起身的動靜便將門關上，舒了口氣才看向親信，本情動的臉此時蒙上了一層寒光，「怎麼回事？」

親信瞧著大將軍不善的臉色，忙低下頭道：「屬下不知，只是剛才齊國公的人急急忙忙跑過來，說明夏侯世子暈倒了讓您過去。」

他又不是大夫叫他過去做甚？沈桀陰沉的瞥了親信一眼，踏進沉沉的夜色之中。

※◎※　※◎※　※◎※

沈桀到的時候，大夫已經到了三個，皆是一副不明所以的樣子，守著那個昏睡的明夏侯世子大眼對小眼。

齊國公和陳昭也在，齊國公一臉的愁眉不展，見他來了，忙招呼他過來：「子澄啊，你看看這可如何是好……」

沈桀聞聲走過去，看了一眼戴著面具的陳昭，他的半張臉都被遮擋起來，只露出脣和下巴的部位，脣上還破了一塊，結著深色的痂。他的眸子一下子就黯了，別開眼看向昏睡的明夏侯世子。

「世子怎麼了？」

其中一位大夫道：「我們仔細看了世子的脈象，並無任何異樣，許是乏累所致的昏迷。」

沈桀看著床上面色紅潤的人，眉頭微挑道：「可有外傷？」

大夫搖搖頭，「除了世子暈倒時手臂磕在桌角上的傷，並沒有別的傷。」

沈桀又看向齊國公，「義父可派人通知了明夏侯府？若是世子的舊疾，怕是只有明夏侯府的大夫知道。」

齊國公搖搖頭，「還沒來得及，我現在便派人去通知明夏侯府。」說罷，他邊起身邊焦急的自語道：「怎麼出了這樣的事，這可怎麼和外孫女交代啊……」

齊國公還未走遠，本昏迷不醒的明夏侯世子悠悠轉醒，大夫喊了一聲：「世子醒了！」

齊國公忙大步折了回來，攥著外曾孫的手，「好孩子，你這是怎麼了？」

付允珩揉了揉眼睛，迷糊道：「我暈過去了嗎？」

齊國公嘆了口氣，「可不是嗎？你可嚇死人了。」

付允珩聞言安慰的笑笑：「我沒事，許是因為昨日新接了要職興奮了一晚上沒睡好，今日又東奔西跑累倒了。」

齊國公吁了一口氣，又和他囑咐了幾句。

人醒了，在場的人便也都散去了。沈桀才走出院子，後面有人跟上來道：「沈大將軍請留步，我有幾句話想單獨和沈大將軍說。」

沈桀聽到這個聲音，背脊一僵，轉過身去。

沉沉的夜幕之中，那人提著昏黃的燈籠，照亮他頎長的身形，衣襬在夜風的吹動下紛飛，即便靜靜的站著也難掩他出世離塵的姿態。這個人就是有這樣的能力，只是看著他便會讓人自慚形穢。

果然是他來了，如果不出沈桀意料，明夏侯世子的昏迷是陳昭為了把他招來的吧？

沈桀沒有多言，隨他去了一處避人的地方，下人皆在遠處守著，聽不到這邊的動靜。

面具後的陳昭目光落在他皺摺的外袍上，許多地方沒有撐平，一看就是匆忙穿上的。他實在是沒有想到，沈桀已經是這把年紀了，卻仍能做這種沒腦子的混帳事！

陳昭開門見山道：「想必你也知道我是誰了，我便不和你拐彎抹角的說話了。」

他這般語氣讓沈桀眉心一皺，「我不知道閣下在說什麼。」

陳昭緩步走近，篤定道：「你知道。而且我知道你因為我當年下的密令一直心懷不甘，你以為我不讓你見她只是因為我對她的霸占嗎？」說到這裡，他話音一頓，待沈桀看過來，陳昭才繼續道：「她確實很疼愛你，但只是把你當作至親的弟弟，你可知她若是知道你的心思以後，會如何待你？從此以後就把你當男人看嗎？那你的想法也未免太過天真可笑了。」

他的話像是觸到了沈桀心底的一根刺。沈桀目光凌厲的看向對方，他何嘗不知道趙真一直把他當弟弟看？就是因為當弟弟看才會如此親近。可誰又敢肯定這樣的感情不會變？他終究不是她的親生弟弟，他們之間沒有半點血緣關係。

陳昭對他的凌厲視而不見，說出來的話一針見血：「我知道你方才做了什麼，又想做什麼而沒做成，你應該慶幸我及時阻攔了你。趙真不是一般的女人，你我都知道，她並不把貞潔當回事，就算你占了她的身子，她也不會委身於你，反而你將永遠失去她這個可親可敬的長姐，從此你在她眼裡只是一粒卑微的塵埃，她將對你嗤之以鼻。」

他的話如巨石狠狠砸在他的心頭上。現在的沈桀已經完全清醒了過來，他知道陳昭說的是對的。趙真是個驕傲的人，如果他方才真的做了，可能她不會罵他也不會打他，而是從此以後視而不見，分道揚鑣。

現在想想，他驚出了一身冷汗，他差點就做了無法挽回的事情。

這樣醜陋的自己，沈桀不想被他一直憎恨和鄙夷的陳昭窺見，反脣相譏道：「我沒有！」

陳昭彷彿看穿了他一般冷笑一聲，「你沒有？你如果沒有，為什麼她喝醉後，你不送她回她自己的院落，卻把她抱到你那裡？你敢用你對她的真心保證你剛才沒想過逾越嗎？」話音落下的時候，陳昭恨不得給他一巴掌，將眼前這個愚蠢的男人打醒。可他不能，起碼現在不能。

沈桀當然不敢保證，所以他只是握緊了雙拳不語。

陳昭深吸一口氣，也不想逼急他，畢竟於現在的他來說逼急了沈桀並無好處，「沈桀，我知道她現在重新回來，你是不會善罷甘休的。你也不用怪我曾經不給你機會，現下我就給你機

會，你光明正大的和我奪她，若是她心甘情願嫁給你，我絕不會有半分阻攔，反而會送上一份賀禮給你；但你若用下作的手段對她，即便我現在不是太上皇，我也可以將你現在所擁有的一切盡數奪去。君無戲言，你應該明白。」

話音落下，陳昭也沒等他回答，拂袖便走。

他這副還沒戰便已是勝利者的姿態，讓沈桀很不甘，他咬牙道：「我可以光明正大，但你行嗎？你別以為我不知道你今日做了什麼！你又好到哪裡去？你曾經做過的骯髒事少嗎？」

陳昭聞言轉過身，對他的話不以為然，「那又怎麼樣？坐在那個位置上我就沒想過清清白白，但我對她卻從未做過像你這樣的骯髒事。我與她之間，從來都是她想，你是嗎？」

陳昭話說完就飄飄然的走了，勝券在握的模樣讓人恨之入骨，獨留沈桀一個人站在原地咬牙切齒，卻無力反駁。

※◎※　※◎※　※◎※

待到四下無人，陳昭一掌拍在一旁的石牆上，發出一聲重響，全然沒了方才的冷靜自持。他現在真的後悔極了，若是他當初心狠一些，早早弄死了沈桀，也不會有現在的糟心事了。

沈桀死了，趙真是會傷心難過，但他做的隱秘些，她也不會遷怒於他。他當初確實不夠狠辣，又有惜才的心思，加之趙家人丁單薄，他不想做得太絕，現今看來是他婦人之仁，沈桀有那般大逆不道的心，便有大逆不道的膽！

——趙真這個混帳女人！

對他設防設得那麼厲害，卻著了她義弟的道，若非他今日在國公府，她今後該如何自處？她滿心信賴的義弟傷了她的心，她要找誰鳴不平去？

陳昭越想越氣，恨不得直接衝進宮去揪著他兒子的領子告訴他——我是他爹，你立刻把你娘揪進宮來，讓她哪裡都不能去！

但他也只是想想罷了，他要是做了，趙真才不管她義弟到底有沒有野心，就先指著他的鼻子罵一頓，和他老死不相往來。

陳昭深吸一口氣平靜下來，沈桀已經清醒了，不敢再對趙真做什麼，很快就命人把她送了回來，還在她院外安排了人把守。他嗤笑一聲，笑沈桀自不量力，這院子是他陪趙真省親會住的院子，他還能比他熟悉？

他尋了偏門進去，輕而易舉解決了守夜的丫鬟，進了內室。這裡的一桌一椅都沒有變，其實趙真是個守舊的人，很多東西都不想換新的，就連男人也是，她和他再怎麼勢不兩立，她都沒有對別的男人動過心思，頂多就是逗弄一下，他都忍了。

他看著這裡熟悉的一切，浮躁的心也漸漸安定下來，每當趙真回娘家的時候她心情都會很好，夜裡便也有心思和他折騰，這裡曾留下過不少他們恩愛的回憶……

陳昭走到床邊，一向淺眠的趙真並未醒來，果然是酒喝多了人也沒那麼警惕了，現在睡著的模樣就像個孩子。他坐在床邊低頭看她，她一直是個強悍的人，很多時候都會讓人忘記她是個女子，唯有在入睡的時候她才會變得平和、變得溫柔，現下又恢復了年少的模樣，變得白皙嬌嫩，才真的讓人覺得她也是個需要人保護的姑娘，難怪沈桀敢對她放肆。

想到沈桀的混帳行徑，陳昭隱忍的怒氣不禁又沸騰起來，也不知道那個混帳做了些什麼，

她現在穿著褻衣，不知是丫鬟脫的還是沈桀脫的，想一想便令他惱火。

在旁人眼中，他一直是個內斂仁慈的帝王，有著對萬物包容的心胸，可他的心胸其實並不寬闊，他有狹隘而猙獰的內心，只是慣於粉飾太平，才讓人察覺不出來。他稱帝以後，那些曾欺凌過他的人，沒有一個有好下場，只是因為這些下場看似和他沒有牽連，才不會讓人聯想到他這個仁慈的帝王。

現在，翻騰的怒火像是奔騰的野獸，越演越烈，讓他都有些控制不住自己。他踢了鞋襪鑽進她的被子裡，將她緊緊抱住，心中熊熊的怒火才退卻了一些。

趙真這會兒酒已經醒了不少，只是睏才一直睡著，被陳昭這麼一摟便醒了過來，看到他的臉還有些混沌，再看了眼四周，才明白過來是怎麼回事——他又過來夜闖閨閣了。

「怎麼了？白日裡不還堅貞不屈，怎麼夜裡又過來自薦枕席了？」

這番話語對陳昭早就沒有羞辱的效果了，他灼熱的呼吸噴在她的耳際，甕聲甕氣道：「我改變主意了，妳說得對，我們這把年紀談真心未免可笑，還不如肉慾上滿足彼此，妳喜歡我的身體也是喜歡，我也喜歡妳的，我們夜裡做夫妻，白日裡我也不糾纏妳如何？」

陳昭這麼突然襲擊，趙真懵了，他怎麼答應這種事了？早先她也不過是拿話噎他罷了，知道他還是好面子，不會答應這等荒唐事，但現在他過來說他當真了，她再說不行好像不合適了吧？果然，他的臉皮是逐漸變厚的，這種事他都能答應了。

許是酒氣還沒散，意志力薄弱，趙真想了想算了，左右做了那麼多次，孩子都生過了，不多這一次，她故作輕鬆道：「行啊。」

屋中靜了一瞬，桌上燃著的燈芯爆了一下，啪的一聲，像是陳昭腦中繃著的那根弦，趙真的故作輕鬆反倒在他心中的火苗上澆了一桶油，蹭的就竄起來了。

趙真這個混帳女人真能把人氣得心肝疼，貞潔在她心中從來都似無物，那個她親手養大的義弟，現在都養成了豺狼，她卻從未想過設防。別看他罵沈桀的時候罵得痛快，其實心裡卻是沒底的，萬一他們成了事，說不定趙真這個混女人就認下了，反正是她親手養大的弟弟，養壞了她也願意自己擔著，就當童養夫了。

越想這個可能他心頭就越氣，出塵的面容都有些扭曲了，翻身狠狠吻住她的脣，力氣比平日裡大了許多。

趙真這等性子哪裡是被壓的主，醉著酒呢也知道抬手去推他，卻猛然發現自己推不動，反倒被他攥住了手腕，像個無力的人偶娃娃被他結實壓著，任由他放肆侵襲，所及之處如星星之火四處燎原，旋即燃起熊熊烈焰，燒灼著她混沌的心緒。

一向在這種事情上占據主導權的趙真還是第一次落了下風，整個人像是置身於泥潭之中無力反抗，任由上面的人為非作歹。

她不知道他下一步要做什麼，又會在哪裡興風作浪，卻更為欲罷不能，心裡像是有一頭掙扎的野獸，渴望衝破牢籠之時的暢快淋漓，比哪一次都渴望……

她眼中燃著火，期盼的看著他，第一次盼著眼前的男人將她攻陷，讓她丟盔卸甲，徹底潰不成軍……

頭一次奪了主動權的陳昭也是心情舒暢，他終於將這個女人壓下去了，她的愉悅和渴求都被他牢牢掌控在手心裡，這種當了霸王的感覺，讓他興奮到有些顫抖，終有一日輪到了他，賦予她這種求而不得、翻身無力的滋味……

他似滿懷壯志的將軍一般，抽刀豪情道：「我要攻了！」

趙真有點屈辱又有點心癢，抿了抿脣沒說話。

陳昭忍無可忍，揮舞著寶刀領軍破城，他懷揣著雄心壯志，定要戰她三百回合，讓她再無回手之力！

理想很豐滿，可是現實很骨感。

許是寶刀數年未開，已是滿身銅鏽，他豪情壯志的衝進去，還沒勇猛的招搖幾下，他的將士們便不顧主將的意願紛紛棄甲投降狂奔而去，轉瞬間成了叛軍，獨留他這麼個洩了氣的主將在原地十分尷尬。

趙真察覺到了，和他大眼瞪小眼互相看了一會兒，而後爆發出刺耳的嘲笑聲：「哈哈哈，笑死我了！」

陳昭丟臉極了，這麼個翻身的機會竟被他白白浪費了，他這些不爭氣的孩子們呦！

趙真快笑得岔氣了，抹了把笑出來的眼淚道：「洞房那天我就說『娘的看走眼了，找了個中看不中用的』，沒想到這麼多年過去了，你還是這樣，嘖嘖嘖，情何以堪？」

陳昭不甘心，咬牙道：「再戰！」

趙真現下也是上不來下不去的，揚揚眉頭，「有本事來啊。」

陳昭欲再戰，但可能是越著急就越不行，許久沒緩過勁來。

不知是不是方才趙真的笑聲驚動外面的人，外面有護衛敲門，「小姐，出了什麼事嗎？」

趙真瞥了眼陳昭，推開他坐起來，「沒事，我做夢了，你們退下吧。」

驚動了外面的護衛，這事自然是成不了了，陳昭只能收拾收拾走人，若想翻身，得等下一次了。

他穿好衣服下床，回頭看了眼還在嘲笑他的趙真，不服氣道：「妳還記得軍規第一條嗎？這次是我，下次就不知道是誰了。」

喝酒誤事向來是軍規的第一條，他明顯意有所指，趙真挑了挑眉頭，「你什麼意思？」

穿戴整齊的陳昭恢復了出世離塵的模樣，冷颼颼道：「妳方才也見識到了妳自己喝酒以後的不中用，往後小心些，免得出了事情才後悔莫及。」說完人就走了。

趙真眉心一擰，揉了揉有些脹痛的額頭，喝醉之後的記憶斷斷續續的，一會兒是沈桀，一會兒是陳昭，硬是想不起來自己怎麼回了房間，這種事情以後真的要不得了……

※◎※　※◎※　※◎※

翌日趙真醒來，頭還是昏昏沉沉的，感覺到下身的不爽利才想起來昨夜的事：娘的，最後還是被他睡了。

叫下人弄了熱水洗了澡，趙真才算舒服了一些。

齊國公那邊叫她去吃早膳，外孫還在，趙真有點不想見陳昭，藉口自己身子不舒服沒去，到孫嬤嬤院裡用了早膳。

用過飯，趙真看著孫嬤嬤有點躊躇，最後還是咬牙屏退了下人，和孫嬤嬤道：「嬤嬤，幫我煎份避子的湯藥，小心點別讓人知道了。」

孫嬤嬤聽完嚇了一跳，「小姐……您是和誰成了事？莫不是沈大將軍？」她昨夜聽聞趙真

和沈大將軍喝了酒，她本想送醒酒湯過去的，但是被沈大將軍的人攔下，莫不是出了事？！

趙真忙擺手，「別瞎說，我當那孩子是弟弟，怎麼會和他胡來。是陳昭，他隨著允珩入了府，昨夜偷偷摸摸過來找我，我喝了酒，一個沒忍住就和他……」

孫嬤嬤的觀念裡還是從一而終，聽聞是太上皇鬆了口氣，但又覺得還是不妥，道：「小姐是要和太上皇從頭來過嗎？就算你們原本是夫妻，但現在您還是未出嫁的小姐，這種事還是要成了親以後再做……」

趙真嗤了一聲：「誰和他重新來過啊，我們說好了，頂多夜裡做幾次夫妻，白日裡互不相干，我嫁誰也不會再嫁他！」

孫嬤嬤聽完覺得甚是荒唐，「小姐，這不可啊！您若是打定主意不和太上皇往來了，這種事情就不能做了，就算您將來嫁個入贅的男人也是男人，由不得您這般胡鬧，您再這般和旁的男人糾纏不清，被人知道了也有損清譽啊！」

趙真安慰的看她一眼，道：「嬤嬤妳不用替我操心了，我根本不想嫁人了，答應我爹找個男人入贅也不過是哄哄他。我活了大半輩子了，男人對我來說也不重要了，若是傳宗接代，到時候找個底子不錯的男人留個種便是了，何必非要成親呢？麻煩。」

孫嬤嬤聽完連連搖頭，「小姐啊，這未婚生子說出去多難聽，您要三思啊！」

趙真擺擺手，「行了，這事不是我眼前要操心的，日後再議。先去幫我弄避子藥吧，拖得越久越不踏實，若是懷了再打掉就是麻煩事了。」

孫嬤嬤知道自己現在說什麼她都聽不進去，嘆了口氣起身去辦事了。

第六章
被欺負的先帝

沈桀麾下本就不缺能人異士，很快就把神龍衛的人選打點好了，休沐的日子便留在國公府裡同齊國公一起看趙真和沈明洲餵招。

自那日之後，沈桀對長姐心生愧疚，好幾日不敢看她的眼睛，現在才敢這般遠遠看著她。他那日是喝了酒荒唐了，往後要循序漸進才是，不能傷了他們姐弟間的情誼。

齊國公看著校場上活力四射的女兒，既欣慰又惆悵，趙家的子孫無論男女一生的抱負都在沙場上，不是戰死就是病死，鮮少能有善終的。他原本以為女兒為后，起碼能善終，卻不想現在年輕回來了，她又要參軍了，雖說眼下天下升平，但誰又知道往後會怎麼樣呢？以他女兒的性子，若是戰起，定是去打頭陣，而且如今帝位上的是她兒子，為了孫兒她也會更賣力。

齊國公嘆息道：「子澄，你說我是不是年紀大了開始怕死了？與其看著真兒參軍，我卻更想她能在府中安穩度日。」

沈桀安慰他道：「怎麼會呢？為人父母誰不想自己的兒女安安穩穩的？其實我也想長姐能留在府裡做個安分的姑娘，享著衣來伸手、飯來張口的日子，不必這般操勞。」

齊國公又嘆息一聲：「你長姐不是那個命，孫嬤嬤跟我說她不想再嫁人了，怕是被太上皇傷了心，可我不能看著她孤獨終老啊！老了沒個伴，這種淒苦我嚐過了就不想讓她再嚐了。」說罷一頓，對沈桀試探道：「我覺得真兒挺喜歡明洲這孩子的，對他十分有耐心呢。」

沈桀聞言心中一凜，立刻明白了齊國公的意思，婉拒道：「長姐把明洲當親姪子，自然是疼愛有加，我明白她。」

齊國公聽完垂頭喪氣，「可不是嘛，當姪子，小輩在她眼裡可不都是姪子嗎？找個能與她相配的太難了，年紀小的她看不上，年紀大的不是鰥夫就是沒出息的，怎麼能讓真兒嫁這種男人呢？」

沈桀動動嘴，很想對齊國公說他最為合適，可這話現在卻不能說，長姐現下對他無意，就算齊國公同意了前去說和，也只會引得長姐反感。

齊國公見他沒回話，自顧自的說道：「先不想了，總會有緣分到的時候。」

沈桀附和道：「會有的。」

齊國公嘴上說著不想了，但是行動不是那麼做的，他怕哪日女兒又要上戰場，卻留不下個一兒半女便心裡著急，他也是白髮人送黑髮人送怕了。現在太平盛世，能讓女兒給趙家留個子嗣總是好的，未雨綢繆嘛。

趙真一落坐就發現今日的菜肴不一般，無論是擺盤還是配菜都很講究。她平日裡吃飯也不挑揀，不覺得哪個好吃、哪個不好吃，今日吃著卻都覺得十分的合胃口。

齊國公見她邊吃邊點頭，笑咪咪道：「瑾兒，今日的菜肴可口吧？」

趙真點點頭，「是呢，府裡是換了新廚子嗎？」

齊國公神秘一笑，「可不是嘛！祖父為妳啊，可真是操碎了心，看妳不長肉，祖父心裡著急啊！」說罷，他招呼管事過來，「去，把人叫來。」

管事得了令立刻出去。

趙真奇怪的看了她爹一眼，怎麼了，廚子做得好還要過來讓她嘉獎一番？

很快的，管事帶了個高瘦的男子進屋。男子進了屋先恭敬的行了一禮，也沒一般下人的膽怯，抬著頭給他們看，是個眉清目朗的青年，瞧著二十多歲的模樣。

齊國公笑嘻嘻的杵了下趙真，道：「瑾兒，妳看看他，眼熟嗎？」

本來沒怎麼在意的趙真抬眸去看，男人對她溫和一笑，她還真覺得有幾分眼熟，就是想不起來是誰了。

齊國公見女兒苦思冥想想不出來，附到她耳邊小聲道：「路興源家的三郎。」

趙真聞言一驚，仔細看了看眼前人，竟還真的有八分相像，那桃花眼、略薄一些的唇都和路興源一模一樣！

這個路興源說起來就大有文章了，那是趙真小姑娘的時候情竇初開的對象，就是她爹軍中的火頭兵。小時候軍中乏味，她最大的樂趣就是跑到路興源那裡要吃的，他總能變出好吃的給她，而且什麼難吃的東西到他手裡都能做得美味。那時行軍打仗苦，趙真正是長身體的時候，活動量也大，總是餓，路興源就替她曬各式各樣的果乾、肉乾帶著，她腰裡從未少過零食。

而且路興源也不像軍中的那些粗野漢子，他斯文，容貌也俊俏，說話柔聲細語的，總是哄著她，她就格外喜歡這個大哥哥，後來長大一點、懂了男女之事，就嚷嚷著要給他當媳婦呢。

但那只是少時不懂事，後來趙真成了親就沉穩一些了，路興源也成家立室，後來她在京中開辦自己的產業，弄了個酒樓，還招了路興源當後廚的管事，但那都是孫嬤嬤操辦的，她一直沒見他，如今他也是六十多的年紀了吧？這三郎看著年紀倒不是特別大。

看見故人之子，趙真難免關切一些，道：「你叫什麼名字，今年多大了？」

男人聽她問話方才還不膽怯，現下卻有點靦腆，低聲道：「回小姐的話，小人名叫路鳴，今年二十四了。」

齊國公見女兒和顏悅色就覺得有戲，插嘴道：「瑾兒啊，路鳴唸書唸得可好了，還是秀才呢，尤其是兵法，他能倒背如流，讓他當妳伴讀如何？妳也瞧見了，他做飯做得好，將來能隨妳到軍裡去，照顧妳的飲食，妳若是成了將，他還能當妳的參軍，怎麼樣啊？」

瞧著她爹這副不懷好意的樣子，這哪裡是送來當伴讀啊，是想送她到房裡去吧？要說這路鳴年紀也不小了，還沒成家嗎？

趙真瞧著現在有點不敢看她的男人道：「這般才華橫溢，放我身邊當伴讀屈才了吧？」

路鳴聞言有點急，語無倫次道：「都是國公爺抬舉，我沒那麼好，我自小就崇拜國公爺，若是能入國公府，在小姐身邊伺候，榮幸之至！」話說完了，他似乎覺出自己說錯話了，抬手揙了下自己的嘴，一臉的懊惱。

這般有點傻頭傻腦的樣子倒是逗笑了趙真，這個路鳴她看著還行，反正走了路鳴還會再來一個，暫且先留著吧。

「那你就留下吧，讓管事替你在錦竹居騰間屋子。」

路鳴聞言一臉欣喜。一看就是個沒心機的人，心情都寫在了臉上，一目了然，趙真許久沒和這樣簡單的人相處了，便對他多了幾分好感，衝他笑了笑。

路鳴臉一紅垂下頭，模樣還有點大姑娘的扭捏。

齊國公一看兩人的樣子，心裡更高興了，揚聲喊管事：「管事，給路鳴在錦竹居裡安排間屋子，讓他自己挑。」傻小子可要挑個離她女兒近的啊。

管事得令進屋帶走了路鳴，路鳴臨走又看了趙真一眼，衝她拘謹的笑了下，和管事走了。

人都退下了以後，齊國公笑嘻嘻的靠近女兒，「閨女，怎麼樣？可心嗎？妳爹我可是下了功夫尋的人。」

趙真白他一眼，夾了菜放嘴裡，甜絲絲的真好吃，「爹，您就這麼急著往我屋裡添人啊？」

齊國公哄她道：「有備無患嘛！這路鳴規矩老實，又深得他爹的真傳，會讀書能下廚，就是命不好，他出生的時候他娘就過世了，之前定了個媳婦，還沒過門就被房梁砸死了，左鄰右舍都傳他命硬剋人，沒人敢把閨女嫁給他，他才蹉跎至今。不過咱們家不信命，我瞧著路鳴挺好，妳可以看一段日子，要是可心就收進房裡。」

瞧她爹說的話，是把她當兒子了吧？還收房裡去。

趙真敷衍他道：「行了，人我都留下了，您就別瞎折騰了，若是行，我自會收了他。」

本來齊國公以為要花一番功夫才能說服女兒，沒想到這麼快就成了，心裡霎時歡喜起來。誰說路鳴命不好？這絕對是百裡挑一的好命！

趙真又聽她爹絮絮叨叨念叨了幾句，才回了自己的院子，他瞧見管事，開口問道：「那人選了哪間屋子啊？」

管事回道：「選了離小廚房最近的那間，他說離廚房近些，小姐餓時好給您開小灶。」

趙真聞言卻有點意外，她爹讓路鳴隨便挑屋子，無非是想讓路鳴挑個離她近的，沒想到這人倒是真的耿直，選了離廚房近的，和她的房間隔著兩排房呢。

趙真點點頭讓管事退下了，摸摸下巴想了想：說不定這人還真能收了。

※◎※　※◎※　※◎※

很快趙真就要到營裡去了，這幾日都在忙著查帳，她早年置辦的產業越做越大，每日進出的銀子都很多，她去營裡前要算清楚她有多少家當，快把她愁得頭髮都白了，她最幹不了這種事，可孫嬤嬤年紀也大了，現下還沒有能用的人，她只能自己親力親為。

「叩叩叩。」

外面傳來敲門聲，趙真皺了下眉頭，「進來。」

敲門的人有些小心翼翼的推門進來，邁著輕慢的步子走過來停在她的桌案旁，將一碟點心放在桌上，和聲細語道：「小姐，國公爺說您喜歡吃點心，我便做了點心給您送過來。」

趙真聞言抬頭看他，是路鳴，他聲音也像極了路興源，既不粗獷也不低沉，是很溫和的語調，聽在耳朵裡讓人覺得舒心。

她看了眼他送來的點心，方形的，顏色有些奇特，是淡淡的綠，她拿起來一塊吃了一口，入口即化，滿口茶香，味道苦中帶甜，吃完以後讓人覺得清爽，很好吃。

「這是什麼點心啊？」她說完一口吃了進去，又拿了一塊。

路鳴見她似乎很喜歡吃，歡喜道：「茶糕，我自己研製的，是用茶葉的嫩芽做的，甜而不膩，就適合這個季節吃。」

趙真讚賞的點點頭，「不錯。坐吧，我也正好歇歇腦子。」說罷從桌案裡繞了出來，坐到了圓桌旁。

路鳴忙把點心端過去，替她斟上一杯茶，才小心翼翼的坐下。

趙真見他謹慎，道：「你在我面前不必那麼拘謹，我這人不拘小節，沒那麼多規矩。」

路鳴聞言，暗自鬆了口氣，小姐果然是個好說話的，似乎也不討厭他。他來的時候國公爺和他說了，是想替小姐找個上門的女婿，問他願不願意，若是願意先去小姐身旁伺候，若是小

姐喜歡他，便能做國公府的女婿。

這對他來說簡直是天大的好事，他爹早年是國公爺麾下的火頭兵，總和他們講國公爺的威武、太上皇后的厲害，他自小對國公府便心懷嚮往，現在有機會能成為國公府的女婿，管他是不是入贅自然要來，何況……小姐那麼好看，脾氣又好，還不嫌棄他，他若是能留下，那是走了大運了。

因為是故人之子，趙真對他還是有幾分好奇的，問道：「你是家中的老三？家裡都還有些什麼人啊？」

路鳴聽小姐問話，忙回了神，答道：「是，小的是家裡的老三，父親還健在，上面有兩個哥哥，兩個哥哥都成親了，現下有三個姪子。我沒有姐妹，左鄰右舍都說我家陽盛陰衰，沒有生閨女的命，可能我以後也生不出來閨女來。」

趙真被他樸實的回答逗得一笑，「你是生不出來，你又不是女子，怎麼生閨女？」

路鳴見她笑了，明眸皓齒煞是好看，難為情的摸摸頭道：「小姐說的是……我是生不出來孩子的……」

看著他憨厚的樣子，趙真倒是想看看路興源現下怎麼樣了，便問道：「明日我要去外面查帳，正好和你去你家看看，不知道方不方便？」

路鳴聞言一喜，小姐想去他家是對他有意嗎？忙道：「方便！小姐什麼時候去都方便！」

趙真見他這喜形於色的模樣，故意逗弄道：「那我若是現在去呢？」

路鳴聞言一愣，有點為難道：「現在天色晚了，去我家還要些路程，回來恐怕趕不及，要是小姐宿在我家，我家院子破落，怕小姐睡不習慣……」

趙真瞧他這副認真思琢的模樣，噗嗤笑了出來，「我逗你呢，現在這時辰出什麼門啊？你平日裡都這般好騙嗎？」

路鳴聞言呆了一瞬，發覺小姐逗弄他，有些赧然，老實回道：「我兩個哥哥都說我讀書讀傻了，腦子不會轉彎，小姐……是不是也這麼覺得？」

趙真吃了口他做的點心，搖搖頭，「沒，你這樣挺好的。」

路鳴聽小姐說他好，抿脣笑了一下，越看越像個大姑娘似的。

趙真正想再逗弄他幾句，外面傳來沉沉的腳步聲，緊接著沈桀就進來了，神色有些肅然，他瞥了路鳴一眼，不客氣道：「你退下。」

路鳴瞧見高大的男人一愣，很快認出他來，忙起身見禮：「小的見過大將軍。」

沈桀不耐煩的揮揮手，「退下。」

路鳴看了眼趙真，趙真衝他揮揮手，他心頭有點失望，默默的退下去了。

趙真見沈桀這麼風風火火的樣子，蹙眉道：「怎麼了？」

怎麼了？能是怎麼了？他出門在外，為她奔波，為趙家奔波，可他回來，齊國公卻說她院子裡收了個男人，還是將來為趙家傳宗接代的！

本來沈桀是不信的，但進了屋見他們有說有笑便信了八分，想起齊國公說的時候眉開眼笑的樣子更是氣不打一處來，「長姐將方才那人放進院中，是真的存了收房的心思嗎？」

趙真以為他匆匆回來是有什麼要事，卻不想是問這個，當下眉頭皺得更深了，「你急匆匆來就是為了和我說這等小事？這不該是你操心的事。你才歸京不久，剛剛掌管了南衙十六衛，要把更多的心思放在軍中。」

沈桀一向是個冷靜自持的人，可是每每到了趙真面前便焦躁的像個毛頭小子，「長姐的事我不能不放在心上，就算長姐要招婿，也不能自降身分配這等粗莽之輩！」他越說越激動，又見她不為所動，揚聲道：「難道長姐重活一世，便要如此糟踐自己嗎！隨隨便便找一個人委曲求全？」

趙真聽完「匡」的一聲把茶杯拍在桌上，杯子瞬間四分五裂，掉了滿地殘渣，「放肆！莫非你覺得趙家現下仰仗於你，我的事情便由得你來置喙了？」

這一聲重響加之她的怒斥，讓沈桀冷靜下來，屈身跪地道：「子澄不敢，子澄只是怕長姐委屈自己。」

沈桀如今也是個頂天立地的男兒了，他向她跪地認錯，趙真氣便消了一些。她緩和了聲音道：「我自己的事情我自有分寸，這世間還沒有誰能委屈得了我。你也為將多年，也該懂得我們這些刀尖舔血的人從不會把情愛之事放在心上，又怎會為這種小事委屈？我不勉強你娶妻納妾，也是覺得為將者不該在這種事情上太過拘泥，情愛都是那些有閒情逸致的人才會去想的，你的關心不該用在這上面。」

沈桀現下不敢再反駁她，低頭道：「子澄謹遵長姐教誨。」

趙真嘆口氣道：「起來吧。」繼而招呼他坐下，拿了個茶杯斟上茶水遞給他。

沈桀恭敬接過飲了下去，溫茶入喉，他也漸漸平靜下來，覺得自己方才是太過莽撞了，愧疚道：「方才是子澄太過莽撞，子澄誠心懺悔，望長姐不要動怒……」

趙真搖搖頭，「我又怎麼會真的生你的氣，你也是關心我。」話雖這麼說，但趙真對沈桀今日的不理智很不理解，不免想起之前那次醉酒，她隱隱覺得是發生了什麼事，加之陳昭那句模糊不清的話，總讓她心中有疑慮，而且那日她喝醉酒以後竟變得渾身乏力，實在是不尋常。

想著，趙真道：「上次飲酒，你尋來的那些酒裡可有會致人乏力的？」

趙真突然提起上次的事，沈桀心頭一慌，忙解釋道：「絕對沒有！我是不會害長姐的！」

趙真疑惑的看了他一眼，道：「我沒有懷疑你，只是問問。你一會兒命人將上次喝過的酒都再尋一罈送過來，裡面怕是有我喝了脾胃不適的，以後要避著些。」

沈桀聞言忙起身道：「子澄這就去辦！」說罷人便轉身出去了，好像有十萬火急的事情等著他。

趙真微微蹙眉，不免對這個自己一直信賴的弟弟產生了疑慮。要不怎說陳昭是個手段高明的人，隨隨便便的一句話，便讓她對義弟生了疑心。

※◎※　※◎※　※◎※

此時明夏侯府裡，付允珩一臉的苦大仇深，邊扎馬步邊看書，抬眼瞄了下不遠處低頭批閱文書的陳昭。陳昭好似腦頂長了眼似的，付允珩一看他，他就立刻抬頭瞪了過來，付允珩忙低頭繼續埋頭苦讀。

誰能想到啊，他隨便這一請就請了這麼一尊大佛回來，這尊佛不是別人，就是他血親的外祖父、本來仙逝了的太上皇。要不是上次需要他裝病，他這九五之尊的外祖父不知還要在他身邊潛伏多久呢。

——我的親娘哦，您怎麼就有個這樣的爹呢？

現下外祖母也不知道他這般苦楚的境遇，伸冤都沒處去！就算是抱他那皇舅舅的大腿，皇舅舅還自身難保呢，說不定還要罵他把外祖父引了回來。

這時，丞相安排在陳昭身邊的親衛匆匆進來，附在陳昭耳邊低語了幾句，陳昭眉心一蹙，道：「讓人盯緊了。」

親衛得令退下，陳昭在手下的文書上又寫了幾筆才合上，然後將批閱好的文書鎖進鐵鑄的盒裡，走到付允珩面前。

付允珩立刻抬起一張獻媚的臉，可沒了當日那個跋扈小侯爺的樣子。

陳昭對他溫和一笑，「珩兒，想你外祖母了沒？我們去看看她如何？」

知道自己是被利用，但付允珩依然立刻乖巧點頭，「想了，特別想，恨不得立刻到外祖母面前去！」萬萬沒想到，他那個小表姨，竟是他親親外祖母，他當時還調戲了她呢！想他外祖母當時沒一掌劈了他，是真心寵愛他。

陳昭對他滿意的點了下頭，回屋洗了把臉、換了身衣服，重新將面具戴上才同他出府。

付允珩瞧著他這細緻的模樣在心裡腹誹：戴面具洗什麼臉啊，外祖母說得一點也沒錯，窮講究！

兩人隨著帶路的護衛先一步到了明月居候著。

這裡是趙真的產業，路興源早年便在這裡當管事，他後來老了，現在是他長子子承父業，一家人也還住在明月居的後院裡，趙真今日便是到這裡看望她那位故友。

要不是面具擋著，陳昭現在的臉色是真的不好看，有個蠢蠢欲動的義弟她還不夠，還招惹到曾經的故人身上去了，她莫不是真想來個「廣納後宮」？雖然他也知道是齊國公那個老糊塗一心撮合，但趙真若是半點意思也沒有才不會浪費這個功夫！

付允珩也知道外祖母院裡進了個男人，好像是外曾祖父準備招的女婿。他也是佩服外曾祖父，明知道外祖父這個霸王龍活著，還敢幫外祖母送男人，果然是名副其實的「虎」將。

不多時，一行人馬便來了，付允珩再看外祖母時，便是另一番滋味了。沒想到外祖母年少的時候還是挺可愛的，也沒老了以後那麼凶神惡煞的，雖然外祖母對他一向很和善，但是看外祖父的眼神比活剝還生猛。

付允珩見一個身材略顯消瘦的男人快步走到外祖母馬前，向她伸出手，似是要扶她下馬，外祖母在馬上看了他一眼，最後將手放在他掌心裡借力下來了。他不禁稱奇，他外祖母可是老了去狩獵都不會讓人扶的主，那男人不會就是妄想撬外祖父牆角的男人吧？真是好膽識。

付允珩正想著，突地被人從背後推了出去，暴露在外祖母眼前，他尷尬一笑，衝她打招呼道：「小表姨，好巧啊，妳也來這裡吃飯啊？」

趙真看了付允珩一眼，又看了他身後的陳昭一眼，不動聲色的收回了自己的手，挑了下眉頭道：「是啊，真是太巧了，就好像知道我今日會來這裡一樣。」

付允珩怎麼會聽不出她的弦外之意，虧他臉皮夠厚，立刻接口道：「可不是嗎！我還以為小表姨想念我，知道我今日來這裡吃飯特來偶遇呢！」

「呵呵。」趙真冷笑了一聲。

付允珩忙獻上討好的笑容，看了一眼路鳴，轉開話題道：「不知這位是？」

趙真瞥了陳昭一眼，道：「我的朋友，你叫他路叔吧。」

路鳴已經猜出了眼前的人是明夏侯世子，趕忙惶恐道：「世子身分金貴，草民不敢當！」

趙真哼了一聲，「有什麼不敢當的？行了，進去吧，在門外說話算什麼樣子啊。」說罷自顧自的先進去了，路鳴趕忙跟了上去。

付允珩湊到陳昭耳邊道：「外祖父，您看這怎麼辦？要不要給那小子點臉色看看？」

陳昭瞥他一眼，「按兵不動，不要惹你外祖母厭煩便好。」

付允珩拍拍胸脯保證：「您放心吧！外祖母最喜歡我了，我幹什麼她都不會厭煩我的！」

陳昭瞪他一眼：呵？你這是在炫耀嗎？

他們進去後，路鳴作為主人已經在安排了，他先對趙真道：「家父年邁，現下正在歇息，小姐先與兩位貴客用午膳如何？」

趙真點點頭，「行，先吃點東西吧，不要把他吵醒了，等他醒了再見便是。」

路鳴感激的看她一眼，熱切道：「小姐想吃什麼，我現下便去安排。」

趙真對他溫和一笑，「隨你，這裡你清楚，你點什麼我吃什麼。」

路鳴被她笑得臉一紅，「好，我……我讓廚子做拿手的好菜去！」說罷匆匆往後廚去了。

這般郎情妾意，付允珩小心翼翼瞄了眼面具下的外祖父，自己縮了縮脖子：完嘍，暴風雨要來了！

路鳴走了之後，如今的管事——路興源的長子路霄便來了。路霄年紀就比較大了，已經年過不惑，許是經年累月的操勞，頭髮白了一半，顯得尤為老態，但身子看著十分壯實，比路鳴要高大不少。

他進來後告罪道：「不知幾位貴客前來探望家父，家父年邁，睡得迷迷糊糊的時候好一會兒起不來身，還勞各位久候。」路霄知道趙家小姐是自己的東家，但因著有外人在，又不能表示的太熱絡。

趙真笑道：「無妨，我方才已經和路鳴說過了，等老爺子睡醒了再來便是，我今日不急，久聞這裡名品佳餚甚多，便好好嚐嚐。」

幾人正說著話，樓下響起鑼鼓聲，路霄解釋道：「今日的戲開演了，我替幾位貴客把簾子挑開，諸位可以聽聽戲。今日請的德園戲班，在京中的戲班裡算得上是前三了。」說著，他走過去把垂著的竹簾別上，視野一下開闊起來。

這酒樓頗為獨特，一樓有個大戲臺，二樓的雅間把竹簾打開，一樓的戲臺便一覽無遺。路霄又告了幾聲罪便退了出去，付允珩站在窗邊探頭探腦看了幾眼，回身對他們道：「上面看不真切，左右還沒上菜呢，我下去瞧幾眼。」

開玩笑！這廂房裡就剩他和外祖父、外祖母，戰火燃起後傷及他這個無辜可怎麼辦？不逃還等著挨劈啊！付允珩自然是趕緊逃了。

廂房裡只剩下他們兩人，趙真現下是都看明白了，冷冷的哼了一聲：不錯啊，果真先我一步把外孫收編了。

陳昭抿了口茶，先發制人道：「是妳教的好外孫，這便沉不住氣了，沒出息。」

趙真瞥他一眼，「難道不是你教的好外孫嗎？騰出地方來才好方便他外祖父做點什麼見不得人的事情啊。」曾經的君子，現下可愛做些不要臉的事了。

本來和她隔著一個位的陳昭聞言，起身坐到她身旁，沒氣惱反倒叫陣：「那妳做嗎？」

趙真嘖了一聲，很是嫌棄：「叫陣者技藝不精，我自是無心應戰。」

陳昭聞言抿了下唇，想起上回的事他也覺得很丟人，但眼下從口舌上爭個輸贏也沒意思，倒不如以後真槍實彈的時候再論英雄，便道：「正因為技藝不精，才望將軍屈尊指教。知道將軍身經百戰，但也不能見了新人就忘了舊人，連應付都懶得應付了，莫非近日操勞，現下力不從心？」

嘖嘖嘖，瞧瞧這口才，想問她有沒有收房不直說，這拐了彎、抹了角的試探，還連帶奚落她一番，士別三日當刮目相看啊。

趙真捏了個瓜果塞進嘴中嚼了嚼，慢條斯理道：「近日操勞，確實力不從心啊。」

——我將計就計，你待如何？

陳昭聞言不動聲色，但手裡握著的茶杯水紋微蕩，偏偏他還平靜道：「想當年將軍龍虎之威，徹夜激戰不見勢微，又何來乏力之說？現今乏力，想來是伺候的人不周，該換人才是。」

趙真對他的口才真是佩服了，奈何實力太弱讓人惋惜，「因而閣下便毛遂自薦嗎？你那彈指的功夫，確實不會讓我乏力。」

其實付允珩並沒走，正在門外偷聽外祖父和外祖母交鋒呢，聽見這汙力十足的對白，趕緊捂住要爆笑出聲的嘴。萬萬沒想到，曾經在龍椅上那般威嚴的外祖父私下裡竟這麼會撩騷；還有，彈指的功夫是什麼鬼？外祖父的時間這麼短？

趙真耳力極佳，聽見門外的動靜，揚聲道：「好孫兒，外面聽不真切，進來多好啊。」

付允珩渾身一激靈，趕緊跑了。

本來淡定的陳昭整個人都不好了，想起自己剛才說的話被外孫聽去了，耳根都紅了起來，氣惱道：「妳知道他在外面！」

呵呵，破功了吧？趙真笑容滿面的看他，「起初不知道，但他剛才在憋笑我才發現的。」說完，她又一副幸災樂禍的樣子說道：「所以有的話不能瞎說，讓人聽去多不好啊。」

陳昭猛地灌了口茶下去，將杯子重重放在桌上，咬牙道：「受教了！」

趙真洋洋得意。

這會兒路鳴回來了，後面跟著幾個夥計端著菜，他進來以後對趙真解釋道：「廚房裡人手不夠，我幫著弄了幾道菜，這才回來慢了。」說罷四下看了看，「世子呢？」

趙真伸手讓他坐下，道：「下去看戲去了，不用理他。哪幾道是你做的？我嚐嚐。」說完拿起筷子四處瞧了瞧。

路鳴抿唇一笑，指了幾道：「這幾道是我做的，有的在府裡的時候也給小姐做過。小姐不如先嚐嚐大師傅做的，這道鴨絲豆卷特別好吃，我替妳包一個。」說罷拿了張豆皮，將鴨肉絲沾上醬料，添了些小菜後，捲了捲遞給她。

趙真身為太上皇后，什麼稀奇的吃食沒見過，卻還真沒見過這個，虧得這間是她自己的酒樓，她竟不知道都有些什麼菜。那麼多人掙破了腦袋想踏上的金鑾殿，實則就是牢籠，將這天下的繁華隔絕在外，而坐在最高的位置上，卻如井底之蛙一般。

趙真接過來嚼了嚼吞下去，讚賞道：「還真好吃，你會做嗎？」

路鳴立刻點頭，「會做，樓裡的菜式我都會，以後小姐想吃，我天天做給小姐吃。」

趙真呵呵笑道：「那我還真撿到了個寶。」

路鳴抿唇，有些不好意思，然後招呼陳昭道：「這位公子也嚐嚐。」

陳昭淡淡的點了個頭，拿了筷子夾了一道菜吃，避開了路鳴所做的那幾樣。

路鳴才無心看陳昭喜歡吃哪個呢，一門心思的幫著趙真布菜，源源不絕的談起這些菜式的來歷。

他正要把一道韭菜雞蛋夾進趙真碗裡，一直沒說話的陳昭卻出筷擋道：「她吃不得韭菜，吃了韭菜胃裡會不舒服。」

路鳴聞言一愣，看向趙真：「小姐不能吃韭菜嗎？」

趙真瞥了陳昭一眼，衝他點頭，說詞就沒那麼文雅了，直言道：「也沒什麼大礙，就是吃了後翌日會拉肚子。」

路鳴一聽有些詫異，默默的打量了陳昭一眼，這位公子雖然戴著面具，但舉手投足可見不凡，一定也是個舉足輕重的人物。此人和小姐是舊識嗎？若非很熟，怎會知道小姐的忌口？他又看向趙真，見她無心解釋兩人的關係，他也不好主動詢問，畢竟他身分卑賤，沒有權利質疑小姐的事情。

再繼續布菜的時候，路鳴就沒那麼侃侃而談了，整個人安靜了許多。

趙真察覺到了他的變化，但也不想和他解釋自己的事情。自陳昭之後，她沒什麼心思哄男人了，能跟她就跟，跟不了就算了。

陳昭見此，本來陰鬱的心情好了一些，不過是個凡夫俗子，倒是浪費他專門跑一趟了。

吃過午膳後，路興源便來了。在樓下開了小桌、吃飽喝足的付允珩也回來了，他就趁著人多的時候回來，免得四下無人，被外祖父和外祖母混合雙殺。

路興源現下已是花甲之年，將近古稀，拄著枴杖，頭髮花白，蒼老的厲害。趙真一時間有些感慨，最後一次見他時，他還正值壯年，笑起來溫和俊俏，再見時竟已成了這般模樣。

路興源看起來腦子倒不算糊塗，規矩的見了個禮坐下，目光落在趙真臉上，看了好一會兒感慨道：「真是像極了年少時候的先太后，這般模樣彷彿讓我又回到了過去，回到了第一次見先太后的時候。」說著，他抬袖抹了抹淚，似是十分懷念。

趙真不免目光一柔，道：「先生初見我皇姑母的時候是何模樣？」

路興源眼含淚光的想了想，道：「可是驚為天人，她那時候也不過五、六歲，小小的人兒騎著一隻壯年的老虎，閱兵之時停在士兵面前，故意讓老虎長嘯一聲，嚇得好幾個士兵尿了褲子，自己卻笑得前仰後合，可是頑皮極了。我當時就想，來日該是何樣的男子才能把這樣的女子娶回去。」

能是啥樣的，就是她旁邊這個裝模作樣的九五之尊啊。

趙真笑道：「看來我皇姑母幼時十分頑劣啊。」

路興源畢竟是年老了，說話做事沒那麼多顧慮，感慨道：「可不是嘛，皮猴似的，十幾歲的時候還淘得不成樣子，嫁了人才變得沉穩了。說來也是先帝的功勞，先帝沉穩，連帶著先太后也沉穩了下來，本是天作之合，唉，只可惜……」

趙真聞言眉頭一挑，聽這語氣有什麼她不知道的內情？

「可惜什麼啊？」

路興源嘆口氣道：「可惜白副將忒不是個東西，欺負先帝彼時勢微，人又老實本分，便從中作梗，弄得他們夫妻不和。」

白副將？趙真記得這是她早年的副將，本來是個前途無量的人，後來因為犯了軍規才被趕出軍中，他還幹了什麼？

趙真轉頭看了眼陳昭，陳昭戴著面具看不見表情，但他的脣抿了起來，這是他想事情的時候慣有的小動作。

趙真還沒開口問，付允珩忙問道：「他做了什麼事情讓我外祖父和外祖母不和啊？」

路興源又嘆了口氣，「怪我當時膽小，不敢出頭，對不起先帝……」

付允珩好奇極了，催道：「那你快說，到底怎麼回事啊？」

趙真也有點急了，道：「現下已是白駒過隙，先生不必愧疚，不妨把隱情說出來。」

路興源飲了口茶潤潤喉，才徐徐道出當年之事……

路興源知道這事，還要從他半夜小解撞到白副將和方軍師之女方柔私會開始。

那夜他遠遠聽見白副將對方柔說：「妳若不好好做，我便把妳兄長裝腿疾逃兵役的事情上報給將軍，妳也知道將軍治軍向來嚴苛，若是知道此事會怎麼待妳方家人！」

方柔一副很是懼怕的樣子說：「可我若是這麼做了，將軍恐怕也不會饒過我……」

白副將道：「妳放心吧，將軍從來不會和女人計較，只會遷怒於安平王。」

路興源不知道兩人要搞什麼鬼，但聽他們所言便知對將軍和王爺不利，他本想跑去告訴王爺，卻被白副將發現了。

白副將知道將軍極為看重他，殺了他後患無窮，便道：「我做的事情並非對將軍不利，而是針對安平王。安平王居心叵測，娶了將軍不過是窺視將軍手中的兵權，你且看好了，他最終定會背叛將軍，和方柔行苟且之事，若是不會，你到時再去告發我也不遲。」

白副將在軍中威望頗高，而且是趙真的心腹，路興源對他一面是畏懼、一面是猜忌，也不相信他會對將軍不利，便暫且什麼都沒說。

那時陳昭在軍中無事，最是喜歡讀書，他自己帶的書都看完了，聽白副將說軍中有專門藏書的營帳便過去了。只是帳中的書除主將外，旁人皆不可帶出帳外，陳昭便只能在帳內看，而當時負責看護書籍的便是方柔。

軍中之人皆對陳昭陰奉陽違，唯有方柔待他禮遇，有時陳昭尋不到某本書，過幾日方柔便能替他尋來，因而方柔平日裡請教他學問的時候，他皆是不吝嗇的傾囊相授。

有一日方柔哭哭啼啼對他道：「我兄長賭錢，早先就因為還不上錢被人打折了腿，現下那些人要砍下他的手，我該如何是好啊？」

陳昭聽聞有些憐憫，從自己的私庫裡拿了銀兩給她救急，方柔得了銀兩千恩萬謝，為表謝意便做了件冬衣給陳昭。陳昭知道她是報恩，若是不收以後定會糾纏不休了，便也沒推拒，收下冬衣就當她還了恩情，往後互不相欠。

誰知那時趙真突然回來了，方柔卻一改常態，佯裝他們之間有什麼見不得人的首尾，跪在趙真面前討饒，讓趙真拂袖而去。

陳昭本要追去解釋，卻被方柔絆住了腳，她聲聲淒慘道：「請王爺饒了小女子，小女子不是故意要陷害王爺的！是有人用小女子的父兄性命做要脅，逼迫小女子陷害王爺，求王爺饒小女子一命，不要將此事告知將軍！那樣小女子一定就沒命了！」

「是何人逼迫妳？」

方柔哭得更加淒慘，「小女子不能說，說了便沒命了！」

陳昭看著眼前跪著哭得肝腸欲斷的女子，最終嘆息一聲，道：「這次饒過妳，若是再有下

次……算了，也不會再有下次了。」說罷走出了營帳。

待陳昭到了趙真那裡，便不能明說原委了。這軍中有人害他，他若想知道是誰，也暫時不能打草驚蛇；加之就算他說了，無憑無據趙真也不會信他，他便只能先讓她這般誤會著，反正他問心無愧，早晚會證明自己的清白，而不是現下用嘴皮子苦求她的信任，這樣求來的信任太過卑微也太過脆弱。

翌日軍中便都知道了此事，路興源知道此事後也信了白副將的話，眼瞅著白副將處處刁難陳昭。若不是後來方柔把原委告訴他，他永遠不會知道。

方柔那日邊哭邊道：「王爺是個好人，是白副將狼子野心，想要將王爺擠走，他好成為將軍的身邊人……我要走了，不能看著王爺孤立無援……我知道將軍看重你，你若是能替王爺說幾句話，定會替王爺解圍，小女子在此先謝過路大哥了。」

路興源聽完以後去找陳昭，陳昭卻不讓他到趙真面前去告發白副將，而是讓他按兵不動。路興源腦子不算聰明，不知道他為何要如此，後來白副將觸犯軍規被趕出軍營，雖然表面上和陳昭沒有關係，但路興源知道一定是陳昭做的。

年邁的路興源感嘆道：「我當年始終不明白先帝為何這麼做，但那個白副將是真的狼子野心，欺負起先帝來毫不手軟，仗著自己在軍中勢力強盛橫行霸道，竟還想做先太后的身邊人，實在令人唾棄！」

趙真聽完沉默良久，沒想到這件事始終是她誤會陳昭，可他為何這麼多年都不曾解釋過？她看向陳昭，他卻閒適的喝起茶來，彷彿他們說的事情和他無關。

第七章 當年的那個小哭包

路興源講了這麼久已經累了，又說了幾句客套話便回去休息。趙真打發路鳴替她準備安靜的廂房查帳，路鳴一走，付允珩也很識相的閃人了，把地方留給他的外祖父和外祖母談心。

房中只餘兩人，趙真先開口道：「你不和我解釋解釋嗎？」

陳昭卸下臉上的面具，與她相對而坐，「妳想知道什麼。」

趙真暗暗打量他的神色，「路興源所說可屬實？」

陳昭面容平靜道：「自是屬實，難不成他的話妳也不信？」

趙真微一蹙眉，「這些事你當初為何不和我說？」

陳昭笑笑，似是很無奈，道：「我如何說得？這件事情根本就不是路興源說的那麼簡單，妳以為白副將這麼做真的是因愛生恨，想趕走我取而代之？」

趙真自是不信，不是她覺得自己沒有這個魅力，而是他們這些為將者絕不會為感情衝破了頭，為情惑亂軍心、因小失大。

「你有話直說。」

「趙真，妳太過於信任那些和妳同生共死的將士了，重義是妳最大的弱點。」說著一頓，他嘆了口氣才又道：「我說這話妳可能不愛聽，但事實便是如此，妳畢竟是女將，終究與男將不同，有人會因為妳的驍勇善戰而臣服效忠，但也會有人看不起妳是女人，妄想取而代之。那些野心勃勃的為將者，從沒有永遠的臣服，只有暫且的隱忍和韜光養晦，一旦有機會，便會取而代之，白副將便是這樣的人。」

趙真坐正看他，「你說他的本心是想取我而代之？」其實這話並非不可靠，白副將當年確實是個好大喜功之人，她也知道他不會拘泥在一個小小副將的位置上，本也想提拔他來著，只是沒想到他會如此沉不住氣。

陳昭點頭，「正是。早先妳我未成婚之時，他滿心以為自己是妳內定的夫婿人選，娶了妳便間接掌握了趙家軍的權勢，取而代之不過是時間問題。但我的橫空出世擋了他的路，他自然想除之而後快，有人便利用了他這個心思，讓他當出頭鳥，惑亂軍心。」

趙真聞言心中一凜，白副將的野心被人利用了？

她道：「你說誰？莫不是……」

陳昭彷彿與她心靈相通，點頭道：「對，就是胡不危。」

胡不危也是當時的一名虎將，深受將士們愛戴，但誰也沒想到，他竟是敵國的奸細，封山郡一戰之時差點讓五十萬大軍折損封山，她記得當時是父親身邊的副將馬將軍將他揭穿的，陳昭他……

陳昭見她疑慮的表情，解釋道：「是，我早就知道他的野心了。妳也曉得，妳趙家軍雖是為我陳氏打天下，但軍中將士效忠的卻不是我的父皇而是妳和齊國公，胡不危最善鼓惑人心，便是利用這點令白副將造謠，造謠我父皇忌憚趙家軍的勢力，欲取而代之，讓我娶妳是為了奪兵權，更以我樣貌為由，說我讓妳色令智昏，背後主導妳左右三軍。」

他喝口茶潤潤喉，續道：「後來妳又為我訓斥三軍，更是坐實了我讓妳色令智昏的傳言，我後知後覺知道此事後，便不敢再與妳親近。妳我都知道，軍心是軍隊立身根本，軍心若亂，便等於陳國的大門向敵人敞開著，所以只有我遠著妳，才不會動搖軍心，著了胡不危的道。」

那些年她長久不在營中，和陳昭相處的時間不多，他對她不冷不熱的，趙真也沒什麼心思哄他，久而久之對他的感情也淡了，根本沒有多想其中緣由，她也沒有心思去想兒女私情。現

下聽完，只覺得當初的自己像個傻瓜，為何這些她全都不知道？她現下竟有種……那些年她忽略了的陳昭一直在默默保護她的感覺……

面上，她仍是蹙著眉毛，揚聲道：「胡不危之事事關重大，你為何不與我商談？要私下裡自行處置！」

陳昭看著她，面容有幾分落寞，道：「因為妳不信我。一個是妳欽佩的老將，和妳出生入死多年，一個是妳認定有不忠之心、可有可無的丈夫，我無憑無據告訴妳他是奸細，妳會信我嗎？況且就算妳信了，去試探胡不危，他那般老謀深算的人定會發覺，便更為防備，若想讓他露出馬腳就難上加難了。而揭穿他也不能讓我來揭穿，妳軍中的將士本就不信任我，我只能去暗示妳父親身邊的馬將軍，借他人之手揭開他的真面目。」

趙真聽完後沉默許久，如鷹的眸子看向他，「陳昭，我在你心裡，是不是很愚蠢？」

陳昭搖頭，「妳並不愚蠢，只是沒心罷了。」他頓一頓，看向她的眼睛繼續道：「趙真，妳喜歡一個人的時候，可以為他毀天滅地，但是只要妳不喜歡了，便可以棄之如敝屣。當年妳還留著我，並非因為情愛，不過是覺得我雖出自皇家卻純良無害，對妳沒什麼阻撓，留著我又可以對父皇表忠心。如果我當時告訴妳，我背地裡陷害了白副將，令他被趕出軍中，又在馬副將那裡煽風點火，使了許多陰暗的手段，本就不喜歡我的妳，可還會留我在妳身邊？」

其實陳昭說得對，她當時留著他，除了記掛早先的那點情愫，更多的原因是因為他雖出自皇家卻純良無害，有他在身邊也可以免去皇帝對趙家軍的猜忌，若是她知道當時看似無害的陳昭有這樣的心機，一定會對他極為忌憚，說不定什麼時候就要藉口跟他和離。

她向來不是個感情用事的人，她可以放肆的寵愛一個男人，但若是他觸碰她的底線，阻礙她的利益，她可以決絕而無情，陳昭說的一點也沒錯。

「所以，你是怨我當年的無情？」

陳昭一笑，「怨妳，怎麼可能不怨妳？我和妳不一樣，妳生來便擁有一切，家人寵妳，旁人敬妳，從不少誰的真心，而我生來便受盡漠視和冷待，從來沒有一個人真心待我。當年妳站在高臺之上說要護我時，我以為我終於找到了那個值得交付真心的人，卻不想只是妳的一時興起罷了，妳會因為旁人的挑撥輕易的不信我、漠視我，我原來就不是那個值得妳交付的人。」

他說到這自嘲一笑：「但其實又不怨妳，我與妳的結合本就是為了互相牽制，又怎麼會交付真心？是我還執迷不悟，渴望得到妳的一顆心。」

趙真聞言，握緊了袖下的手，蹙起眉頭抬眸看他，「你怎知我對你就沒有過真心？如果真的如你所說，你對我這般深情，那你為何不肯選擇相信我，把這些事告訴我，讓我庇佑著你？難道你覺得我沒有這個能力嗎？你這話說得好聽，歸根結柢是你根本就看不起我，覺得我愚蠢至極，難以給你想要的庇護和權勢！」

她說到這有些激動，怒瞪他道：「你以為我沒聽到你和方柔說的話嗎？你說你喜歡會讀書的女子，對我這種只會用武的人不喜！」

陳昭聞言一愣，仔細回想了一番，好半天才想起自己對方柔說的話，沒想到那句他因為害羞而沒有說完的話，卻被偷聽了的趙真誤解，還誤解至今。

他有些心急的解釋道：「妳誤會了，我那句話沒有說完，我說對妳打打殺殺不喜，是因為妳是我的妻子啊。我當年不過是個落魄的皇子，沒什麼深明大義的胸懷，妳於我來說不是保家衛國的巾幗將軍，只是我的結髮妻子，是要與我共度一生的人，我又怎麼會喜歡妳去前線打打殺殺，用妳的命去搏這天下的太平？天下太平與我何干？沒有妳，這天下還有別的英雄，而我的妻子，僅妳一人罷了。」

趙真聞言瞪大了眼睛，這一瞬間她腦中是混沌的，開始分不清什麼是對、什麼是錯了。

陳昭沒稱帝的時候，是個純良無害的人，除了總是端得清高，卻並不讓她覺得忌憚，有了長女之後，倒是可以和他好好做夫妻，雖不親熱，但也不至於排斥。後來他為帝，生殺果決，手段狠厲，她曾三番五次想讓他廢后，他卻背地裡在她碗中下藥，換了她的避子湯藥，讓她懷上了當今聖上，然後在她懷孕育兒的時候，把她手中的兵權逐步奪去，她才知道他原本是個什麼樣子的人。這樣的人實在是令她忌憚，更不可能相信他會喜歡她、會對她有真心，所以他們之間總是劍拔弩張，滿懷猜忌。

現在他跟她說，他對她滿腔深情、真心相待，讓她怎麼信？

趙真扶住有些混沌的腦袋，「你不必跟我說了，曾經誰對誰錯，你是真心還是假意，我都不想追究了。既然一切已經重新來過，我們真的不要再糾纏了，你讓我覺得很累。」

陳昭拉住她的手，令她看向自己，誠摯道：「趙真，我真的從來沒有看不起妳過，反倒是對我自己沒有自信。我知道妳是個肆意的人，不喜歡那些心思複雜難測的人，起初妳對我的喜歡也只是因為我的容貌和純良無害，如果我讓妳知道真實的我是什麼模樣，妳就會像現在這般疏遠我和警惕我。若非後來我被迫登基，我永遠不會讓妳知道我猙獰的模樣。」

他將她的手放在自己的心口處，認認真真道：「我沒有繼位前舉步艱難，但凡我哪位皇兄登基，我背靠妳這棵大樹，將來一定會被他們所忌憚，所以我就算喜歡妳，也要理智的為自己留退路，不能暴露出真實的自己。後來我為帝，更是站在刀尖上，妳心中無我，一心要離開，我更不能把自己的弱點攤開給妳看，只能用手段把妳留下。妳我都知道，自古帝后沒有因為感情而長久的，只有互利又互相牽制才能永遠長久下去，我也不得不這樣……但我不納後宮，也不在宮中約束妳，妳來去自由，難道還不懂我對妳的百般縱容嗎？妳以為我對妳這般縱容是為了什麼？」

其實趙真細細想想，她除了被他牽制在后位上、被他收了兵權、削弱了趙家的勢力以外，她這個皇后做得確實比歷來的皇后都自在，宮中的公公、嬤嬤都說她任性，總對皇帝使性子。而且陳昭不納後宮也讓她一直疑惑，彼時的他明明更需要聯姻去籠絡勢力，可他卻放棄了這條捷徑，她以為他是不喜床笫之事，清心寡欲，後來他吃齋唸佛，更是堅定了趙真這個想法，從沒想過他是為了她……

她的手被他按在胸膛上，隔著一層衣服和皮肉，她能感受到他強烈跳動的心臟。

她該信他嗎？被騙了那麼多次，仍要相信他有顆赤誠之心嗎？

陳昭看到了她眼中的掙扎和動搖，心中終於燃起了一絲希望。其實今日若不是路興源提起來，他也不會這麼早就對她說這些，現下並不是一個好時機，她對他仍是十分防備的時候，一時間肯定無法消化他的這些話。

他也不逼她立刻做出決定，但為了勝算更大一些，他不得不再提前說起另一段往事，這件往事起初他也不知道是她，只是後來才發現，他們的情緣原來是早早就定下的。

「趙真，妳可還記得普善寺那個小男孩嗎？」

——普善寺？小男孩？

說起來趙真這一生去過的寺廟很多，她趙家雖不信什麼怪力鬼神之說，但造下的殺孽終究

太多，身邊戰死的親朋好友也數不勝數，每每路過寺廟時，她都會隨父親進去虔誠的拜一拜，算是減輕身上的罪孽了。

所以普善寺是哪個寺？她半點都不記得了。

小男孩？寺廟裡的小和尚都是小男孩啊……他說的是哪個啊？

陳昭見她一臉迷茫，便知道她沒放在心上，不免心中又是一陣空落，道：「那妳還記得妳養的老虎咬死過一隻白貓嗎？」

趙真聞言恍然大悟：哦！這事我記得！

因為這隻白貓，她差點把自己辛苦得來的小老虎送出去，臨走時可心疼了，還是父親發現她把老虎送人了，趕緊尋了回來。這老虎若是不好好馴，將來長大了，整個寺廟的人都不夠牠吃的，她差點又造了大孽。

不過，那時候她也就四、五歲吧？她記得那隻白貓是……

趙真瞪大眼睛指著他，「你就是那個小哭包？」

陳昭聞言面色一窘，原來她當初是在心裡這麼叫他的……他那時候……好吧，也確實算個小哭包……

※◎※　※◎※　※◎※

那是趙真四歲的時候，正隨父親一起進京述職。

彼時母親養的那隻母老虎，也就是傳言中把她從洞裡叼出來那隻，年紀已經有些大了，陪不了她太多年，而且那隻母老虎更效忠於母親，她便一直想著自己從小馴一隻，央求母親尋了公老虎來配種。

那母老虎脾氣頗大，咬死了兩隻公老虎才終於配種成功，生的時候卻只生下來一隻，好在是生龍活虎的，趙真便對這隻小老虎頗為稀罕，每日裡片刻不離身的帶著。

本來老虎這等凶殘的猛獸是不能帶出邊陲的，但因為那隻小老虎當時還小，就算他們進京述職一個月也長不了太大，便允許趙真帶著了。

路上經過普善寺的時候，他們照舊進去拜佛，父親在殿中聽老和尚誦經超渡，她小孩子心性坐不住，閒著無聊就自己跑出去玩了，帶著她的小老虎玩躲貓貓。

老虎這種動物小時候和貓差不多，躲起來極其不好找，趙真找了好一會兒，在一間院子外聽見裡面有小孩在喊：「你這隻壞貓！快走開！快走開！」

趙真一聽不妙，馬上跑了進去，便看到一個穿著灰色僧服、粉雕玉琢的小男孩拿著一根樹枝抽打她的小老虎，而小老虎正死死咬著一隻白貓，白貓奮力的蹬著腿，脖子上的白毛被血染紅了一大片。

趙真忙高喝一聲：「威風！過來！」

小老虎聽見主人叫，鬆了那隻掙扎的白貓，衝抽打牠的小男孩齜了齜滿是鮮血的獠牙，耀武揚威一番才回到主人身邊。

趙真將牠抱起來，在牠腦袋上敲了一下，「你這個禍星，又給我闖禍！」

她剛教訓完，小男孩那邊傳來了淒厲的哭聲，「大白！大白！你醒醒啊！嗚哇哇——」

趙真抱著小老虎過去，小男孩抱著斷了氣的貓哭得上氣不接下氣，她癟癟嘴：「你是男孩

子，哭什麼哭啊，不就是隻貓嗎？」

小男孩聽見，立即拿起身邊的石頭扔她，被趙真靈活的躲過去了。

他又哭又怒道：「你懂什麼！所有人都欺負我，只有大白會保護我！大白是我最要好的朋友！有臭狗咬我都是大白替我趕走的！你那隻臭貓也要欺負我！大白為了救我才和牠打架的，可你的臭貓卻咬死了我的大白！你還我大白！」說完要衝過來揪趙真領子。

趙真懷裡的小老虎見他過來，齜起獠牙要衝過去咬他，及時被趙真拉住了尾巴。她迅速閃身躲開了小男孩，警告道：「我這隻不是貓，是老虎，會吃人的！你最好不要靠過來。」

小男孩沒聽說過老虎，彼時也氣紅了眼睛，才不聽她的警告，繼續衝她撲過去。

趙真見他不管不顧的衝過來，忙把小老虎扔了出去，伸手抱住他，對著欲上來撲咬的小老虎喊道：「威風！不許動！」

小老虎齜齜牙，聽了主人的命令，在原地繞圈沒過來，警惕的盯著小男孩。

小男孩在她懷裡奮力的掙扎，趙真制住他的胳膊看他的臉，小男孩白嫩的臉上兩行淚痕，紅潤的嘴唇嘟著，大大的眼睛又黑又亮，趙真從沒見過長得這麼可愛的小男孩。

她哄他道：「別哭了，我賠你一隻白貓便是，你長得這麼可愛，都哭醜了。」

小男孩聞言吸吸鼻子，稚氣的看著她：「那你能找隻會保護我的貓嗎？」

趙真眼珠轉了轉：「貓會不會保護你我不知道，但你要是跟著我，我能保護你～」

「你？」

趙真見他不信，鬆開他，抽了腰間的刀乾淨俐落的武了一段，讓小男孩看得目瞪口呆。

等她站好，小男孩擦了擦臉上的眼淚，湊過來揪住她的袖子，嘛著小嘴道：「你真厲害，我要是跟著你，你會一直保護我嗎？」
趙真那時也是小孩子，見有人依仗她，她立刻豪氣的拍拍胸脯：「那是當然！你成了我的人，我會一直保護你的！」
小男孩似乎骨子裡就帶著多疑，沒有輕易信她，「那你怎麼保證？」
趙真認真想了想，突地捧住小男孩的臉，嘛嘴在他嘴上親了一下，然後洋洋得意道：「我蓋章了！這回你該相信我了吧！我爹和我說這叫蓋章，蓋了章就是自己人了！以後要永遠和他在一起的！而且我從來不會騙人的！騙人是小狗！」
那時候天真的趙真，全然不知這是自己撞到父母好事的時候，父親騙她的話……
而當初年幼的太上皇就這麼被非禮了，還是被他認成了小男孩的趙真非禮了……
故事的後來便沒那麼好了。
因為天色晚了，趙真要隨父親在普善寺留宿一夜，她閒著沒事自是跟著新交的小夥伴玩，兩個小孩蹲在角落裡說話。
小陳昭兩手托腮，眨巴著可憐的大眼睛，小聲道：「這個寺廟裡的和尚都很壞，他們讓我在結了冰的水裡洗衣服，那水好冷的，我的手伸進去就不能動了，可不洗他們就不給我吃飯，都是大白替我去偷餅子吃。現在大白死了，你要是不帶著我，我就要餓肚子了。」
他說完把自己的手給她看，本來白皙的小手上有不少凍瘡，斑駁的凍瘡在一個稚嫩的孩子手上顯得可怖。
小趙真握住他的手，心疼的呵了呵氣，很憤怒的罵道：「不是說什麼出家人慈悲為懷嗎？他們為什麼對你這麼壞？你爹娘呢？」

小陳昭聽完更失落了，「我爹不喜歡我，我親娘死了，後娘對我更壞，比這裡的和尚還要壞，她總是嚇唬我，還打我，讓我跪在黑漆漆的屋子裡，那個屋裡有鬼，特別的可怕！」他說的時候眼睛裡都是驚恐，可見那間屋子給他留下了多深的陰影。

小趙真摸摸他的頭，「別怕，以後我會保護你的。」她說完一頓，又繼續道：「那你為什麼會來到這裡呢？」

小陳昭討好的在她掌心裡蹭了蹭，乖乖回道：「後娘喜歡殺兔子，她總把殺了的小兔子埋在園子裡，有時候罰跪沒有飯吃，我餓極了就偷偷去挖來烤了吃，結果被我爹發現了，我爹以為是我殺了兔子，說我和我娘一樣是個心思歹毒的人，讓我到這裡來思過……」

小趙真聞言驚訝的瞪大眼睛，「殺兔子就說你歹毒？我殺狼我爹還拍手叫好呢！你爹可真不是個東西。你放心，以後你在我身邊想殺什麼就殺什麼，逮不住我綁起來給你殺！」

小陳昭驚恐的搖搖頭，「我不殺，我不要像後娘那麼殘忍……」

小趙真咂咂嘴，膽子真小。

「來，給你玩我的威風，牠可厲害了，別說是一隻狗，就算是一群狗，牠都能替你趕走。以後我讓牠也保護你，你就不用怕了！」

小陳昭看向那隻花紋很漂亮的小貓，見牠不凶了，小心翼翼伸手過去摸了摸。

威風極有靈性，知道小陳昭成了小主子的人了，便蹲下來讓他摸，還自在的伸了伸脖子，讓他撓下巴。

小陳昭感受到牠的親暱，便也不害怕了，討好的替牠撓了撓，嘀咕道：「威風，你以後要保護我，但是不要再咬別的小貓了，你們要做好朋友。」

小趙真在旁邊聽著沒說話，反正威風生來又不是咬貓的，她的威風將來是要幹大事的！

翌日趙真要離開了，結果可想而知，若是平常的小和尚便罷了，陳昭再不受寵也是皇帝的兒子，哪裡能隨便讓趙真帶走。

就算他們兩廂情願，寺裡的住持也是不同意的，趙真的爹更不能拐了皇帝的兒子，把女兒數落了一頓後，說什麼都不許她帶著。

趙真撒潑打滾都不管用，還被爹狠狠打了屁股，最後只能放棄這個小夥伴了。

陳昭聽見了泫然欲泣，乞求的看著趙真。

趙真心裡愧疚，別開了臉。他見此，便知回天乏力，傷心的跑走了。

趙真有點急，「爹！我去安慰他一下！」說完抱著小老虎追過去了。

等追到人，趙真把小老虎塞進他懷裡，「雖然我不能帶你走，但是我可以把威風留給你，以後讓牠保護你，等我長大一些，打得過我爹的時候，我就過來接你！」年幼的承諾說得信誓旦旦。

可陳昭低著頭，抱著懷裡的威風並不說話，一個騙過他一次的人，他怎麼還會再信？他本來就不是個單純的小孩子，知道她指望不上，連應付都不想應付了。

趙真傻傻的彎腰做各種鬼臉逗他笑，他也不為所動，一雙眼睛就那麼哀怨的看著她，好像她是個十足的大騙子。

「真兒！走了！妳要是不走就自己留在這吧！」

趙真聽見爹叫她，便知道不能再躊躇了，滿懷愧疚道：「我走了……」說完看了看他抱著的威風，心裡也捨不得極了。

陳昭還是沒說話，抱緊了手裡的威風，趙真只能就此離開。
趙真走出一段距離，回頭看那個安靜站著的小男孩，他又低下了頭，肩膀聳動著，一看就是在掉眼淚，單薄的身影別提多可憐了。

※◎※　※◎※　※◎※

趙真回憶起種種，一臉懊惱的捂住臉。造孽啊，真是造孽啊！
早年知道要嫁給陳昭的時候，趙真也打聽過，陳昭的親娘本來是明妃的陪嫁丫鬟，被康平帝看中封了美人，後來陳昭的娘被發現和侍衛苟合，為了掩蓋醜事還殺了兩個宮女，被康平帝賜死冷宮，陳昭因此也不得康平帝歡心，被養在了無子無女也不受寵的明妃膝下。陳昭的娘本來就是在明妃的眼皮子底下搶走了康平王的寵愛，陳昭怎麼會好過？
她當年知道這些的時候也沒想過，原來那個身世淒慘的小男孩就是陳昭……果然佛門淨地不能隨便發誓，雖然她把這事忘了，但結果還是嫁給他，把他帶到了邊陲，後來又陪他入宮，也算是在他身邊保護了他一生吧？雖然現在她也有些搞不清楚到底是誰保護誰了……
趙真狡辯道：「我那時候年紀小，你也不能怪我忘了這些，再者說，我都嫁給你和你過了一輩子，也算是兌現當時的諾言了。」
陳昭聞言有些失望，本來以為提起這等舊事，她能夠更理解他一些，卻不想她就顧著撇開關係了。
趙真見他低頭不說話，當年那個可憐的小男孩和如今的他重合，她心頭又有些不忍了，輕咳一聲：「汪汪汪！」

陳昭聞聲抬起頭，有些詫異。

趙真臉一熱，懊惱道：「我都學狗叫了，行了吧？是我對不起你，不守信用！」

陳昭看著她懊惱的樣子，突地噗哧一笑，道：「沒事，我那時候也是小，病急亂投醫，怪不得妳。」其實他那時也是見這個小孩子身分地位高，又傻頭傻腦的，便想藉著她逃出生天，最後沒成，也沒真的怨她。

趙真看著他明亮的笑容，彷彿回到了第一次見他笑的時候。

他笑起來總是比晨曦還耀目，會讓她心頭猛地一動，然後怦怦狂跳起來，整個人比打了勝仗還開心。回憶起曾經，她對他的劍拔弩張也少了一些，有些小心的問道：「我爹把威風抱回來，後來你怎麼樣了？」

陳昭察覺到她明顯變軟的態度，有些喜悅道：「託了妳的福，齊國公在我的身邊留了一個護衛，許是進京以後齊國公把我的事情告訴了父王，父王沒過多久就把我接回宮中了，雖然還是養在明妃那裡，但是出去一趟我也長了不少心眼。明妃那個女人生性善妒，其實沒有太多智慧，不過是靠著身邊伺候的人出點子，宮妃之間鬥一鬥還行，可我是個皇子，不怕她們了，自然也有法子應對她們。」

趙真聞言沉默良久，當年的她為何會相信陳昭是個純良無害的皇子呢？因為他長得美？他那樣的身分，生活在那樣的環境裡，就算想保有一顆純良的心也是不可能的，他那時的處境對旁人善良便是對自己殘忍。為了生存下去，人都是要變成自己不喜歡的模樣。

趙真現下倒是對他理解了，怨恨也沖淡了很多，只是心累了，身心俱疲，不想再計較了。

「曾經種種如過眼雲煙一般，隨它去吧，我們之間的愛恨情仇也就此結束，活到我們這把年紀，情愛其實沒有那麼重要了，我對這些也很心累，你若是願意……我們以後當親人來往未嘗不可……」她說完，看著他的目光有些小心。

陳昭聞言，臉上的喜悅被沖淡。他沉默了很久，沉默到趙真以為他在想什麼話來挽回她，可他卻突地一臉輕鬆道：「也好，其實夫妻那麼多年，什麼情情愛愛也都是親情了，我對妳放不下，也許不過是把妳當親人，畢竟我們的兒孫都這麼大了。就這樣吧，從此以後男婚女嫁各不相干。」

趙真終於等到想聽的話，本來以為會鬆一口氣的自己，竟感覺有些悵然。

他……真的放棄了？

陳昭拿起桌上的面具，客氣道：「叨擾許久，告辭。」說完毫不留戀的起身向門口走去。

趙真看著他的背影，目光複雜起來。

陳昭打開門，外面一陣喧譁，一個穿著明豔的女子看到他便大刀闊斧走了過來，「你不是那個面具參軍嗎？我哥呢？他出來玩居然不帶我！看我不揍他！」說著就要闖到陳昭身後的廂房裡去。

陳昭攔住她：「縣主，世子並不在裡面。」

來人便是陳昭和趙真的外孫女付凝萱。在所有的子孫裡面，就這外孫女和陳昭長得像，貌美似天仙一般，是京中數一數二的大美人，可這性子卻是隨了趙真，囂張任性的厲害，完全是他和趙真的結合體。他在位之時封了她縣主，身分尊貴，反倒讓這孩子更無法無天了。

付凝萱挑眉道：「他不在你攔著我做什麼？你們狼狽為奸，他一定躲在裡面不敢見我！」

說罷猛地推了他一把，使得陳昭撞在一旁的屏風上，沒綁緊的面具都掉了下來。

趙真眼疾手快，忙上前扶住他，怒斥外孫女道：「妳這孩子，怎麼這般沒輕沒重的？」

付凝萱顯然沒想到自己「輕輕」推了一把，人就被她推倒了，嘀咕一聲：「弱不禁風。」又衝趙真昂頭道：「妳誰啊？莫非是我哥的相好吧！這個混球，我回去就告訴母親！」

看著橫衝直撞的外孫女，趙真一陣頭疼，總算明白別人當年看她的感覺了，「妳胡說八道什麼，我是妳表姨。」說罷又看向陳昭，關心道：「你怎麼樣了，撞到哪了？」

陳昭揉了揉撞到的胳膊，搖搖頭，「我沒事。」

付凝萱這才又看向他，瞧見他的廬山真面目時瞪大了眼睛，直白道：「原來你長得這麼好看啊！我還以為你是醜得不敢見人才戴面具呢！」話說完，她人就變得和善多了，「你沒事吧？我剛才沒使勁，不知道你這麼弱……不禁推。」

這以貌取人要不要這麼明顯？簡直是趙真翻版。

趙真和陳昭都沒理她，趙真扶他坐下，半點沒有顧慮的撩了他袖子查看，竟然青了一塊，在白玉似的胳膊上顯得特別淒慘。她蹙眉道：「回去上點藥吧，好好揉揉。」陳昭這柔嫩的身子，實在是太容易受傷了。

陳昭看著她眼中隱含的心疼，總算覺得今日的口舌沒有白費，她這是卸下心牆的前奏，讓他放棄哪那麼容易，不過是以退為進罷了。他壓低聲音道：「我會的。」說罷有些疏遠的收回了自己的手臂，用衣服牢牢蓋上。

被這幾天一直很主動的陳昭疏遠，趙真心裡有了幾分不是滋味，但也沒強求，退了開來。

走到哪裡都存在感十足的付凝萱不開心了，這兩人竟敢無視她！

「你們倆是相好嗎？」

兩人異口同聲道：「不是！」

付凝萱又打量兩人一眼，嘀咕道：「不是就好。」而後笑嘻嘻的看向陳昭，道：「我聽說你很厲害，讓我那沒出息的哥哥老實讀書了。我也不愛讀書，你也教教我唄。」說罷那雙嫵媚的眼睛眨得天花亂墜的。

趙真胃裡突地有幾分堵得慌，剛才吃多了？

——這孩子……真是膽大包天了，見個好看的男人就撩騷，都撩到她外祖父身上了。

趙真使勁的瞪自己的外孫女。

而陳昭卻非常的淡定，正襟危坐，彷彿一尊不容侵犯的佛，他對她一笑，又帶著如沐春風的和煦，「好啊，只要縣主不怕吃苦就好。」

付凝萱心想，讀個書算什麼吃苦啊？又不是打拳練劍還費力氣。

她笑嘻嘻道：「不辛苦！不辛苦！吃得苦中苦，方為人上人啊！」

陳昭聞言，一本正經的教育她：「其實讀書並非一定要成為人上人，主要為了修身養性，一個人只有戒驕戒躁，才能真的讀懂書上所說的意思，否則都是枉然。」

付凝萱越看越滿意，就喜歡這種正經八百的調調，忙點頭道：「你說得對！你說得對！」

趙真在旁邊翻白眼，她外祖父說的話，她能聽懂一半的意思就不錯了，還對呢？等著她外祖父怎麼收拾她吧。

這會兒路鳴和付允珩一塊過來了，路鳴看起來面色不太好，到趙真面前告罪道：「小姐，中途有點事耽擱了，到現在才來，請小姐恕罪。」

瞧著外孫那一臉得意的樣子，就知道這小子使絆子了，她對路鳴安撫的笑笑：「沒事。」說罷對陳昭等人道：「告辭。」然後就領著路鳴離開了。

因旁邊有個美男，付凝萱沒給付允珩一頓連環掌而是瞪眼，「哥，你又出來玩不帶我！」

付允珩有點納悶他妹怎麼變溫柔了，竟然沒動手打他，回道：「我走時妳不是在娘那裡學女紅嗎？我要是叫妳去，我也不用出門了。」

提到這事付凝萱就不開心，她最討厭女紅了，偏偏身為女兒家必須要學這些，她想像外祖母那樣當巾幗女英雄，才不要在後宅裡繡花呢！

「哥，反正我不管，我也要跟你去神龍衛！皇舅舅不是說了嗎？不限男女的，所以我也要去！」說到這她突地想起什麼似的，「哦，對了，剛才那人說是我表姨，她是不是就是要去神龍衛的那個表姨啊？趙瑾？」

——可不是嘛！那還是我們的親外祖母呢！

付允珩一臉頭疼，「我的親妹妹，妳別給我添亂了！妳當到神龍衛是去玩的嗎？」

付凝萱不服氣道：「誰添亂了！我也厲害著呢！我知道軍營裡苦，但是我不怕！」那豪情壯志的模樣，倒不像個嬌小姐了。

陳昭看了眼這個長得頗像他的外孫女，突地道：「讓縣主去吧，很多事情都是嘗試了才能知道行不行。」

付允珩一臉生無可戀，軍營裡有一對外祖父、外祖母就罷了，還要加上個小霸王妹妹……有沒有他的活路了？！

※◎※　※◎※　※◎※

進了廂房，路鳴說出憋了一路的話：「小姐，方才世子故意絆住我，我才回來晚了。」

趙真猜都猜到了，不以為然的點點頭，「嗯，我知道了，沒怪你，磨墨吧。」說罷人就坐到了案前，將桌上的帳目翻開查看。

路鳴看著她欲言又止，方才那個戴面具的公子，沒想到面具下是那般絕世的容顏，世子絆住他是為了讓小姐和那位公子說話吧？他想問問小姐和那人的關係，可他現下只是個下人，哪能過問主子的事，張了張嘴又嚥了下去，默不作聲的站到桌邊磨墨。

今日接收到的訊息太多，趙真一時間沒辦法靜下心來看帳本，於是逼著自己把心放到帳本上去，時不時按壓一下自己的太陽穴。

路鳴在旁邊看著，有點憂心，道：「小姐，我去替妳沏壺茶。」

趙真沒抬頭，點了一下頭道：「去吧。」

路鳴去外間沏茶，回來的時候還帶了個香爐回來，不多時屋裡便多了一股提神醒腦的香氣，讓趙真混沌的腦子舒緩了不少。

她抬頭看向路鳴，路鳴臉上一熱道：「我見小姐總按太陽穴，想必是頭疼，便燃了提神的香，除了提神還能緩解頭疼的……」

趙真聞言欣慰點頭：「虧得你細心。」路鳴這個人真的很會伺候人，若是做人丈夫肯定也是個體貼的，只是……

路鳴接收到她讚賞的目光，心頭一喜，又把茶推過去，「小姐喝點茶潤潤喉吧，我知道小姐喜歡甜的，還在裡面加了奶和糖，小姐嚐嚐。」

趙真低頭看向那杯茶，是混沌的淺褐色，和一般的茶很不一樣，「茶裡還能放奶和糖？」

路鳴忙點頭，「能的，很好喝。我曾經出去遊學過，西域那邊就有這種茶，回來以後便在樓裡添了這種茶，頗受京中夫人和小姐的喜愛。」

趙真聽完很驚奇，她在宮中那麼久，也看了不少遊學傳記，從沒聽過這樣的茶，便拿起來喝了一口，入口有茶香，細細一品還有醇厚的奶香，苦澀中夾雜著絲絲的甜，雖然初食口味有點怪，但多喝幾口便愛上這種味道了，讓她不禁有些驚嘆。

路鳴看似普普通通，卻總能給她驚喜的感覺，她滿意點頭，對他笑道：「我的胃口早晚要被你養刁了，以後怕是吃不慣也喝不慣旁人的東西了。」

路鳴含蓄的抿了下唇，說的話卻有點不含蓄：「只要小姐喜歡，我就一直做給小姐……」

趙真聽完沒有回話，神情有幾分游離，片刻後道：「別在這站著了，找個地方坐下吧。若是無聊，也可以去外面找些事情做。」

路鳴忙搖頭道：「我不無聊，我陪小姐一同查帳。」說罷搬了椅子坐到她的側面，不近也不遠，「小姐，我算盤打得快，可以幫妳打算盤。」

路家本就是她的家奴，替她管著明月居，也沒必要避著他，這查帳有個幫手，確實能替她分擔不少，便點了點頭應允了：「行吧。」

有了路鳴這個幫手，事半功倍，不知不覺間就查完了大半，若不是路霄過來添燭火，趙真都沒發現天要黑了。

路霄恭敬道：「東家，天色已晚，您回去多有不便，我已經收拾出了一間上房，您不如在

樓裡休息一夜吧。」

趙真直了直身子，也是乏累得厲害，反正帳都還沒弄完，暫且歇在這裡，明日繼續弄完再回去吧。

「行吧，今日就到此為止，派人去國公府傳個話，我明日再回去，再幫我備下洗澡水，拿身換洗的衣服，新的舊的都沒關係，我不挑剔。」

路霄忙應下，繼而又對路鳴道：「三弟，你引小姐去天字號吧。」

路鳴起身道：「小姐，我帶妳過去。」

趙真點點頭，起身跟上他。

※◎※　※◎※　※◎※

此時，在齊國公府西院，趙煥拍案坐下，斥道：「這個趙瑾，也太不懂規矩了！作為國公府的長小姐，想出去便出去，竟還夜不歸宿！成何體統？父親竟還縱容她！國公府的臉面還要不要了？」

方氏臉上也有憤然，難得明面上也貶了幾句：「父親確實太縱容了，這事傳出去，旁人該如何看待我們院中的兩個女兒？會以為和那個趙瑾一般不知檢點了。」

被妻子這麼一說，趙煥越想越氣，拍桌道：「不成！我要和父親說去，他願意替那個趙瑾招婿是他的事，可我的兩個女兒要怎麼辦？不能讓她敗壞了名聲！」

說著，趙煥人就要往外走。

方氏攔住他：「老爺，不可莽撞，您去也是沒用的，父親是鐵了心的要護他那個撿回來的孫女，她今日去的明月居，是先太后的產業，一直在孫嬤嬤手裡管著，怕是現在交給她管了，你去找父親說，他也不會怪罪那丫頭反而要替她說話，斥責你呢。」

趙煥聞言，一臉怔忡的坐下，又是招婿，又是讓她管理先太后的產業，父親莫不是想要那個野丫頭管家不成？

「父親真是老糊塗了！莫非要把趙家給那個來歷不明的野丫頭不成？」

方氏嘆了口氣，又正襟危坐的看向趙煥道：「怕是如此。所以老爺，我們現在更要沉得住氣，老爺也該知物極必反的道理，我們越想整垮她，就越要縱容她，她早晚會自食惡果的！」話音落下，她溫柔的臉上多了幾分平日沒有的毒辣。

趙煥看著這樣的妻子，突地有些陌生，「夫人……」

方氏回了神，又擺出一副賢妻的模樣，笑道：「老爺，你可知我前幾日發現了什麼？孫嬤嬤的丫鬟偷偷倒了一些避子湯的藥渣……」

趙煥聞言大驚，「啊？孫嬤嬤都這般年紀了……」

方氏打斷他，頗為恨鐵不成剛：「老爺！您想什麼呢？這藥肯定是那個野丫頭用的，不知道是和哪裡來的野小子苟合了，怕留下種，讓孫嬤嬤替她尋了藥來，沒看不過多久就尋來了個男人送進她院裡嗎？這是怕再出事端沒人頂包！」

趙煥震驚道：「她竟這麼大膽！父親竟還護著她？夫人，她這是要無法無天了！」

方氏勸慰他道：「老爺莫急，父親再護著她又如何，咱們這些公侯門第最是注重門面，父親就算再抬舉她，若是讓那些王公大臣的夫人小姐知道了她的品行，誰還願意與她來往？到時

候出去爭門面的還不是要咱們的女兒？」

方氏雖然說得有理，趙煥還是擔憂道：「可她現下畢竟是我們國公府的人，若是旁人以為我們的女兒也是這般該如何是好？」

方氏安撫他道：「老爺放心，我自有分寸，誰人不知她是才找回來的，就算是品行不端，也和咱們的女兒沒有半點關係，只要想撇就撇得乾淨。再過一個月便是長公主的壽辰，那野丫頭定然會去，到時候都是王公大臣的家眷，她再厲害也不可能見過那樣的場面，到時候便是讓那些夫人小姐知道她品行的好時候！」

趙煥聞言雖有些疑慮，但不失為一個好時機，長公主最是注重禮數，那野丫頭若是在長公主那裡露了怯，便不好再翻身了……

「夫人做事向來穩妥，如此，這後院的事情我便不多過問了。」

方氏點點頭，又囑咐道：「老爺且放寬心吧，在父親面前絕不能說那丫頭的壞話，還要多誇她才是，小不忍則亂大謀。」

趙煥雖覺憋屈，但仍點頭應下：「夫人放心，我又不像父親那般糊塗，知道該怎麼做。」

方氏笑了笑，沒再說話，一切便等到長公主壽辰之日見分曉了。

第八章 你親外孫女看上你了！

由三十人組建的神龍衛正式開始練兵，因為這三十人本就是由能人異士組成，各有千秋，甚至有些是怪才，還有些出身尊貴，練兵便不能與尋常的士兵一般。

神龍衛實行三日一歇，每日晨訓一起，接下來的訓練便各自歸到別的營，第三日便聚到一起特訓，特訓由沈桀和明夏侯世子安排，項目不定，但過不了的人隨時都有可能被刷下去，再由新人頂上。這三十人必須要保障是全才，即便在某一方面有特長也是難以長久維繫，可以說是十分嚴苛。

這三十人裡只有三個女子，一個是趙真、一個是某校尉之女，另一個便是趙真的外孫女付凝萱。趙真看見自己貌美如花的外孫女穿著戎裝、站在隊伍裡的時候，差點把眼珠子瞪出來。

她這個外孫女她是知道的，在武學方面是很有造詣的，以及和她有一樣的怪力，每次到她跟前都信誓旦旦的說要當女將軍，但是外孫女有個致命的弱點——嬌氣，受一點點傷就大呼小叫，有段時間勤快了點，手上冒了繭子，差點哭得死去活來，把昂貴的玉肌膏當普通藥膏日日抹才恢復。她到這裡來真的是想好好練武報效朝廷的？

眼下她沒有機會問問她的親外孫女，新兵入營要各展其能，每人有不到半盞茶的時間，算是自我介紹了。

趙真武的自然是她擅長的刀，她的刀本就重，武起來強風陣陣，站在三十步開外都能感受到她強悍的氣場，她手腕一轉，刀回刀鞘，匡的一聲支在地上，浮土和碎石被震起，可見那刀有多重，她凌厲的目光掃向眼前的一排人，朱脣輕啟：「趙瑾。」

錚錚鐵骨的男兒都被她這凌厲的眼神嚇到了，還是陳昭先鼓了掌，這些男兒才想起鼓掌。

而後是付凝萱，她用鞭子，上場之前細緻的套上了鹿皮手套，生怕把她那小白手磨出點傷痕來。她長得漂亮，穿著戎裝更是美出了新境界，毛頭小子們把眼睛都看直了。她嫣然一笑揚起鞭子，鞭子在她手中如飄揚的絲綢一般，不像武鞭，更像跳舞，但很快，她眼神一厲，鞭子抽了出去，把一個小兵的腰帶抽了下來，褲子落地，露出被高高頂起的褻褲，頓時校場上哄笑聲一片。

付凝萱一鞭子甩在地上，發出啪的一聲響，眾人霎時安靜下來，她冷哼一聲，美目裡閃著寒光，「誰以後若是敢再色迷迷的看著本縣主，抽掉的……可就不是腰帶了！」

趙真哈哈大笑，鼓起掌來：不愧是我外孫女，就該這麼霸氣！

陳昭有點頭疼：妳就不能換個委婉的方式嗎？當眾脫男人褲子，哪裡是女兒家該做的事？那可憐的小兵因冒犯縣主，被付允珩叫人拉了下去，校場上的毛頭小子們見此都緊緊的夾住了褲襠，再也不敢看貌美如花的縣主了。

直到最後一個女將站了出來，場面才恢復正軌。

這個校尉之女十分簡單粗暴，她從校場邊上扛了個巨石回來，高高拋起，快落地時一拳打過去，巨石碎成千塊萬塊飛濺開來。

好在眾人都是習武之人躲得快，趙真也趕緊護著輕功不怎麼樣的寶貝外孫女退開，看沒傷到她漂亮的小臉才鬆了口氣。

付凝萱有些詫異的看了趙真一眼，現下才覺得這個小表姨長得熟悉又可親，便撒嬌似的跺跺腳，「小表姨，她好粗魯哦！」

那校尉之女瞧見眾人四散逃開，似乎這才發現自己的莽撞，憨憨的摸摸頭道：「對不住大夥，我叫蘭花，啥都會點，特點就是力氣特大，以後大夥多指教！」說完抱拳拱了拱，配上她

那高大的身材，不像姑娘倒像是個小子。

三個女將算是各有特色，而讓趙真記住的男將有四個：一個是魯家槍法的繼承人魯成，據說是這一代裡面最優秀的，趙真也覺得不錯；一個是身體極其柔軟出自江湖雜戲的馮彥初，人長得很消瘦，但柔軟程度讓人驚恐，又會些很精巧的機關術，算是個怪才；再一個叫洪熙，武器很獨特，叫子午鴛鴦鉞，出自江湖門派；最後一個是兵部左僕射之子魏雲軒，沒別的原因，就他長得最好看。

沈明洲也在這三十個人裡，散了隊伍後走到趙真面前囑咐：「咕咕，若是有什麼事情就到一號軍帳找我。」

趙真點了點頭，看向花蝴蝶般跑了出去的外孫女，外孫女湊到了陳昭面前，衝他嘰嘰喳喳的說了什麼，陳昭脣角微勾也和她說了什麼，外孫女這才一臉開心的跑走了。

趙真微微蹙起眉頭，也不知道外孫女是否知曉他的真實身分……想來應該是沒有，不然外孫女不敢在他面前那麼放肆。既然如此，陳昭應該避諱些才是，若是讓外孫女生出不該有的情愫怎麼辦？

沈明洲順著她的目光看去，以為她還在顧慮陳昭纏上她，扶上她的肩擋住她的目光，「咕咕不用擔心，有我在，不會讓他有機會煩妳的。」

趙真看了眼姪子，以他現在的實力她就不打擊他了，「嗯，我先回軍帳了。」

沈明洲總覺得最近妹妹對他冷淡了，是因為他輸給她的次數太多了嗎？他頓時有點懊惱，沉下臉道：「去吧。」他一定加強苦練，勝過她！

趙真的心思沒在沈明洲身上，瞥了眼陳昭轉身走了。

陳昭遠遠看了眼趙真離去的背影，又看了眼目送她的沈明洲，面具下的眉頭皺了皺：沈家的男人真讓人不省心。

※◎※　※◎※　※◎※

軍中軍帳緊張，趙真便和兩個姑娘住在同一個帳子裡。可能沈桀和付允珩提前打點過了，一般的軍帳只有木頭板搭的簡易床和一張桌子，而她們是三張雕花木床，鋪著新的枕頭和被褥，各自有個櫃子和梳妝臺，上面還擺了銅鏡，算是極好的待遇了。

蘭花一臉滿足，「神龍衛就是不一樣，軍帳都這麼好！又有桌子又有櫃子呢！」

付凝萱很嫌棄，她的閨房比這裡三個軍帳都要大，一桌一椅都是精挑細選過的，全部都是頂好的紅木，這裡於她而言簡直狗窩都不如！

「就這還好？我家白白都不願意住在這裡！」

趙真知道白白是誰，是付凝萱養的一條獅子狗，明明是棕色的，她偏取名叫白白，也不知道她這外孫女腦子裡想的是什麼。

趙真將包袱解開，邊整理邊說道：「若是受不了就提早回去，這裡不是千金大小姐能住的地方。」

付凝萱聞言噘噘嘴，挑了中間的床鋪坐下，拍了拍床，「誰說我受不了了？本縣主就愛苦中作樂了~」說著，她抬手摸了摸自己的臉，然後看了一眼趙真，最後目光落在蘭花身上，昂頭道：「喂，那個蘭花，妳去給本縣主打盆水來，校場上都是土，我臉上都落了一層了，難受

死了！」

蘭花聞聲抬起頭，憨憨一笑，「成，我替縣主打去！」

趙真攔道：「萱萱，妳這麼做就不妥了吧，蘭花又不是妳的婢女，妳憑什麼讓她替妳打水？妳自己沒手嗎？」

付凝萱還未說話，蘭花一副生怕她們吵起來的樣子，趕緊道：「沒事的！沒事的！不就是打盆水嘛？打一桶對我來說都是小菜一碟！沒事沒事！」說完趕緊拎了盆子跑出去。

趙真無奈的看了眼蘭花，對付凝萱訓斥道：「以後別再讓我看到妳指使蘭花，她來這裡不是要當妳的婢女，妳若是受不了苦、受不了累，就趁早回去！」

付凝萱聞言，氣呼呼的噘起嘴道：「小表姨，雖然妳是我的長輩，但我可是外祖父親封的縣主，妳這麼訓我不妥吧？」

趙真可不是個有閒心和她口水戰的人，立刻抽出腰間的刀來，道：「那好，妳出來和我過過招，看我能不能訓妳。」

付凝萱是見識她的功夫的，深知自己打不過她，耍賴道：「妳敢打我？就不怕妳打了我，我到皇舅舅那裡去告妳的狀嗎！」

趙真笑笑，對她揚眉道：「妳也看到了，我的刀重，一刀下去皮開肉綻，留了疤是妳用什麼靈丹妙藥都祛不掉的。我可以受罰，但妳的疤卻永遠好不了。」

付凝萱最是愛美，一聽臉色全都變了，奈何自己打不過人家，皺著小臉在床上又是蹬腿又是打滾的，「妳欺負人！」

趙真走上前拎起她的後領，半點不吃她這套，冷著臉嚴肅道：「這是以其人之道還治其人之身，我以武力欺負妳，就如妳用身分欺負蘭花。妳若想將來為將、號令麾下將士，僅靠身分是無法令人信服的，要靠本事。妳若是有點骨氣，想掙回這口氣，他日便靠本事贏了我，我再不會管妳，還會敬佩妳。」

付凝萱聞言，漂亮的大眼睛裡漸漸積蓄起淚水，在眼眶裡滾啊滾啊，可憐極了。

趙真看著她這張女版陳昭臉也是頭疼，不得不又哄道：「行了，我又沒說多重的話，哭哭啼啼的像什麼樣子？以後像打水這樣力所能及的事情自己做，若是有做不了的便來找我幫妳。我是妳長輩，幫妳天經地義，而蘭花身分本就不如妳我，妳再欺凌她，她心裡是會難過的。」

付凝萱這才吸吸鼻子把眼淚眨了回去，這回乖順道：「我知道了……」

蘭花打了水回來，樂呵呵道：「縣主，我特意去伙房要了些熱水兌成溫的了！快洗吧！」

付凝萱從床上下來，看了眼趙真，走到蘭花面前溫順道：「謝謝妳。」

蘭花驚訝了一下，很快笑了起來，「這啥可謝的？都是小事！縣主以後儘管使喚我！」

付凝萱動了動嘴沒說話，挽了袖子去洗臉了。

蘭花自顧自的呵呵笑了一聲，看趙真在整理包袱，湊上去道：「趙小姐，要我幫妳不？我可會整理這些了！」

趙真對她搖搖頭，「多謝妳的好意，不必了，大家以後都是同仁，妳叫我瑾兒便是。」

蘭花有點受寵若驚，連忙應一聲道：「好咧，那以後叫我大花就行了！我家人都是這麼叫我的！」

趙真對她一笑，「好。」

蘭花這才笑嘻嘻的回了自己那裡。

付凝萱洗完了臉，從自己的包袱裡翻出玉肌膏往臉上塗。

蘭花瞧見了有些好奇的湊上去，「縣主，這是啥啊？有股香香的味道。」

付凝萱隨意道：「玉肌膏，我平日裡用來護臉的，抹上它會讓我的皮膚更白嫩水靈～」

蘭花聞言眼睛一亮，摸摸自己常年風吹日曬有些糙的臉，「真的嗎？哪能買啊？我也想變得像縣主這樣白白嫩嫩的。」

付凝萱搖搖頭，「這是宮裡的御醫替我做的，外面買不著，妳要是想要，這個給妳吧。」說完把蓋子旋上遞給她，半點不吝嗇。

蘭花接過來如獲至寶，對付凝萱感激道：「多謝縣主賞賜！」

付凝萱擺擺手，現在倒是很隨和，「這算什麼賞賜啊，妳就用吧，用完了再找我要。」

蘭花開心壞了，旋開蓋子打算手指沾上就要往臉上抹，付凝萱攔道：「要先把臉洗乾淨，不然沒效果的。」

蘭花忙起身去洗臉，就用付凝萱用過的水洗，也不去打一盆新的。

付凝萱瞧見了，皺起漂亮的小臉，「那水我都用過了，妳還不換一盆新的？」

蘭花不拘小節道：「縣主臉乾淨！這水還清亮著呢，能用！」

付凝萱小聲嘟噥一句：「一點也不講究……」

蘭花洗完臉，在付凝萱的教導下把玉肌膏塗上，等塗完了，她聞聞自己香噴噴的手，又照了照鏡子，彷彿現在就變美了，喜孜孜道：「實不相瞞，我來神龍衛其實是想相看爺們的！我爹說我不好嫁出去，要自己多物色著，軍營裡男人最多，所以我就來了。嘿嘿嘿……」

趙真聞聲看過去，這個小丫頭倒是出乎意料的耿直呢。不過她能進到神龍衛就是有本事。

只要她以後做得好，不就是男人嗎？她找不到，她替她弄一個！這算什麼難事？

這時付凝萱神秘兮兮道：「其實……我也和妳差不多，算是一半一半吧……我心上人在這裡，我也想做女將軍，便來了。」

趙真聽完立刻直起腰。

心上人？就她外孫女眼高於頂的樣子，她能看上的人這軍營裡除了陳昭還有誰？！陳昭啊陳昭！看看他造的孽！她就知道！

蘭花一臉好奇道：「縣主，是誰啊？」

付凝萱嬌哼了一聲：「才不告訴妳呢！他的好就只有我能看得到……」

行了，這百分之百是陳昭了！這個讓人糟心的男人呦，她是沒法對他視而不見了！

※◎※　※◎※　※◎※

下午的訓練完成後，趙真才知道神龍衛竟然還有一個時辰要讀書，夫子是從國子監請來的博士肖廣，算是京中小有名氣的大儒了。趙真平時最煩的就是這些大儒，講話晦澀難懂，你若是去請教他，他只會覺得你孺子不可教也，完全不覺得自己講的有問題。

還記得她兒子少時去國子監唸書，回來總是愁眉苦臉的，她便到國子監去聽了一課，聽完後差點想把屎盆子端起來扣在那位大儒的腦袋上。她好歹也被陳昭教了幾年，卻十句裡有八句不懂，就看那位大儒講得慷慨激昂，下面多數學子一臉迷茫。

她回去就擼袖子和陳昭幹了一架，雖然陳昭聲稱主要因為她生的兒子笨才聽不懂，但最後

還是整頓了國子監——可能是因為打不過她吧。

現今這些大儒在國子監授課並不多，大多做些研討和著書的事情，比較高深一些的學問才會由他們來講，現在能被請來也不算難。

趙真一看見書就眼冒金星，看見留著山羊鬍的肖廣進來更是頭暈眼花，不過他後面還跟了個陳昭，就讓她有點清醒了。陳昭他來幹什麼？

肖廣進來後只是粗略的講了幾句，正式授課是由陳昭來，他不知道是怎麼混成了助教。

陳昭一身儒袍站在那裡，即便戴著冰冷的面具也遮掩不住他溫文爾雅的氣質，他自我介紹道：「我便是諸位的直講，諸位可以稱我為陳夫子，課上若有任何不懂之處，課下皆可到我帳中詢問，我隨時恭候諸位大駕。」

武將的通病就是拒書於千里之外，趙真敢保證他的軍帳以後門可羅雀！

簡單的介紹過後便進入正題了。陳昭因為有為趙真這種半文盲講學的經驗，於是對這些武將們也講得通俗易懂。趙真聽得懂是聽得懂，但就是抑制不住自己體內騷動的睏意，一看書她就睏，她一直覺得這是一種絕症，無藥可醫，之前看看陳昭的臉還能提神，現在看個冰涼的面具，一臉誘惑力都沒有。

好在趙真機智，一進來就選了最靠後的位置。軍中幾乎是五大三粗的男人，坐直了都比她高出不少，她立起書做掩護，開始托著腮打瞌睡。

正睡得半夢半醒，趙真感覺肩上一重醒了過來，她迷迷糊糊看過去，本該在前面講學的陳昭不知道什麼時候走到了她身旁，露在面具外的唇勾起了一個微笑的弧度。

他的脣開始張張合合：「故用兵之法，無恃其不來，恃吾有以待也；無恃其不攻，恃吾有所不可攻也。」說罷一頓，笑意更深，「來，解釋一下什麼意思。」

趙真腦袋裡一片混沌，他剛才說的話她好像聽清了又好像沒聽清，一臉茫然的看著他。

學堂裡靜了好一會兒，陳昭在她肩上拍了一下，「散學後到我帳中來，我單獨教妳。」

學堂裡隱有笑聲陣陣，趙真呆了呆，萬萬沒想到自己成了他帳中的第一隻雀。

散學後，陳昭怕趙真蒙混過去，特意過來在她桌上敲了敲，「收拾好了別忘了過來。」說罷人先走一步。

趙真白他一眼，慢吞吞的收拾書本。

沈明洲蹲到她身旁，有些擔憂道：「我陪妳過去吧。」

趙真搖搖頭，胸有成竹道：「不必了，他奈何不了我。」說罷站起身來抱著書本跟過去。

她正愁沒機會單獨和陳昭說話呢，他竟然自己製造了機會，她便不會讓沈明洲過來打擾。

趙真到了陳昭帳前也沒通報一聲，直接掀了簾子邁進去，見陳昭正在喝水，她走到他身旁看了眼他的桌子，他這裡就這麼一個杯子，當下直接奪了他的給自己斟了一杯，咕嚕咕嚕就灌了下去，喝完還抱怨一句：「渴死我了。」

陳昭不動聲色的看了眼她手裡的自己的杯子，抿了下唇，道：「是睡覺睡渴了？我講的有那麼無趣嗎？」

趙真自顧自的坐下，「你又不是不知道，什麼書在我眼裡都是無趣的。」

陳昭坐到她對面，「是嗎？妳以前同我一起的時候，我覺得妳興致還是滿高的。」

趙真不加掩飾道：「屁啊！那時你坐得近，我就想著怎麼占你便宜了，當然有精神了。」

雖然陳昭那時也能感覺到趙真的不規矩，時不時在他腰上、腿上摸一把什麼的，但兩人還沒捅破過，她現下直白的說出來他竟有些接不上話了，好一會兒才道：「明日開始妳坐到第一排來，免得又在後面開小差。我跟你們講的這些，是肖博士以後要抽查的，還會累積你們的分數，低分者要被剔除神龍衛。」

趙真聞言，一臉生無可戀，「這玩意還要考啊？會帶兵打仗不就完了嗎？道理我都懂，但別讓我說行不行啊！」說完趴在桌子上，嘴噘得老高。

她現今在他身邊又變成了不加掩飾的樣子，陳昭有些欣慰的笑了笑，勸她道：「這可不是我說了算的，再者說天下太平，哪裡有仗給妳打，還不是要靠紙上談兵？」

趙真啐了一口：「都是放屁！那些迂腐的大儒懂什麼兵法啊？到了戰場上，紙上談兵談得再好有個屁用，還不是隨機應變！若是那些道理學會了就能打仗，人人都能當大帥了！」

陳昭不贊同的搖搖頭，「我以前就和妳說過，學這些學的不是知識，學的是智慧。妳若是覺得無用，之前為何還會讓軍師替妳將兵法譯成白話研習？有些智慧學進腦子裡，便是妳自己的了，妳不能說它無用。」

趙真向來道理講不過陳昭，便不和他爭論這個了，轉開話題道：「我來不是和你討論這個的，我有話要問你，你把面具摘下來。」

陳昭將面具摘下，好整以暇的看向她，「妳說。」

趙真將身子轉向他，問道：「你在明夏侯府裡經常見到萱萱嗎？」

陳昭聞言，眸子幾不可見的顫動了一下，笑道：「是啊，近日我教珩兒讀書的時候，她總是過來一起學，勤勉好學了不少呢，我實在是欣慰得很，還多誇獎了她幾句。」

趙真眉心微蹙，繼續問道：「你都不戴面具的？」

陳昭點頭，「自然不戴，她都見過了有什麼可戴的。」

趙真埋怨的看他一眼，「你也知道，咱們的萱萱目光淺薄，最是注重男人的樣貌，她今日和我說這軍營裡有她的心上人，可把我嚇了一大跳！你說這裡頭能讓她看上眼的除了你還有誰啊？你這般親近萱萱，讓她對你生了不該有的心思怎麼辦？她可是你的親外孫女！身上留著你的血呢！」

陳昭聞言低頭喝水，唇角卻不可抑制的翹了起來。

——是嗎？依我看這軍營裡的才俊也不少，怎麼就沒有比不過我的了？那個魏雲軒明明就很不錯呢，是在妳眼裡就我是最好的吧？

這種想法成功的取悅了陳昭，但他面上故意擺出一副憂愁的模樣，「是嗎？有這種事？可萱萱畢竟是我的外孫女，那孩子又心高氣傲，我故意疏遠她難免要傷她的自尊心，再說那孩子隨了妳的性子，和妳一樣不是個知難而退的人，我遠著她，她只會越挫越勇，反倒麻煩了。」

趙真一聽，可不是嗎？她雖然不想承認，但那孩子的性格就是隨了她。陳昭當年冷成了冰窖，她都沒退縮半步，若不是他那一席話實在是傷了她的心，她事情又多得無暇顧及感情，也不會和他疏遠了。

「近也不成，遠也不成，這怎麼辦啊？」

陳昭裝著深思熟慮了一番，道：「我倒是有個法子……」

趙真坐近了一些，有些急迫道：「什麼法子？」

陳昭娓娓道來：「不如這樣，之前萱萱就懷疑妳我有私情，不如在萱萱面前坐實了，她知

曉妳我情投意合，便也不會再強插一腳了，那孩子性子雖然荒唐，卻不是個不義之人，不會搶他人所愛。只是委屈妳了，我知道妳不願意，但為了外孫女，總還是要忍一忍的。」

這……這倒不失為一個好法子，其實她也沒那麼委屈，為了外孫女嘛。趙真站起身，「那就這樣吧，我現在去告訴她！」

陳昭忙攔下她，勸道：「不妥，妳這樣太過莽撞了！萱萱好面子，妳就這樣過去告訴她我是妳的男人，明擺了告訴她，妳知道她窺視妳的男人，妳讓萱萱的面子往哪裡放？妳應該要讓她不經意的發現我們的關係，再悄無聲息的讓她退出我們之間，才是保全她顏面、不讓她難過的好法子。」

趙真聞言恍然點點頭，人情這方面還是陳昭想得周到，「那好，就如你所說的吧，只要不傷到萱萱的心便好。」

陳昭對她笑笑，「嗯，好，這還是要等待時機，這幾日妳便先經常到我這裡來吧，最好暗示給萱萱知道，長久下去，她也能明白些。」

趙真聞言想了想，總覺得自己好像又進到了他的圈套裡，但細細理一理，他說的也合情合理，可能是她又多疑了吧。

「那好，我以後會經常過來。」說完她理了理衣服，道：「我先回去了。」

陳昭再一次攔住她：「先等等，我叫妳來也不是和妳閒聊的，是真的要教妳，我講學的時候妳只顧著睡覺了，今日講的便都落下了，還要都補上才行。」

趙真聽完，一臉的苦大仇深，「不學行不行啊……」

陳昭拉住她的手，把她揪到案前，言辭強硬道：「不行。」

曾經也是如此。

軍帳之中向來光暗，不便於讀書寫字，便在桌上燃一盞油燈，她與陳昭伏在案前，中間不過相隔半個人的距離，他會一筆一劃將要講的句子都寫一遍，然後逐字解釋給她聽，遇到可以畫成圖的便直接畫成圖，形象而有趣。

趙真曾經將這些手稿視如珍寶，難得被激發出了幾分少女的心性，每次學完都將這些手稿妥善的收起來，漸漸的積累了滿滿一盒子，滿載著的是他們的過往，無論如何變遷始終帶在身旁，偶爾還會翻出來回憶一番，想到有趣的地方便會痴笑幾聲。

只是後來夫妻感情離間，漸行漸遠，趙真某一次生氣將這些手稿一把火燒了個一乾二淨，或許也是這一把火燒盡了曾經的一往情深，讓她變成了現今這麼個冷情的人。其實她並不是如他所說，從沒有用情至深過。

陳昭用筆在她額上敲了一下，「又出神，我講得這麼無趣嗎？坐在我身邊妳都要出神。」

額上一痛，趙真把思緒從跳動的火光裡拉了回來，摸了摸額角看向身旁的陳昭。

在她面前的陳昭褪去了在旁人面前欲要升仙的飄然，實實在在落了凡塵，眼含著嗔怪，像是一個對嬌妻百般無奈的普通丈夫。

有時她真的很搞不懂這個男人，他們的過往明明擺在那裡，可他卻能像一切都沒發生過一樣和她重敘舊情，到底是對於曾經釋然？還是毫不在乎啊？

「我學不下去，你不如放我走吧，我明日會好好聽課好好學的。」說著趙真要站起來。

陳昭伸手按住她的手，「明日復明日，明日何其多？」說罷他五指一抓，扣住她的手，將她的手放進了自己的衣服裡。

觸手一片溫熱細滑的皮膚，趙真被他嚇了一跳，「你幹嘛啊？」

陳昭一副明知故問的樣子，輕鬆又認真的說道：「妳不是說占我便宜的時候最有精神嗎？那我現在讓妳占便宜，妳便認真一些，不要再走神了。」

趙真自己可能沒發現，而陳昭注意到她出神的時候，眼神就會變得很冷，顯然是在回憶一些不好的事情。他希望她今後看著他時，那些不堪的過往會被現今的美好一一蓋過，再也回憶不起來。

他的手抓著她一路下滑，路過凹陷的小洞，堪堪碰到芳草萋萋的地方停了下來。

剎那間似有野火將要燎原，陣陣熱氣襲來，蒸騰著她的掌心，趙真有些慌張的抽了下手。

陳昭則死死的按著她，「怎麼？莫非現今膽子小了，占人便宜反倒是不好意思了？」

明知他是激將法，趙真卻不想承認每當他變被動為主動的時候，她都有一瞬的想退縮和不適應，「放屁！我會不好意思？有你這麼上趕著讓人占便宜的嗎？」

明明做著下三濫的行徑，陳昭卻擺出一副既冤枉又大義凜然的樣子，「妳這話也太沒良心了，若不是為了讓妳好好學，我何須讓妳占便宜？我都這麼犧牲了，妳倒是罵起我來了。」

他的眼神過於純淨和委屈，趙真竟然真的覺得自己沒良心了。明明現下有種被他強迫的感覺，但又確實是她在占他便宜。到底是誰上了誰的賊船，她腦子都有些轉不過彎了。

趙真張了張嘴要爭辯幾句，陳昭卻撇過頭去不理她了，拿起毛筆一筆一劃的寫著新字，模樣正經又認真，可抓著她的手卻不老實的往上移，又向下滑，周而復始，寸寸撩心。

彼時他這般年紀，還是抗拒她的時候，夫妻間的事情都是草草了事，趙真鮮少這般與他親近，對現今的他也存著探索的新奇。因而，沒過多久她的心思就全在他身上了，腦中只想著去他不帶她去的地方放肆幾下。

他又一次引領著她的手觸到幾根撩人的芳草，一直任他擺布的她突地一使力，往下掠去，觸到了不得了的東西，就像他們桌上的異獸鎮紙，猙獰而雄偉，早已不是酣睡的模樣。

「陳──！」他竟然悄無聲息的動了歪心思！

只是趙真這聲斥責還沒出口，便被他的唇瓣及時堵住。既然被發現了，陳昭便也不遮遮掩掩了，直接誘她深入。

安靜的帳中都是兩人親吻的聲音，陳昭啞著嗓子道：「我也不是木頭，被妳占便宜自會有反應……我知道妳也想，若是不想又如何會往下摸？」他雙臂一收，把她抱坐在自己的腿上，雖顯得趙真有些小鳥依人，卻又是不折不扣的男下女上，讓趙真掌握著主動權。

「我願意從妳，妳想怎樣都如妳的意……」

趙真有點懵了，她明明是正大光明到這裡與他唸書議事來的，怎麼最後變成了……偷情？還成了她想對他胡作非為？

陳昭那張絕世的俊臉在她面前，眉眼中含著委屈，好似是她欺負了他一般。

趙真承認她就是好色，抵擋不住美色的誘惑，更是愛極了陳昭示弱的樣子。她吸了口氣，捧住他的臉吻上去。

陳昭得逞，伸手圈住她的腰，纏綿的回應著。

其實他們在一起那麼多年，親吻的次數卻並不多，兩廂情願的時候更是少之又少。吻其實比做愛更讓人動情，若非是兩個人都願意的時候，否則這種事情是沒滋沒味的。

現下便是你情我願，最是纏綿。

陳昭粗喘一聲，抱著她站了起來，如一個偉岸的丈夫抱著他的嬌妻。趙真一驚正要說話，他的脣繼續壓上，與她躺倒在緊窄的木床上，讓她在他之上，再看向他時全然又是一副示弱的樣子。

趙真低頭看著他泛紅的面頰，青春年少的臉沾染上動人的情愫，紅脣微張，粗喘連連，委實讓人把持不住。

她如餓狼一樣撲上去，很快便兵戎相見了。

這次的陳昭驍勇善戰，帶著他的將士直搗敵軍深處，酣戰多時才戰完第一回合，不多時複而又起，開始迎戰第二回合，待到大戰告罄之際，兩人已經累得不行了。

趙真這次有些滿足了，雖然陳昭的花樣還是少得可憐，但是持久力值得讚揚。

陳昭擁著她，呼吸還有些不順，音調中帶著一絲委屈：「妳放心，我不會因為又發生了這種事便藉口纏著妳不放。我們之前不也說好了嗎？肉慾之歡無關情愛，不過是彼此滿足罷了，妳若是想嫁別人，我也不會以此為要脅的。」

他這話雖說得委屈，但剛做完便撇清關係，還把她推出去，實在讓人覺得煞風景。

趙真有幾分堵心，大喘了一口氣推開他坐了起來，拿了塊布巾草草擦拭了幾下，將衣服穿上了，「我已經來得夠久了，先回去了，不然趕不上一會兒開飯了。」

趙真突地變冷淡，陳昭也不知自己哪句說錯了，他本意是怕他們做了這事之後趙真會怕他纏上她，以後故意躲著他，他才提前表明態度，可她似乎不高興了。搞不清楚為了什麼，他也不敢再多說話，「嗯」了一聲沒攔她。

他就這麼讓她走，趙真更堵心了，大步走向門帳。

這時陳昭突地喊道：「妳別忘了我們之前說好的事情，莫要因為生了這事便遠著我。」

趙真沒回頭，僅是敷衍的回了一聲：「不會的，這種事情沒什麼大不了的，我會按約定常過來的。」

「嗯。」陳昭表面笑著，心裡卻有些猙獰：這個混女人！這種事情還沒什麼大不了的？！女人的貞潔在妳眼裡真是一文不值！

※◎※　※◎※　※◎※

趙真從陳昭的營帳中出去不久，便被突然竄出來的一道人影擋住了去路，是沈明洲。

沈明洲上上下下打量她一番，看到她有些雜亂的頭髮和皺摺的衣服，皺起眉來，道：「妳怎麼樣了？」

趙真有些心虛的拉了下衣服，回道：「我能怎麼樣？就是唸書唸煩了，你怎麼在這裡？」說著繼續向前走，避開與他對視，要知道她剛做完那種事，身上怕是還有味道呢。

沈明洲跟上她，「我在等妳，他身邊有兩個武功高強的護衛，我不能到他軍帳跟前去，所以擔心妳有什麼事情。」

陳昭那樣的身分，身邊有護衛很正常，而且他們兩個單獨相處，他安排護衛看守，謹慎一些也在常理之中。

「我沒事，一會兒要開飯了，我先回軍帳放書去了，你有事回府再說。」說完趙真忙跑走了，她那裡不爽利得很，不敢多和姪子滯留，她還要回去好好洗洗呢。

沈明洲看著她跑走的身影，有些疑慮的皺起了眉頭。

趙真回了軍帳讓外孫女和蘭花先走，自己好好拿水洗了一番，才去大帳吃飯。時辰稍晚了一些，她碰上正往裡頭端菜的路鳴，他是以火頭兵的身分進入營中的。

路鳴見到她心頭一喜，忙湊了上來，小聲道：「小姐，一會兒的飯菜妳少吃點留些肚子，我給妳做了些別的飯菜，待會送到妳帳子裡去，讓妳帳中的人也少吃些，我做得多，也足夠她們吃的。」他想為小姐開小灶，必然也要巴結好她帳中的人才是。

趙真聞言眼睛一亮，其實並非軍中的火頭兵做飯不好吃，是因為每頓飯的取材和用量都有嚴苛的限制，所以味道才不好，要不然趙真當年也不會喜歡纏著路興源。

趙真喜孜孜說道：「行，我一會兒少吃些，早點回去，你早些給我送過去，我都餓得前胸貼後背了。」

路鳴一聽，忙從懷中拿出油紙包好的點心，「這本是飯後給小姐的零嘴，小姐若是餓了先吃一點再進去，今日營中的飯菜都是素的，怕妳不喜歡。」

趙真聞言接過來，拆開吃了一塊，一股淡淡的奶香從口中四散開來，軟糯爽口，她開心的問道：「真好吃，這是什麼啊？」

路鳴見她喜歡，大大的鬆了口氣，有些羞赧道：「奶糕，我自創的。」

這時，有士兵高喝一聲：「喂！那個火頭兵！磨蹭什麼呢！」

路鳴聽見後忙對趙真道：「小姐，我先進去了。」

趙真揮揮手，「去吧。」

路鳴一走，趙真正要把奶糕收起來，陳昭不知道什麼時候悄無聲息的出現在她的身邊，伸手拿了她的一塊奶糕放進嘴裡，邊吃邊道：「這是什麼？」

趙真對合胃口的東西總有一些護食，瞪眼道：「路鳴做給我的零嘴，你瞎吃什麼啊！你又不喜歡吃甜的。」

這個女人提上褲子就變臉了，陳昭嚥下口中甜滋滋的點心，覺得味道一點也不好，還有股苦味，趙真還寶貝似的收進懷裡。他不屑的瞥了一眼：不就是個點心嗎？

他從懷中取出一方錦帕，將剩下的半塊裹了起來放進懷中，隨後才走入大帳。

因男女有別，趙真她們三個姑娘單獨一張桌子，等開飯的時候，男將那邊又是搶又是奪，呼哧呼哧的像是養豬場。而趙真她們這邊，付凝萱吃了幾口便不動筷子了，顯然是不合口味，這錦衣玉食的千金小姐自是吃不慣營中的大鍋飯，只要還沒餓慘便總會挑挑揀揀。

趙真吃慣了這種，不也是免不了挑剔嗎？

最不挑剔的也就是蘭花了，開飯的哨聲一響，搶似的往碗裡夾菜，扒了好幾口才發現根本沒人和她搶，她瞧著不動筷子的趙真和付凝萱道：「妳們怎麼不吃啊？」

付凝萱的眼睛這才亮了，饞模樣和趙真沒什麼兩樣，「好吃的嗎？有什麼啊？我想吃豬蹄了，我和妳說哦，豬蹄最是養顏美容了。」

趙真道：「我讓人開了小灶，妳們都少吃些，一會兒回了帳中吃好東西。」

這丫頭真是不客氣，有的吃就不錯了，居然還開始點菜了。趙真安撫她道：「我也不知道有什麼，不過我敢保證妳會喜歡，我府中的人做東西很好吃。」

想想小表姨所說的美味，再看看眼前的「豬飼料」，付凝萱更是如坐針氈了，恨不得現在就回去吃。她不是不餓，是實在吃不下這種東西，聽聞小表姨那裡有好吃的怎麼還坐得住？

蘭花聽完倒是很鎮定，她知道千金小姐挑剔，但她覺得眼前的飯菜就挺好吃的，而且軍中不能剩飯，她們都不吃，剩下了是要受罰，於是她道：「我吃這個挺好的，我飯量大，妳們剩的我吃了吧，妳們留著肚子回去吃。」說完便把她們的飯都倒進了自己的碗裡，繼而大口大口吃了起來。

付凝萱張大嘴看著她呼哧呼哧的吃飯，滿眼的不可思議：這世間怎麼有這樣的女人啊？

趙真現下卻有點自慚形穢了，若是真到了行軍打仗的時候，哪裡還容得她們挑剔啊？有時被圍困在空城裡，彈盡糧絕，吃塊樹皮都是奢侈，蘭花這樣才真像是來當兵的。

蘭花吃得香，本來不覺得好吃的付凝萱看著看著都餓了，眨著大眼睛看著她吃，還吞了口唾沫。

趙真瞧見外孫女的樣子，拿出來路鳴做的奶糕給她吃。她是護食，但也不能眼睜睜的看著外孫女挨餓啊。

付凝萱起初看著模樣奇怪的糕點還有些質疑，不料吃了一口便停不下來了，一塊一塊把趙真的存貨吃了個精光。趙真看著就剩下渣的油紙，內心是痛苦的，她本來以為還能留下幾塊飯後當零嘴吃，卻沒想到被自己外孫女都吃乾淨了！

付凝萱舔舔脣瓣意猶未盡，「這是什麼啊？真好吃！」

趙真白她一眼道：「奶糕。妳倒是不客氣，都給我吃乾淨了。」

付凝萱吐了吐舌頭，隨即豪氣道：「小表姨，這是誰人做的點心啊？妳出多少銀子都成，我買他！」

張口閉口就是買，趙真雖然不想承認，但這就是隨了她的證據。她搖頭道：「人不賣，妳若是喜歡吃，日後倒是可以多到國公府來走動，我讓他做給妳吃。」

付凝萱聞言有點失望，安靜了下來，眼神飄飄忽忽看向了別處，漂亮的眸子突地一亮，顯然是看到了可心的人。

趙真順著她的目光看去，那不就是陳昭的方向嗎？在一眾吃得起勁的小夥子裡，就陳昭慢條斯理的，一片菜葉子都嚼個半天，看到她看過去，他遠遠的衝她笑了一下。

旁邊的付凝萱也突地低笑幾聲，衝那邊眨了下眼睛，美滋滋的把頭轉回來了。

趙真瞧見外孫女這副懷春樣，遙遙的瞪了陳昭一眼：笑什麼笑！就算戴著面具也是風騷！

趙真回到帳中不久，路鳴就提著食盒來了，「小姐，我不宜久留，妳們吃著，我過會再來收食盒，明日想吃什麼一會兒告訴我，我明日做給妳們。」說完人就走了。

付凝萱迫不及待的把食盒裡的東西一一取出來，說道：「呀，糖醋排骨！佛手金卷！翡翠玉扇……」

外孫女一道一道的唸菜名，比詩背得還好，趙真這才知道什麼叫青出於藍而勝於藍，在吃方面外孫女比她更講究，瞧這菜名背的。

蘭花也是一臉的驚奇，「這菜還有這麼好聽的名字呢？」

付凝萱搖頭晃腦道：「可不是嘛~光是京中大大小小的酒樓合起來，幾百來道菜呢！不敢說我都知道，但也差不多。」說罷一頓，她對趙真道：「小表姨，妳府中的廚子不得了啊，送來的這幾道菜是好幾家酒樓的招牌，到底是他做的還是買的啊？」

趙真在宮中久了，還真不知道這些菜是京中哪些酒樓的招牌菜，但她知道一般被視為招牌

的，都是別家酒樓做不出來的，做菜的方子也都是絕密，這路鳴的本事可不小啊，連人家的招牌都能偷師。

「應是他做的，妳方才吃的奶糕也是他做的。」

付凝萱嘖嘖稱奇：「我瞧著妳家那廚子年紀也不大，本事卻不小。」她說著便夾了道菜嚐了口，讚道：「這手藝可不是幾年就能練出來的，小表姨，妳院裡的人不得了啊！」

趙真聽著沒回聲，心裡卻思琢著外孫女的話，若這些是路鳴的本事，放在她身邊似乎是有些屈才了……

一會兒路鳴過來取食盒，也不敢留下來和小姐多說幾句話，只是偷偷看了小姐一眼，見小姐沒什麼話要囑咐，他有點失望，取了東西就退出去了。

「等一下！」

走出一段距離的路鳴聽見女聲，驚喜的回過頭，瞧見是縣主，臉上的驚喜淡了下去，規規矩矩道：「不知縣主有何指教？」

付凝萱也會察言觀色呢，尋常男人見了她可是目光都移不開，而眼前這個男人呢，竟然還失望了，不被她美色所獲，便是心有所屬。

——小表姨？想不到這下人還挺有膽子的，連主子都敢肖想。

付凝萱把手裡的紙條遞給他，「這是我明日要吃的。」

路鳴沒多說話，恭敬接過：「是。」抬頭時眼睛卻看了帳子一眼，有些失望。

付凝萱瞧著他這副痴心妄想的樣子有些不悅，但因為他做飯好吃，便好心提點道：「我聽小表姨說你是她府中的家奴，既然是家奴，就該知道什麼心思能有，什麼心思不能有。我吃著你做的菜不錯，齊國公府家大業大，你將來還是能大有出息的，可不要拎不清身分自毀前程啊。」要知道，家奴對主子生了私心，被發現後打死都是有可能的，更別提前程了。

路鳴聞言怔了一下，心頭一陣黯然。原來小姐和旁人是這般介紹他的嗎？他在小姐眼裡只是家奴？雖說事實也是如此……

他垂下眉眼道：「多謝縣主提點。」說罷弓著身子謙卑的退了幾步走了。

付凝萱見他這麼上道，覺得自己做了一件好事，蹦蹦跳跳的往陳昭的軍帳跑去。

※◎※　※◎※　※◎※

外孫女這一走人便不回來了，也不知道去了哪裡，但是趙真眼下也沒心思顧慮她，換了身衣服去了沈桀那裡。

趙真進去便直截了當道：「子澄，我要出去一趟。」

沈桀解下腰間的令牌給她，「這麼晚了長姐要去哪裡？我陪長姐一起去吧。」

趙真搖搖頭，「你事情多，不必陪我，我很快就回來。」說完也不耽擱，人很快就走了。

沈桀哪裡會真的讓她一個人出去，可又不便讓旁人跟著，便親自騎了馬跟出去，一直遠遠的跟著她，藉著夜色隱藏行蹤。

趙真行得匆忙，心裡有急，便也沒發現他。

他遠遠見趙真進了一家醫館，待了很久才出來。等她走遠，沈桀進了醫館，將碎銀拍在桌子上，問道：「剛才那位姑娘在你們這裡買了什麼藥？」

掌櫃是個六十多歲的老翁，聞言搖搖頭，「客官，我們醫館不能透露……」他話未說完便被沈桀掐住了脖子，骨頭被捏得咯咯作響。

沈桀冷眼看著他，厲聲道：「我再問一句，她買了什麼藥？」

老翁忙點頭，沈桀才鬆開了一些，老翁咳嗽了幾聲順順氣，結結巴巴道：「是……是避子的……的湯藥……」

沈桀聞言目光一寒，將老翁推倒在地，轉身走了出去。

外面夜色沉沉，冷風拂面，可是他胸腔裡卻湧動著無限的怒火，深深吸了幾口氣才平靜了下來。

這便是他說的光明正大？今日趙真在他帳裡待了一個多時辰，現下又買了避子的湯藥，他們做了什麼豈不是昭然若揭？

從一開始就沒有什麼公平！

沈桀握了握拳頭，翻身上馬，很好，那就不要怪他了。

趙真回到軍營卻沒看到沈桀的人，但他的守衛在，她湊過去問道：「沈大將軍呢？」

守衛按著大將軍的囑咐回道：「回小姐，大將軍睡前都會去練練拳腳，一會兒就回來了，您先在帳中等一會兒吧。」

趙真聞言進了帳裡，也沒久留，把令牌放在他的桌上便出去了。她剛走出幾步，便見沈桀滿頭大汗的回來，似乎是好好練了一番，他現在年紀也不小了，卻還是如此刻苦，委實讓人欣慰啊。

到了近前，沈桀對她溫笑道：「回來了？事情可辦妥了？」

趙真有點心虛，點點頭，「辦妥了，令牌我放你桌上了，早些休息，我回去了。」

沈桀對她點點頭，笑著囑咐道：「嗯，妳也早些休息，明日一早還有訓練。」

趙真「嗯」了一聲忙不迭的跑走了，沈桀看著她的背影，眼眸黯了黯。

※◎※　※◎※　※◎※

趙真回到帳中時，付凝萱已經回來了，她和蘭花兩人躺在床上，臉上貼著滿滿的黃瓜片。

付凝萱嬌笑著說道：「是啊，他讀書讀得可好了，學識淵博，為人謙謙，我就喜歡這樣的男子。雖說樣貌比起我差了那麼一點點，但也不錯～」

蘭花感嘆道：「原來縣主喜歡這樣的啊！好不好看我倒是不在意，沒讀過書也沒關係，我喜歡力氣大、能幹活的，種種田，打打獵，日子過得踏踏實實就行。」

這一聽便是在聊女兒家的心事呢。趙真走到她們近前，明知故問道：「聊什麼呢？」

蘭花聞聲坐起身子，直言不諱道：「瑾兒回來了！我們倆正聊男人呢！」

付凝萱見她坐起來伸手撲騰道：「躺下躺下！黃瓜片要掉了！」

蘭花聞言趕緊躺下，黑亮的眼睛還尋著趙真，好奇道：「瑾兒，妳喜歡啥樣的男人啊？」

趙真坐到外孫女床邊，付凝萱也看著她，等她回答這個問題。

趙真想了想道：「好看的，像縣主這麼好看就行。」

付凝萱臭美的摸摸臉，「那難了，我這麼好看的女子人間都少有，更何況男人了～」

趙真一笑，「不難，我已經找到了。」

兩個姑娘忙八卦道：「誰呀誰呀！」

趙真故作神秘，「遠在天邊，近在眼前。自己猜吧。」陳昭長得和她那麼像，自己都這麼說了，外孫女應該能明白一些吧？

兩個姑娘苦思冥想，付凝萱突地尖叫一聲，嚇了趙真一大跳，她發現了？

誰知，付凝萱伸出纖纖玉指，驚懼的指著趙真道：「妳、妳該不會是說我吧？我可不喜歡女人！雖然本縣主容貌傾城，但女人怎麼能喜歡女人呢！何況妳還是我的小表姨！」

趙真聞言翻了個白眼，有時候她是挺搞不懂自己這個外孫女腦子裡到底在想什麼。

第九章 怎麼不理小心肝？

陳昭站在瞭望塔上向下眺望，不遠處呼喝聲不絕於耳，此情此景好似他又回到了當初在邊陲軍營的時候，那時他總是這般遙遙看著趙真練兵，即便她看不到他，他也會站在這裡追逐她的身影，將自己的掛念埋藏在她看不見的地方。

「蹬蹬蹬。」

後面傳來腳步聲，陳昭回過身，他派出去的探子回來覆命了。

來人恭敬行一禮，湊到他身邊小聲道：「公子，京中並沒有這種點心，京中的點心很少有用奶來做的。屬下倒是打聽到胡蒙族人很喜歡用牛奶或是羊奶做吃食，他們那有種酪蛋子的東西，就是由牛奶做成的，和這點心有異曲同工之妙。」

——胡蒙族？

胡蒙族居於陳國北部邊疆，是遊牧民族，十分驍勇善戰，早年多番侵擾陳國，數年才鎮壓下來，現今是豫寧王陳雄在那裡鎮守。陳雄是他的堂兄弟，也是朝中為數不多的皇族，前幾日還進京奔喪，皇帝將他的長子陳寅留在了京中，有意命他堅守京畿要地。

陳昭思琢片刻道：「你先前打探回來路鳴曾外出遊學四年，若是讓你打探清楚他都去了哪些地方遊學，又在哪裡停留的時間較長，可能打探出來嗎？」

探子有些遲疑，沉吟片刻道：「可能要些時日，路鳴此人名不見經傳，能記住他的人怕是不多。」

陳昭轉而又看向校場，點頭道：「不急，你盡力而為便是。」

探子領命躬身退下。

走上來的付允珩與探子錯身而過，他快步走到陳昭身旁，道：「外祖父，昨夜外祖母出了一次軍營，去了醫館，隨後沈大將軍也去了，等沈大將軍出來的時候那醫館便大門緊閉了，孫兒的人也沒探到什麼消息，不知是不是外祖母身體微恙？可要進宮請御醫前來？」

這事陳昭早就知道，趙真去醫館的理由他不用探也知道，肯定是怕有孕去配了避子的湯藥，這回他倒是要感謝沈桀橫插一腳，不然被外孫打探出來他這老臉也沒處擱了。

陳昭側頭遠望校場，輕咳一聲道：「不必，你外祖母沒什麼事情，無非是女人那點事，你也不要再去打聽了，這些日子盯好沈桀便是。」

付允珩聽完有點尷尬，他可還沒娶妻呢，哪裡會懂得女兒家的事，也咳了一聲：「是，孫兒遵命。」

不過外祖父好像對沈大將軍頗有敵意，也不知道是不是有什麼恩怨……但外祖母又和沈大將軍十分親近，他這個當外孫的簡直左右為難。

※◎※　※◎※　※◎※

趙真剛從校場回來，陳昭那邊就派人傳話讓她過去，也不知道有什麼急事，就不能等到晚上再說嗎？

趙真一邊抱怨一邊走，她剛走到離陳昭帳子不遠的地方，便見她外孫捂著肚子從陳昭帳中跑了出來，俊臉都皺成了一張苦瓜臉。

趙真攔住他，關心道：「這是怎麼了？」

付允珩想說話，可才剛張開口就一副要吐出來的模樣，最後搖搖頭迅速的跑走了。

趙真有點納悶的進了陳昭軍帳，「允珩怎麼了？」

陳昭見她進來便迅速的把什麼東西塞進了桌子底下，這般掩耳盜鈴的行徑被趙真看了個滿眼，她挑挑眉走過去，「你藏什麼呢？」

陳昭從桌後走出來，神色有些慌亂的攬住她，「沒藏什麼，一本書罷了。」

趙真狐疑的打量他一番，「一本書？瞧你這慌張的樣子，莫非是避火圖什麼的？」說罷一副樂於揭開他偽善嘴臉的樣子，興致勃勃繞開他往桌後走。

陳昭在後面抱住她的腰，避火圖畫的是男女那點事，他何時看過這種不正經的東西了？虧她想得出來！

他惱道：「不是！我看那種東西做什麼！」

趙真卻言之鑿鑿道：「你當然要看那種東西了！你最缺看的就是那種東西了！」說著她掰開他的手轉過身來，煞是認真道：「講真的，你我之間雖約定了互相取悅彼此，可我卻沒享受到幾分樂趣，你做這種事無非就那幾個動作，乏味又無趣，我都煩了，難道不該多看看些書，長長姿勢？學海無涯苦作舟，你要多努力啊！」

陳昭聽完臉上一陣黑一陣白，他昨天那麼賣力，到她嘴裡卻成了不努力？這個女人怎麼事這麼多啊！怎樣才叫她滿意？

趙真看著他不服氣的模樣，砸了砸嘴，「算了，我怎能指望你這個想當和尚的男人有什麼進步啊。」說完攤攤手，那模樣真是無奈到了極致，彷彿和他在一起受了多大的委屈似的。

事關男人的尊嚴，陳昭沒了平日的忍功，有些咬牙切齒道：「多謝將軍指教，我日後定當勤勉，多加研習，方不負將軍的期望……」

話音落下，他將她推到桌前抵住，伸手去扯她的腰帶。

——一言不合就動手啊。

趙真迅速抓住他作亂的手，「別別別，我今日沒有興致指教你，來日倒是可以送幾本好書給你。」說罷她雙手一撐，躍到桌上打了個滾，翻到了桌後面，找出陳昭藏起來的東西，竟是一碟黑乎乎的黑塊子，「這是什麼東西啊？」

陳昭看到那碟東西，臉上抑制不住的赧然，嘟噥道：「沒什麼……就……一碟東西……」

一碟東西？趙真把碟子湊到鼻前嗅了嗅，在一股糊味裡聞出了淡淡的奶味和糖的甜味。她忽然就明白了，有點難以置信道：「你別告訴我你在研究做奶糕？」

猜都被她猜到了，遮遮掩掩還有什麼意思？陳昭昂首挺胸，索性對她坦白道：「對，就是奶糕，怎麼了？」

趙真有些百思不得其解，問道：「你現在愛吃甜食了？允珩剛才捂肚子出去該不會是吃了你這東西吧？你也太毒辣了，自己不吃讓外孫替你試。你要是喜歡吃就跟我說啊，我讓路鳴多做一些便是了，糟蹋我外孫算什麼？」

陳昭要被這個女人蠢怒了，「誰說我愛吃了？就算我愛吃，何須自己做！」

趙真聞言一陣恍然。是啊，現在的陳昭已經不是以前的陳昭了，就算不是太上皇，他身邊還有外孫和丞相，也不乏人伺候，何須像從前一般想吃什麼還要自己動手，所以他這是……

「你不會是……」這個猜想太大膽了，趙真不敢說。

陳昭替她說了出來：「對，我是想做給妳吃。」有些話他自己不主動說，這個蠢女人是不會明白的。

他從她手中奪去了碟子，重重放在桌子上，有些賭氣道：「不過是幾塊點心，我就不信我做不出來。」

趙真怔怔的看過去，這才瞧見他白皙的手上多了好幾處燙傷的紅痕，此情此景分外眼熟，似曾相識……

曾經的陳昭也不是沒用委婉的方式對趙真表達過自己的情意，只是這個女人在這種事情上過於遲鈍，遲鈍到令人捶胸頓足。

彼時在軍中，趙真早就習慣了吃苦，很多事情對她來說都不是那麼重要，獨獨在吃方面她還存有幾分孩子氣——她有點挑食，過分的愛吃肉和甜食。

陳昭到了軍營不久，便知道了趙真十分看中火頭營的路興源，喜歡吃他做的東西，腰裡別的袋子裡總裝著他做的零嘴，她每每外出回來都不忘帶東西給路興源，在路興源面前她總是嬉笑討好的樣子，比任何一個人都親近，甚至軍中的人都在說路興源是趙真的心頭寶，寧可得罪他也不能得罪路興源。

起初陳昭並不在意，後來和趙真漸生情愫之後也有了妒意，加之他和趙真生了誤會，她若有若無的遠著他，每次回營就先去路興源那裡，在路興源那裡的時間比他這裡還多，這種感覺讓他覺得是被冷落了的正夫，而他的妻子就顧著專寵小侍了。

陳昭那時是個不善言辭的人，對於感情之事也是一知半解，但也懂得想要贏回她的心，要從她喜歡的事情下手。

可偏偏陳昭在生火做飯這種事情上極其缺乏天賦，他將自己的私房錢拿出來買通了伙房的火頭兵，學了整整三日，都沒做出一道像樣的菜式來，手上卻被燙出了大大小小的水泡，慘不忍睹。

趕巧那個時候齊國公回營，叫他過去說話，看到他的手難免要問起緣由。當著趙真的面，陳昭不好說自己為了討她歡心學做菜，便吞吞吐吐謊稱自己思念故鄉的菜肴，想嘗試著自己做。

齊國公早就聽說陳昭在營中受欺負，見他這副樣子更是誤會了他的意思，當即把主事的路興源叫過來大罵了一頓，罵路興源縱容手下的火頭兵欺凌陳昭，讓堂堂的王爺自己下廚。路興源也是百口莫辯，最終跪在他面前磕頭謝罪，陳昭越解釋反倒是讓齊國公越誤會，最終他只能閉嘴。

趙真當時沒說話，回到帳中便對他發火了。

「陳昭，你倒是會裝可憐！路興源怎麼待你的，你心裡明白！他性子和善從不是個欺凌人的人！我明明白白和你說，我與路興源之間並無私情，我一直敬他如兄長，你犯不著這般陷害他！虧我之前真以為你在營中飽受欺凌，現今想想不知道有多少是你裝的！」

陳昭當時是滿心的苦水說不出口，好一番解釋才讓趙真相信他不是故意陷害路興源的，但是也沒告訴她關於自己的心意，畢竟真心被辜負，說出來是在自己的傷口上撒鹽，還是不提為好，從此以後便也不再踏入伙房半步。

趙真動了動嘴脣，試探道：「陳昭，我記得你過去軍營裡也做過一次菜，該不會是……」

陳昭撥弄了下碟子上黑乎乎的點心，有些無奈：「是，那次也是做給妳的。」

趙真無聲的點點頭，現下不用他解釋，她也覺得是自己當時誤會了他。

陳昭自嘲道：「其實當時我想學好了做給妳吃，但那時臉皮薄，不好意思說，被妳那般誤會了，更是不願承認自己滿腔的真情被辜負，其實心裡也是妒忌路與源妒忌得很。妳我夫妻，可妳卻更信他一些，為了他而斥責我，當時我也很生氣。」

趙真動了動嘴沒說話，她也不知道該說什麼。

陳昭抬眸看向她，繼續道：「不過這些都過去了，我也不怪妳誤會我。我現下不過是看到他的兒子想起了舊事，心中有些不服氣，想把當初的面子找回來，這點心我定會做出來的。」

趙真還不知道原來陳昭是這麼錙銖必較的男人，這種事情他記了這麼久，現在還想從人家兒子那裡找回面子。她勸他：「其實人無完人，每個人都有所長，也會有所短，你也不該把功夫浪費在這上面。」

浪費？他現在有大把的功夫可以「浪費」在趙真身上。

「這不是浪費，妳也不必覺得負擔，我這麼做不過是為了證明我自己，又不是因為妳。」他說到這一頓，從袖中拿了個瓷瓶遞給她，「好了，不說這個，我叫妳來是為了給妳這個。」

趙真聽了他前半句，有點不高興，伸手接過瓷瓶，疑惑道：「這是什麼？」

陳昭別開臉，似乎有些難為情，壓低聲音道：「避子丸，事後服一粒便可。我知道妳現在並不想要孩子，這個不傷身，是我讓人特意尋來的。」

他怎麼知道她不想要孩子啊？他暗地裡又在盯著她吧？趙真臉上掠過一瞬的不悅，將瓷瓶還給他，「不必了，我吃過藥了。」

陳昭沒接，「妳留著吧，未雨綢繆。」言下之意便是：我們以後還有的是「雨」下呢。

趙真一聽，呵呵一笑，嘲弄他道：「但願不是雷聲大雨點小，不然這藥就可以省了。」

※◎※　※◎※　※◎※

由於是神龍衛第一次集結，訓練的第三日由特訓改為了考核，將為他們這三十名精兵做一次排位。第一次排位可謂至關重要，前十位和後十位的命運也將截然不同。

趙真站在隊伍裡，心中燃起許久未有的豪情壯志，在後宮之中，這種澎湃的感覺已沉寂了數十年，偶爾在夢中才能回憶起來，如今終於得以破籠而出，不可謂不激動。

馬射、步射、平射、馬槍、負重等一項項比過來，甲等的牌子一個個被掛在她的名字下，這種暢快的感覺可比坐在后位上被高呼千歲享受多了。

她這一生所追求的，從不是高高在上的虛名，而是名副其實的征服，是戰敗天下豪傑，在孤峰之上傲視群雄的驕傲。

不過這種驕傲，到答策的時候就蕩然無存了。最後一場對決前，他們要先來一場答策，就當作短暫的休息，但是這種休息，趙真她不想要！

偌大的校場上，擺放著數張考桌，五大三粗的武將們坐在軟墊上卻如坐針氈，對著考卷咬著筆頭苦思冥想，鮮少有那麼幾個筆下如飛的。

趙真瞪著桌上的考卷，強忍住撕了的衝動，緊握著筆：這他娘的誰出的卷子？什麼叫名將劉葛親率大軍北攻長陽，卻中計退兵，軍師蒲融獻策說了什麼？我他娘的哪知道他說了什麼！

突地，一張被折成數折的紙張掉落在她的桌上，趙真抬起頭看去，身為考官的陳昭慢慢悠

悠悠的從她身邊走過。她將紙打開，上面赫然是陳昭的字跡，寫的是考卷的答案，顯然是墨跡還未乾的時候折上的，好幾處的墨跡都糊了，怪不得她剛才瞧見他一直在前面低頭寫什麼，原來是在寫這個。

趙真並未覺得感激，而是覺得這是對她的侮辱！赤裸裸的侮辱！瞧準了她答策寫不好是不是？就他陳昭厲害是不是！趙真正想揉了這紙，卻瞄見第一行加粗的小字：答策不合格者，肖博士親授。

肖博士親授……趙真抬頭瞄了眼前面山羊鬍的肖廣，只是看著他的臉，趙真眼前似有千萬句之乎者也呼嘯而過，在她腦中嗡嗡作響，她決定接受陳昭的侮辱……

陳昭的字趙真見過千萬次，不似他外表的溫潤儒雅，而是筆鋒灑脫頗有大將風範，不過他寫的小抄，字跡就秀氣多了，似乎為了讓她看懂，特意寫得一筆一劃的。趙真照著寫著，心中有股奇異的感覺，這些答案通讀下來書寫的方式頗有她自己的感覺，就好像真是她自己寫的，但其實她又寫不出來，陳昭似乎比她想像中的更瞭解她……

答策結束，陳昭將考卷依次收上去，到她這裡時嘖了一聲：「字跡雜亂，妳該練字了。」

趙真瞪他一眼，「就你寫得好！」

陳昭順勢笑道：「多謝誇獎。晚上我去國公府教妳，記得給我留門。」說完飄飄然走了。

獨留後面趙真看著他牙癢癢。

答策結束後，比試的擂臺也已經搭建好了。根據之前的武試結果，趙真在全甲等組，共有六人，她、沈明洲、魏雲軒、洪熙、魯成、常西樂。

洪熙和魯成的本事她已經見識過，得了全甲等沒什麼稀奇的，那個魏雲軒倒是出乎她的意料，初見之時他使劍，一招一式中規中矩，除了樣貌並無過人之處，卻不想也中了全甲等。

趙真第一局抽到洪熙，領教了一番他子午鴛鴦鉞的威力。子午鴛鴦鉞這種武器易攻難守，要近身才能展現威力，遇到趙真這種技藝和蠻力並重的人難免有些吃力，加之趙真是女子，洪熙有些不敢近身，倒讓趙真有點失望。

當趙真的刀橫在他脖頸之上時，洪熙有些無奈道：「甘拜下風。」

趙真挑眉，「戰場上從無男女之分，希望你下次全力以赴，不然我便不會手下留情了。」

趙真的刀在他肩上拍了一下，洪熙蹭的身子一偏，半跪下去，瞪大眼睛看向她。原來這刀竟有這麼重，他這才知道眼前的女子竟還有所保留。

下一戰對戰魏雲軒。名將之後的魯成竟敗給了魏雲軒，讓趙真對眼前的清雋少年多了幾分刮目相看。

魏雲軒拱手道：「請賜教。」話音落下，俊俏的臉上滿是木然，可不及他的樣貌有靈氣。

鼓聲響起，兩人開始過招。真正過招後，趙真才發覺眼前這個小子不容小覷，明明一臉的呆滯和木然，所使的招式卻靈活俐落，如狂風驟雨般的勇猛襲來，半點不留情面。

趙真哈哈一笑：「好小子，有意思。」她提刀攻上，摸清了他的套路便開始凌厲反攻，一招比一招狠厲。

魏雲軒並不慌，一招一式接得穩妥，尋了她的破綻迅速攻向趙真下盤，趙真突地一樂，反手用刀一擋，繼而提刀向上，將魏雲軒擊退幾步。

魏雲軒木然的臉上這才顯現出驚訝，正欲提劍攻上，趙真刀刃一翻，向下斬擊而來，魏雲

軒舉刀格擋，幾招被她逼到了擂臺邊上。

「雲軒哥哥必勝！」

趙真乍一聽見外孫女的聲音，往擂臺下看去，那丫頭不知道什麼時候跑到擂臺下面來了，正一臉激昂的看著他們。

她這麼一出神，魏雲軒得了喘息的工夫，重整氣勢攻了上來，趙真措手不及，竟被他的長劍橫在了脖子上。她看著眼前俊俏木然的少年，樂了起來：「不錯，你很厲害。」

魏雲軒卻擰眉道：「妳出神了。」

趙真笑道：「出神也是輸了。」

魏雲軒提起劍，執拗道：「再戰，這不是妳的本事。」

趙真饒有興致的看他一眼，卻不戀戰，「不必了，輸了就是輸了，你贏的當之無愧。」說完也不等他回話，翻身下了擂臺，伸出手指彈了一下付凝萱的額頭，「臭丫頭，誰是妳小表姨啊？胳膊肘往外拐呢。」

付凝萱摸上額頭，氣呼呼的看著她，「雲軒哥哥是我爹的徒弟，我當然要向著他了！」

哦？魏雲軒原來師出付淵，付淵作為她的女婿，趙真倒是沒和付淵過過招，但聽聞付淵劍術了得，朝中鮮有對手，看來所傳非虛啊。

付凝萱揉著額頭越揉越不開心，「哼，我皇舅舅來了，我要去告訴皇舅舅妳欺負我！」說完撒腿往高臺上跑。

趙真一愣，看了過去，便見高臺之上坐著明晃晃的一人，一身龍袍不怒自威，不是她兒子陳勍是誰啊？他什麼時候來的？怎麼沒有太監通報？

不多時便有太監過來請趙真過去，趙真心裡有些打鼓，低著頭隨太監慢騰騰的走過去。

到了她兒子面前，便聽她兒子熟悉的聲音道：「妳便是趙瑾？」

變成了年輕的模樣，趙真有點不敢抬頭看兒子了。按理說她兒子現在是皇帝，她是表妹，該跪地見禮的，但是這天下哪有老子跪兒子的？

正躊躇著，旁邊的太監推她一下，壓低聲音道：「皇上問妳話呢。」

趙真暗地嘆了氣，正要跪地回話，上首的陳勍道：「都是一家人，不必跪了，抬頭回話。」

陳勍早就聽聞這小表妹是山野裡尋回來的，江湖氣很重，深得外祖父寵愛，怕是沒那麼懂宮裡的規矩，也不難為她，就是對她的樣貌好奇得很。聽說她十分像他母后年少的模樣，連丞相回來後也說像極了，他倒是想看看母后年少時是個什麼模樣。

「趙瑾拜見陛下。」趙真百般無奈的抬起頭來，看向上首的兒子。

多日不見，她兒子似乎清瘦了一些，原本圓潤的面頰也顯現出了稜角，倒是能看出從他父皇那裡遺傳來的幾分俊美了，只是眼下有烏青，可見他這些日子過得並不舒坦。他現在不過二十二歲，先前還有她和陳昭在他的身旁輔政，現在諸事都要靠他一個人決策，一定有很多力不從心的地方。

陳勍是趙真三十二歲的時候才生的，等陳勍能記事了，趙真也是三十五、六歲的年紀了，和現在十六、七歲的模樣出入很大。陳勍自然不覺得趙真現在的模樣熟悉了，雖然覺得眉眼有幾分相像的地方，卻也沒覺得太像，倒是沒什麼特殊的感覺，就是瞧著她還挺順眼，一時間也不知道該和這個小表妹說些什麼。

「呀！」

突地一聲清脆的童聲打破沉靜，趙真這才發現旁邊的椅子上坐著個小傢伙，是她的親孫子陳序，現年四歲，他一出生陳昭便禪位為太上皇，將孫子封為太子，可是個金貴的小傢伙呢。

只見小傢伙笨拙的從高椅上爬下來，躲開嬤嬤的阻攔，踉踉蹌蹌從階梯上往下跑，靈活的小人兒如兔子似的躲開旁人的阻攔，衝著她飛奔而來，連趙真都有些出乎意料。

眼見他就要被自己的小短腿絆倒，趙真趕緊飛身上去抱住他，把白白胖胖的小人兒抱在懷裡，見他毫髮無損，才拍了拍被他嚇了一跳的胸口，她像從前一般捏了捏他胖乎乎的小臉埋怨道：「小心肝啊，你這樣跌跌撞撞的摔著了可如何是好啊？」

陳序眨著黑白分明的大眼睛看著她，片刻後露出才剛長齊的小白牙，清脆的喊了一聲——

「皇祖母！」

頃刻間，四周的風都靜了。

趙真早年生陳勍的時候並不是她願意的，彼時她死活不給陳昭生兒子，就是想逼他廢后，可他卻偷偷摸摸換了她的藥，加之她意志力薄弱，抵擋不住陳昭的美色，就懷上了陳勍。

陳勍生下來後，她餵了幾天就交給奶媽了，到了陳勍三、四歲的時候，會撒嬌、賣乖，小心翼翼討她歡心了，趙真才發覺自己冷落了這個兒子，心裡總有些填補不上的愧疚。

陳序出生後，像極了陳勍小的時候。趙真年紀大了，心思也柔軟了，便把自己的愛和愧疚都灌輸到了孫子身上，就如同趙真對陳序的稱呼一般，這個孫子就是她的小心肝。

現下聽見小心肝叫她皇祖母，眼睛都溼潤了起來。

沒想到她變了樣子，她的小心肝還是能一眼認出來，不愧她這麼多年的寵愛，但她現在卻擔不起他這聲「皇祖母」了。

將孫子扶好，趙真跪下身來，「太子殿下童言無忌，趙瑾愧不敢當，請陛下贖罪。」

陳序見皇祖母跪下來，他也跪在她面前，歪頭看她，「皇祖母妳怎麼不理小心肝了？還這麼久不來看小心肝……」說著就嘸起了小嘴，大大的眼睛蒙上了一層水霧。

趙真看得心疼，恨不得馬上抱他到懷裡哄，可現下卻使不得，安慰他道：「殿下，我不是你的皇祖母，你仔細看看，你的皇祖母是我這個模樣嗎？」

陳序又看了看她，嘸著嘴道：「妳就是！」說完撲過去抱住她，怎麼都不撒手了，嬤嬤過來抱他都抱不走，一抱就哭。

趙真見他哭了忙拍著他的背安慰道：「小心肝乖乖，不哭不哭。」

陳序在她懷裡撒嬌：「皇祖母～」

趙真的心都要化了，要不怎說孩子的眼睛純淨，一眼就能望到人的心底。

上首的陳勍從階上走了下來，見自己兒子現下露出久未綻出的笑容，嘆氣道：「起來吧，太子年幼，罪不在妳，他也是太過想念他的皇祖母了。」

其實陳勍今日到此，除了視察神龍衛，主要是帶兒子散散心。自父皇和母后仙逝之後，他自己雖悲痛不已，但因是天子必須以天下事為重便也還好。但陳序就不一樣了，他只是個小孩子，平日裡皇祖母最疼愛他，把他當小心肝，他還小不明白死亡是什麼意思，他的皇祖母不回來他便日日哭，後來不哭了也總悶悶不樂的，有時玩著玩著就跑到院子外面找皇祖母，找不到就坐在院中掉眼淚，模樣可憐死了。

現在看到兒子這般黏著趙瑾也是詫異得很，他都沒覺得眼前的姑娘有多像他看了二十多年的母后，反倒不過和母后相處了三年多的兒子，卻一眼看出了她和自己皇祖母有相似之處。

趙真謝恩後，抱著陳序站起來，眉眼慈愛的哄著他。

陳勍看了她一會兒，有一剎那也彷彿看到了母后，便覺得親近起來，溫言道：「朕方才看妳武功不錯，又是太子的表姑，難得太子如此喜歡妳，不如妳日後便在太子身邊當差，做他的親衛吧。」他已派人將趙瑾的身世查清了，現下對她倒是放心的。

趙真聞言一驚，這事若是放在別人身上是一步登天的好事，可卻不是她想要的。她是很疼愛孫子，但她卻有更重要的事情要做，哪裡能日日在宮中哄孫子歡心？

思及此，趙真放下陳序，跪地道：「請陛下贖罪，臣女近日才回到京中，規矩還未學好，行事粗鄙，在太子身邊侍奉恐會不周，委實難當此大任。」

陳勍看著跪在地上的姑娘有些驚異，沒想到她會如此大膽的拒絕他，倒是有些出人意料。

站在天子身旁的沈桀站出來道：「陛下，瑾兒歸京不久，諸事還未理清，是塊璞玉，需要雕琢，義父也有心親自栽培她，讓她繼承衣缽，好他日為陛下效力。因而臣也覺得以瑾兒現今的能力，委實難當太子親衛的重任。」

陳勍聞言回過神，差點忘了，這趙瑾的歸來不就是為了讓外祖父聊以慰藉的嗎？外祖父晚年痛失愛女，悲痛萬分一下子就病了，差點也隨母后去了，若不是尋回來這個模樣與母后相似的小表妹，哪裡能又生龍活虎起來，他若把趙瑾調入宮中，還不等於又挖了外祖父的心？這事確實不妥。

陳勍溫言對趙真道：「起來吧，既然如此便算了。不過，難得太子喜歡妳，他平日在宮中孤單，妳休沐之時可與寧樂縣主一起進宮看望太子，他會開心許多。」

趙真聽完對兒子滿意極了，站起身來毫不掩飾的對他笑道：「臣女也十分喜歡太子，能被陛下應允去宮中陪伴太子，是臣女的福分。」說完看向正拖她褲腿的孫子，捏了捏他的小臉。

陳勍看著她總覺得有點驚奇，他自出生便是太子，成家生子之後便登基為帝，除了父皇、母后和長姐，旁人在他面前都是不敢如此肆意的，眼前的姑娘卻敢直視他的眼睛，衝他肆意的笑，還敢捏太子的臉，卻不會讓他覺得沒規矩，反倒是很直率，有種耳目一新的感覺。

陳勍也對她笑笑，揚聲道：「馮旭！」

禁衛軍副統領馮旭上前：「臣在！」

「以後寧樂縣主與趙瑾入宮不得阻攔。」

趙真聞言高興的謝恩，抱起正拖她褲腿的孫子親了親，「殿下開心嗎？」

陳序懵懵懂懂，不知道剛才發生了什麼事，只見皇祖母親他，他也噘著小嘴親了皇祖母一口，「開熏！」

付凝萱湊上來衝他噘噘嘴，「殿下先前還說最喜歡寧樂表姐，現在見了表姐都不理了！」

陳序聞聲看向漂亮的表姐，討好的嘟嘟小嘴，「表姐親親！」

付凝萱調皮的衝他吐吐舌頭，「才不給你親呢！」

趙真看著他們兩個孫兒吵鬧，心中是難得的開心，沒想到她年輕以後，還能和自己的孫兒如此親近，此生何求啊！

這時，考核的結果出來了，魏雲軒是頭名，陳勍親自見了魏雲軒，賞賜他一把寶劍，算是嘉獎了。對於其他的人，他也誇獎了一番，說了些慰問人心的話。

陳勍轉頭看了眼賴在趙真懷裡和她玩得開心的兒子，道：「朕許久未去看望齊國公了，先

去齊國公府吧。」

管事太監得令，立刻下去吩咐了。

出了軍營，陳序還是纏著趙真，不願意隨父皇坐馬車，陳勍便允他和趙真同騎，可謂是很大的縱容了。

趙真騎在馬上，把寶貝孫子抱在懷裡，循循善誘道：「殿下，以後不可以叫我皇祖母了，要叫表姑才是。」

陳序仰著小臉不解的看她，「可是妳就是皇祖母啊！」

趙真有些新奇了，為什麼孫子如此篤定她是他皇祖母呢？明明她現在已經和年老時有很大的變化了，「殿下為何如此覺得？」

陳序似乎很不理解，明明皇祖母就是皇祖母，卻還要他說出個所以然來。他想了想，天真道：「皇祖母變漂亮了也是皇祖母！」

趙真聞言笑了起來。是了，小孩子哪裡懂什麼怪力亂神，他不知道人是不會變年輕的，在他眼裡，他的皇祖母只是變漂亮了。

趙真騰出手捏了捏孫子的小鼻子，「你這個機靈的小傢伙。」

陳序抱住她的手臂，在她手臂上蹭了蹭，可憐巴巴道：「皇祖母以後不能不要小心肝了，不能這麼久不來看小心肝！」

趙真心口一熱，摸了摸他的頭。她走得突然，這孩子平日裡纏她纏得厲害，這些日子定是想死她了，真是招人心疼。

付允珩策馬過來，逗弄了幾句小太子，陳昭作為他的參軍自然也跟了過來。他心裡其實也是十分想念這個小孫子的，這孩子天資聰穎，不像皇帝幼時那般愚鈍，他從前和趙真吵架的時候，這小傢伙還知道要做和事佬，讓皇祖母和皇祖父恩恩愛愛不可以吵架，要不然哪能一下子就認出趙真呢？

但現下他也只能這麼遠遠的看著，不能像趙真那般抱著孫子。

趙真可抓著機會在陳昭面前耀武揚威了：看見沒？孫子想我！不想你！

陳昭自是看出了趙真的得意，面具後面瞥她一眼，從懷裡掏出一個九連環遞給陳序，又小聲喚了一聲：「序兒。」

陳序看到九連環眼睛一亮，皇祖父最喜歡做玩具給他了，像這樣的九連環他有好幾個，都是皇祖父給的，他一看就認識，喜悅的喚了一聲：「皇祖父！」不過被趙真及時捂住了。他聲音小，沒有引人矚目。

陳昭衝他「噓」了一聲，策馬過來小聲道：「序兒，你看皇祖父戴面具，是在和別人躲貓貓，不能被發現，你以後都不可以叫皇祖父了知道嗎？」

陳序小機靈鬼一般，忙點頭道：「知道了！序兒不說！讓皇祖母也不說！」說完仰頭衝著趙真噓了一聲，「皇祖母也要替皇祖父保守秘密哦！」

趙真哄著他點了點頭，轉頭瞪了陳昭一眼：你這個騙子！

陳昭脣角勾起得意的笑容，伸手摸了下孫子柔軟的髮絲。

※◎※　※◎※　※◎※

齊國公府外，齊國公和趙煥等人早就等在門口了，聖上親臨，自然要出門迎接。

皇帝的玉輦緩緩停在齊國公府前，齊國公早年便被賦予免跪的特權，他立即上前一步迎接帝王：「老臣恭迎聖上。」

後面趙煥等人跪地高呼萬歲。

陳勍上前熱絡的扶住齊國公的手，「多日未見，外祖父仍是龍虎精神，好像又年輕了幾歲。」說完又對其他人道：「都平身吧。」

「謝主隆恩。」

趙煥與方氏起身時，正看到趙真抱著一個小娃娃下馬，他們雖未見過太子，卻識得太子的服飾，頓時驚了：她……她怎麼會抱著太子！

齊國公見了皇帝外孫喜不自禁，後面還緊跟著付允珩和付凝萱兩個外曾孫更是樂不可支，齊國公府已經多少年沒這麼熱鬧過了，果然他的女兒就是他的福星，女兒一回來一切都好了。

趙真抱著白嫩嫩的小太子走過來，齊國公瞧見她懷裡粉雕玉琢的小男童一怔，激動的伸出了手，「這……這是太子嗎？老臣上次見太子還尚在襁褓之中，一眨眼都這麼大了……」

太子人小又金貴，今日是第一次出宮，即便齊國公是外曾祖父也不是能隨便見到太子的。

陳勍笑著點點頭，對陳序道：「序兒，叫外曾祖父。」

在陳序的記憶裡，這算是第一次見齊國公。齊國公是武將，即便年老也長得高大凶悍，小孩子看人第一眼都是眼緣，他有些怕的抱住趙真脖子，眨眨眼睛不敢叫。

齊國公見了有點失望，他的孩子緣向來不好，小孩子見了他總要哭鬧的，小太子沒哭就是很大的面子了。

趙真在孫子背上拍了拍，哄他：「殿下不怕，這是殿下皇祖母的爹爹，是殿下的親人。」

陳序是個機靈的孩子，很快就釐清了這層關係，知道眼前的人無害，便鬆開抱著趙真脖子的手，親熱的向齊國公伸手求抱抱，奶聲奶氣道：「外曾祖父。」

齊國公樂了，抱過金貴的外曾孫使勁親了一口，「殿下膽量過人，將來大有出息！」

陳序被他毛茸茸的鬍子一扎，咯咯的笑了起來，一時間祖孫其樂融融。

趙真看著頗為感慨，怪不得陳昭總說兒子小時候沒孫子機靈呢！還記得陳勍第一次見她爹的時候也差不多這個年紀，起初沒哭，她爹衝他一笑他就哭了，要抱他的時候更是哭得跟要殺了他似的那麼凶殘，任她怎麼解釋這孩子都怕。現在再看孫子，她一解釋就明白了，還懂得主動過去討長輩歡心，真是一代更比一代強啊。

趙真想著，瞥了眼不爭氣的皇帝兒子。

陳勍突然覺得後腦杓有點癢，但迫於帝王的威嚴他不能撓，看了眼無憂無慮的兒子，心裡滿是羨慕。小孩子多好啊，想做什麼就做什麼，哪像他，別人都還年少輕狂的時候，他就被父皇趕上了皇位，早起上朝，下朝便看奏摺到深夜，時時刻刻要保持帝王的威嚴，犯睏的時候還會被他父皇打手心，他十八歲的時候身為皇帝還被父皇打手心，他的苦誰知道啊？啊？！

不過現在他也想念父皇和母后了，他們這一走，他就成了真正的孤家寡人，沒人會冷著臉教訓他，也沒人會為了他和父皇捲袖子吵架了……

陳序被齊國公抱夠了，還是伸手找趙真，在孩子心裡他更喜歡自己熟悉的人抱著。

能抱這麼一會兒齊國公就很滿足了，把太子還給女兒，引眾人進府。

趙真將陳序抱過來，在他的小鼻子上點了一下，慈愛道：「殿下餓了嗎？要不要吃甜甜的

點心？」

陳序一聽露出小白牙，拍著手道：「要要要！」說完還生怕皇祖母是哄他的，先親了一下來討好她。

趙真真是愛死這個寶貝孫子了，轉頭對孫嬤嬤說道：「孫嬤嬤，讓下人端點心過來，若是路鳴在，讓路鳴做點新鮮的樣式拿過來。」

正和齊國公說話的陳勍聞言回了下頭，還真看到了孫嬤嬤，他記得孫嬤嬤早先是伺候他母后的，後來到齊國公府養老，現在竟在趙瑾身邊伺候了，這個小表妹不簡單啊……

進了廳堂，皇帝在上首落坐，允眾人坐下後眾人才敢坐。

皇帝與齊國公說話，沈桀從旁陪襯，幾個小輩時不時摻和幾句倒是和樂融融。

而趙煥這種身分有些尷尬，他無官無職，雖是嗣子，卻還未被封為世子，算是皇帝的長輩卻又非正統的皇親國戚，皇帝沒搭理他，他只能遠遠的找個注意不到的位置忐忑坐下，而方氏等人更是連進廳堂的資格都沒有。

他瞄了眼趙真，她抱著金貴的太子坐在皇帝下首的位置，半點忐忑和不自在都沒有，哪裡像個山野裡尋回來的野丫頭，看著比公主還逍遙自在！

趙真沒注意到趙煥，只顧著逗弄自己的寶貝孫子了。

陳序坐在趙真懷裡，玩著皇祖父給的九連環，抬頭瞧見皇祖父站著，大眼睛眨了眨，在皇祖母懷裡掙了掙要下去。

趙真雖疑惑，但還是將他抱了下去，正要問他想做什麼，這孩子便蹬蹬蹬跑到陳昭面前，拉著他的手往趙真這邊來，小嘴裡念叨著：「坐這裡，陪我解這個九連環！」

陳勍也注意到了這邊，問道：「序兒，做什麼呢？」

陳序聞言，把陳昭拉到陳勍面前，他記著要替皇祖父保守秘密，便道：「表哥身邊的這個人很厲害，能幫我解九連環！」

陳勍看向陳昭，見他戴著面具似乎有些知道是誰了，但還是問道：「你是？」

陳昭垂首，彎腰道：「回陛下，微臣陳清塵，是明夏侯世子的參軍，現在神龍衛中任肖博士的助教。方才微臣見太子殿下有些無聊，便將身上帶的九連環給了太子殿下，驚擾了陛下，請陛下恕罪。」

陳勍聞言，了然點頭，果然是陳清塵啊！這個人他早已聽丞相說過，陳清塵是邵成鵬的徒弟，丞相培養的心腹，也算是他默許安排在明夏侯府的眼線；此人善機關布陣，才學過人，連肖博士都對他讚不絕口，可見不一般。

雖說明夏侯是他的姐夫，但身為帝王總要多一層顧慮，因此他不得不派人盯著這些手握重權的皇親國戚，而這派出去的人能力也一定要強了，不然被人發現是會折損他與長姐之間的姐弟情誼的。

「無妨，平身吧。」說完，陳勍衝兒子招招手：「什麼九連環啊，拿過來給父皇看看。」

陳序聞言嘛著小嘴，把九連環藏在背後，「不給！父皇又搶我玩具！」

陳勍有點尷尬，擺擺手道：「胡話！父皇什麼時候搶過你的玩具了？去一旁玩你的九連環吧，不要到處瞎鬧騰。」

這父子倆唯一的共同嗜好也就是玩九連環、孔明鎖、魯班球之類的東西了，這是平日裡陳

昭唯一讓他們接觸的玩具。只是陳勍長大一些後，這些東西陳昭都不讓他玩了，等陳序出生之後，陳昭才重新開始製作新的九連環、孔明鎖之類的給孫子玩，陳勍有時候瞧見了手癢癢，就搶過兒子的來玩，卻被陳序記住了，每次從皇祖父那裡得了新玩具都要躲著父皇玩，千萬不能被父皇搶走。

陳序聽完，立刻拉著皇祖父去了皇祖母那裡，還指揮下人替皇祖父搬來了椅子，拉著皇祖父坐下，趴在他膝頭，讓他教他解九連環。

陳勍知道兒子的嗜好便也沒管，隨他去了。

趙真瞪了眼把孫子搶走的陳昭，這個心機帝，怪不得冒著暴露身分的危險也要送個九連環給孫子呢，吃準了孫子會找他，他好在兒子面前顯擺他的能耐，狡詐！

趙真湊過去對孫子道：「殿下，學會了教表姑玩好不好？表姑也想玩這個。」搶孫子，她可從來不輸他。

陳序聽見了忙衝她點頭，「嗯嗯嗯！馬上就學會了！」

付凝萱實際上也是小孩子，今年才滿十五歲，平時又活潑坐不住，也起身湊了過去，「我也有玩這個。」她趴在陳昭旁邊的桌上，半點不覺得太過親近了，一臉崇拜的看著陳昭熟練的解九連環，「哇，原來你這麼會解九連環啊！我外祖父也送了我好幾個呢，我都沒解開，你回去之後幫我解好不好啊？」

陳昭抬頭對她笑道：「自是可以，只要縣主認真學，我一定認真教。」

付凝萱笑嘻嘻的點頭，完全忽略了她說的「幫」被他改成了「教」。

趙真在背後掐了陳昭一把：你這個混男人，你教什麼教啊？還嫌外孫女不夠喜歡你啊？

陳昭疼得「嘶」了一聲，卻沒理趙真，向一邊挪了挪身子，繼續在孫子和外孫女崇拜的目光下解九連環。

趙真正想再給他來一下，齊國公道：「瑾兒，妳帶太子殿下去花園玩一會兒吧。」

趙真聞言忙偷偷摸摸收了手，應了一聲抱起陳昭膝頭上的孫子，「來，殿下，表姑帶你到外面去玩，表姑這裡也有很多好玩的東西呢。」

早就想出去的付凝萱立刻跟上，「我也去！」

付允珩也不想留在這裡，順勢也跟上，陳昭自然跟著出來。

一行人到了花園裡，趙真命人讓趙雲柯拿了些玩具過來給陳序玩。趙雲珠也跟了過來，穿著繡工精緻的羅裙，頭飾珠翠，臉上有淡妝，的的確確是個美人，只是站在美得清新脫俗的付凝萱身旁，就算是明珠也暗淡了。

趙雲珠見過付凝萱的次數不少，對她熱絡說道：「縣主第一次來國公府，我帶縣主在花園中轉轉吧。」

付凝萱對趙雲珠有印象，就是那群大家閨秀中的一個，走路慢慢騰騰，說話像捏著嗓子，她不喜歡和她玩，「我不想轉，不麻煩妳了。」說完搶了桌上一個玩具，「這小馬刻得還挺精緻，怎麼玩啊？」

趙雲柯替他們一一解答，付凝萱聽著挺有興致的，可陳序卻覺得無聊了，平日裡皇祖父給他的玩具都是益智的，玩的時候都要動腦子，而這些玩具就是擺設，沒什麼意思，便想起了皇祖母答應的點心。

陳序走到喝茶的皇祖母面前，抱著她的腰撒嬌道：「表姑，序兒肚子餓了！」

趙真一聽這才想起來許久沒拿來的點心，把丫鬟叫過來問話。

丫鬟回道：「小姐，府裡的點心都不新鮮了，路公子正在您院中的小廚房裡做新的，所以來的比較慢。」

趙真聞言點點頭，低頭安撫陳序道：「小心肝不急，你在這裡和表哥表姐玩，表姑親自替你去拿，你乖乖等著好不好？」

因為皇祖父說吃甜的多了，牙裡容易長蟲子，陳序平日裡討要個點心吃難得很，現下能吃了不敢不聽話，生怕不乖就不讓他吃了，便乖巧的點點頭，「嗯！」

趙真親了他一口，吩咐自己貼身的丫鬟伺候太子，便獨自一人向花園外走去。

她剛拐進自己的院子裡，身邊就竄出個人來，不是陳昭能是誰？

趙真抬眼瞪他，「不好好看著孫子，你跟過來做什麼？」

陳昭張張嘴，正要說話，突地又閉上，猛地伸手把她抱進懷裡，溫熱的雙唇便壓了下來，吻在她的唇瓣上，淺嘗即止，「想妳了。」

趙真眨了眨眼睛，有點愣的看著他：你是不是發春了啊？

趙真和陳昭過了大半輩子，從來沒聽他說過「想妳」這兩個字，愣了一會兒才緩過神來，伸手把他推開，現下畢竟在國公府，丫鬟僕人來來往往的，讓人瞧見該漫天的流言蜚語了。

趙真白了他一眼，「你瘋了不成？」

陳昭不怕死的重新湊過去，覆在她耳邊小聲道：「妳方才一走，萱萱便纏上我了，我是躲她才跟著妳的，方才親妳的時候，她就在後面跟著呢，我做給她看的。」

趙真聞言，狐疑的看他一眼，這麼說好像挺合乎情理的，於是向他身後張望了一下，可哪裡有外孫女的身影啊？

陳昭伸手捏著她的下巴，把她的臉扳回來，「別看了，早走了。」他這個媳婦，大事上特別難糊弄，小事上倒是很好騙，說了就信了。

趙真拍開他的手，瞪眼道：「你的膽子也忒大了，若非我熟悉你的氣息，你這麼突然竄出來，要換作是別人我早就一拳呼在臉上了！」

陳昭聞言脣角一勾，意味深長的一笑，「所以妳知道是我，就捨不得打了？」

趙真怔了一下，好似被他一語驚醒夢中人，但很快又露出一副嫌棄的模樣，啐道：「少往你自己臉上貼金，我是怕把你的臉打殘了兒子那邊沒法交代，你方才才在他面前露了臉，我哪裡敢招惹你這尊大佛啊？」

陳昭又不是第一天認識趙真，她這是死鴨子嘴硬為自己開解呢，毫不客氣的點破她：「可我現在戴著面具，就算是破了相也沒人能發覺啊？」

趙真有點惱了，他還不依不撓了？她狠狠瞪了他一會兒，又突地想起什麼似的樂了起來，她俏皮的揮了揮拳頭道：「你說的對，要不我現在補上，你看看我捨不捨得打你？」

陳昭一聽這個就知道戲弄她這事只能到此為止了，再繼續她真能動手給他一拳。他伸出五指包裹住她的拳頭：「請將軍恕在下口無遮攔。」

趙真不屑的瞥他一眼：哼，現在知道怕了吧。

她甩開他的手，「回去看孫子去，瞎轉什麼啊！」說罷彈了下裙襬，瀟瀟灑灑往院內走。

陳昭厚臉皮的跟上，如觀光客一般四處打量：「白日裡看這院中倒也沒什麼變化，還是以前的模樣。」

趙真沒理他，只是加快了腳步，故意要甩開他。

陳昭也加快腳步，不落後的跟著，瞧著某處頓下腳步，懷念似的道：「這石亭也還在啊，這幾盆花是新種的吧，我記得以前種的是葵花，葵花長得高，人一坐下便能被葵花擋住了。」

趙真起初聽見沒覺得有什麼，走了一會兒突地腳步一頓，臉上紅了起來。

這石亭有個相當香豔的回憶，她每次回娘家心情就好，總要酌點小酒暢快一下。有一次她便在亭子裡喝酒，那天陳昭也過來陪她喝了，陳昭酒量極差，沒幾杯就醉了，白皙的臉上紅潤惑人，那雙漂亮的眸子就恍恍惚惚看著她，把她的色心一下子勾引了起來，仗著亭外的葵花長得高，兩人就在亭中辦了壞事，陳昭因為石凳太涼，坐得太久，隔天還鬧了肚子呢。

看著石亭，她彷彿又回憶起了當初兩人因為怕被人發現，又激動又煎熬的矛盾心緒。反正那天是做得格外的好，她好幾天都覺得陳昭特別順眼。

但是現在她看陳昭就不怎麼順眼了，他特意說這個是什麼意思啊？難不成還想回味一番？

趙真轉身看向他，「你回去行不行？跟著我做什麼啊？你和我都出來了，孫子磕著碰著怎麼辦？」

陳昭的目的也達到了，點到為止，過了就適得其反了，「行了，我回去了，妳別忘了孫子還等著妳的點心呢。」囑咐完才轉身往院外走去。

趙真又狠狠瞪了他的背影一眼，才向小廚房走去。

趙真走到小廚房門口，聽著裡面極靜，不像是在忙碌的樣子。她有些疑惑的抬步踏進去，本來忙碌的路鳴正站在桌案前發呆，桌上的托盤裡擺著兩盤點心，是已經做好的樣子。

她走到他身邊，問道：「想什麼呢？怎麼做好了不叫丫鬟拿過去？」

路鳴彷彿被她嚇了一跳，身子抖了一下才回過神來，結結巴巴回道：「我……我在想這點心缺了什麼沒有……第一次為太子做點心，我怕做得不好。」

趙真聞言點點頭，這倒也是，她不覺得皇帝和太子有什麼，但是對於路鳴這種平民百姓來說，面對皇帝和太子總要忐忑一些。

她伸手拿了塊點心放在口中嚐了嚐，片刻後點頭道：「很好吃，沒少什麼，太子不挑食，端過去吧，那孩子都等急了。」說完自己伸手去端。

路鳴有些心不在焉的，瞧見她端點心才回過神，忙伸手接過去，道：「我端。」

趙真也沒攔他，就讓他端了。

出了小廚房，趙真走在前面，路鳴跟在後面，謙恭而卑微。走著走著，趙真似是想到了什麼，慢下腳步與他並肩，「起初我還不知道，聽縣主提起才知道你做的那些菜都是好些酒樓裡有名的招牌菜，你怎麼學會的？」

還在出神的路鳴聞言回了神，答道：「很多菜我嚐過一次，回來研究一番便會做了。」

趙真有點驚異：「你這是個厲害的本事！我雖不會做菜，卻也知道不是所有人都能嚐一次就會做的。你在我身邊未免有些屈才了，不如回酒樓裡管事去吧，若是怕搶了你兄長的事情，我在臨安城再開一間酒樓，你過去替我管著。」

臨安城比鄴京城，也是個繁華的小城。

路鳴聞言沒開心，反倒是眸子越來越黯淡了，垂下眼簾道：「小姐，我這不是什麼過人的

本事，我兩個兄長都能辦得到，在小姐身邊我不覺得屈才，請小姐不要趕我走……」他早就看出了小姐和那個面具公子不一般，方才還看到兩人親熱，他就趕緊躲回了小廚房假裝沒看見，卻不想小姐還是要趕他走……

趙真聽他這麼說，皺起眉頭，「我哪裡是要趕你走了？我是覺得你在我身邊做個飯、弄個點心什麼的太屈才了，想替你謀個好的出路。」說著她頓了頓，嘆氣道：「我知道我祖父叫你來的時候是告訴你讓你當上門女婿的，但其實我沒有想成家的心思。我很欣賞你，希望你能有所成，而不是屈居於我這小小的院中。」

雖然趙真覺得路鳴挺好的，但在她眼裡始終也是個孩子，起初因著他做的東西好吃，存了私心留下他，但越覺得他好，便越不能耽誤他。男子漢大丈夫，總要有自己的一番作為才是，哪裡能一直在她身邊當下人過活？

路鳴不知道她是真心還是想哄他走，可他不想走，「小姐，我知道妳對我沒那種心思，我也不敢對小姐奢求，只是請小姐不要趕我走，我家的男人代代做伙夫，我爹一直希望我能另有所成，讓我遊學四方，好好讀書。只是我沒出息，頭一年的科舉沒考上，讓父親失望了。」

他說著抬起頭，看向她的眼睛道：「其實我留在小姐身邊是有自己的私心的，我知道小姐本事大，見多識廣，我若是能跟在小姐身邊便能學到本事，早晚也能出人頭地，請小姐給我一次機會……」

他這麼一說，趙真倒是鬆了口氣，道：「原來是這樣啊……那行吧，正好你現在也在軍營裡，閒餘的時間也多，我和大將軍說說，允許你在旁邊跟著一起操練、學學本事，若有什麼不懂的，或是有什麼難處便來找我。」

路鳴聽她把他留下，還允他一起操練，頓時喜上眉梢，跪地道：「多謝小姐成全！」

趙真扶他起來，「客氣什麼，快起來吧，別把點心弄掉了，太子那邊還等著呢。」

※◎※　※◎※　※◎※

陳序是遺傳到了趙真愛吃甜食這個毛病，吃了幾塊路鳴做的點心便愛上了，陳勍要帶他回宮的時候更捨不得走了，抱著趙真的大腿說什麼都不回去。

陳勍看著突然開始不聽話的兒子，怒斥一聲：「序兒，不得胡鬧！」

陳序的小身子被嚇得抖了一下，抱著趙真大腿的小手更緊了。

趙真察覺到孫子的害怕，暗地裡瞪了兒子一眼：凶什麼凶？都嚇到我的小心肝了！

不知道是不是錯覺，陳勍感覺自己被趙瑾瞪了一眼，但他卻不感覺生氣，反而還有點讓他雙腿發虛的感覺。

趙真彎腰抱起陳序，小聲安慰他道：「殿下，先乖乖回宮去好不好？你不回去，你的母后該想你想得哭鼻子了，你忍心母后哭鼻子嗎？表姑保證過幾天就進宮看你，帶更好吃的點心給你吃，還帶新的九連環給你好不好？」

陳序聞言可憐巴巴揪著趙真袖子，「表姑真的會來嗎？不會又不來看我了吧？」

趙真愛憐的親了他一口，「不騙你，一定去看你，但你要是不聽話，惹你父皇不高興，表姑便不去了。」

陳序委委屈屈的點頭，「我聽話，我和父皇回宮去……」說完蹬了蹬小短腿，讓趙真放他

下來，他自己乖乖去找父皇，牽著父皇的手指頭乖巧道：「父皇不氣，序兒跟父皇回宮。」

陳勍摸了摸兒子的頭，抬頭看向趙瑾，她端莊秀麗的站在那裡，臉上帶著寵溺的笑意，陽光灑下，好似為她披了一身金色的外衫，他竟也覺得她越看越像自己的母后了。

她真是個福星，不僅治好外祖父的相思病，連帶著他兒子也好了，頓時對她多了些好感。

陳勍解下腰上的玉牌遞給她，「瑾兒，有此令牌妳便可自由出入宮中，閒下來的時候多到中宮走動走動，皇后獨居後宮，太子也還沒有兄弟姐妹，甚是孤單，太子喜歡妳，妳便多陪陪他，皇后見了妳也會高興的。」

趙真聞言自是不客氣的收下了，自己兒子給的，有什麼不能收的？

可旁人見了神情卻很微妙，皇帝明顯是喜歡這個表妹，但是是哪種喜歡就令人深思了。雖說趙瑾現下的身分是皇帝的表妹，但皇帝若是想納表妹為妃也沒什麼不可以的，一個未出閣的姑娘，常去後宮走動，說不定什麼時候就留在後宮伺候了……

就連身為親爹的陳昭，都開始用懷疑的目光看自己的親兒子了，這小子戀母也不是一天、兩天了，小時候就見他一天到晚在他母后面前耍寶，長大了仍然喜歡躲到他母后那裡去，讓他和年輕了的趙真相處，可是件危險的事情。

第十章 無論在哪，記得敲門再進

皇帝和太子走了，付家兄妹卻留在國公府過夜了。

趙真看著她這外孫子和外孫女很是不解，不是她嫌棄他們，只是覺得他們兩個都三天沒回公主府了，難道不該回去陪伴父親、母親嗎？留在國公府算怎麼回事啊？

這事其實很簡單，付允珩是沒有辦法，外祖父吩咐了，今晚要留在國公府過夜，他有事要和外祖母談。而付凝萱的想法更簡單，她不想回公主府陪母親做女紅，能出來野，她才不回去聽母親嘮叨呢。

陳昭走到趙真身旁，一本正經道：「趙小姐，今日答策的題目，後日肖博士要抽查，不如我現下替趙小姐講解一番吧。」而後他又看向付允珩，「世子的課業我也很多日沒檢查了，拿著公主府的俸祿我也不敢懈怠，世子欠下的也要補上。」最後他看向付凝萱：「縣主……」

付凝萱沒等他說完，立刻湊到沈桀身旁道：「我想和沈大將軍學刀法！聽聞沈大將軍的刀法深得外祖母真傳，我仰慕已久，今日有機會一定要和沈大將軍學學！請大將軍成全！」說完抓著沈桀的胳膊，一臉期盼的看著他。

沈桀聞言，不動聲色的看了眼趙真。趙真看向外孫女，便見外孫女瞥了陳昭一眼，怕是因為撞見陳昭和她親熱的事情在生氣呢，所以才不願意纏著陳昭唸書了。

哎，這也不能怪他們，誰讓外孫女喜歡錯了人呢？

趙真對沈桀點了下頭，意思是：隨她去吧。

沈桀就算心中不願，但因著是長姐的外孫女也要陪著她玩，「縣主客氣了，縣主是太后娘娘的外孫女，想學又何須什麼成全不成全的。」

付凝萱一下子高興了，「我知道國公府裡有校場，小時候最是喜歡在國公府裡的校場玩耍了，大將軍到校場裡教我吧～」說完特別不客氣的要拉著沈桀走。

沈桀臨走前吩咐沈明洲道：「明洲，你書唸得一向不好，陳助教難得在府裡，你要多向陳助教請教請教。」

沈明洲自是明白父親話裡的意思，點頭應下：「孩兒會好好請教陳助教的。」

他們父子一唱一和，陳昭則氣定神閒的拆臺道：「大將軍這話可是說錯了，沈公子斐然成章，答策答得十分漂亮。這次答策共只有兩個甲等，沈公子便是其中一個，若是這還算唸書唸得不好，以陳某的資質倒是配不上教導沈公子了。」

說罷，他又看向付凝萱，道：「縣主，據我所知，先太后所練刀法之精髓在於刀要重，揮舞起來要有千斤壓頂之勢，怕是不適合羸弱的縣主。但縣主也不要失望，我聽聞沈公子劍法了得，縣主倒是可以向沈公子學習學習，便也不虛此行。」

不知道陳昭的話戳中了付凝萱哪裡，她一聽立刻纏上了沈明洲：「既然如此我要向沈公子學劍法，我瞧過沈公子練劍，確實厲害！請沈公子指教！」不管學什麼，她才不要和陳助教唸書去呢，之前不小心上了他的賊船，兄長每日在府裡苦讀的時候，她也要過去跟著苦讀，可是鬱悶死了。

沈明洲莫名其妙的就被縣主纏上了，一時間有些發愣。

趙真也是搞不明白她這個外孫女怎麼一會兒一個主意呢？不過這樣也好，她挺喜歡明洲這孩子的，明洲模樣也俊俏，若是兩個孩子多多相處，能讓外孫女的心思轉嫁到明洲身上，倒是件喜事了。

趙真衝沈桀使了個眼色，沈桀面不改色的握緊了袖下的雙手，明明知道陳昭是為了支開他

們父子倆，他卻偏偏無計可施。掃了陳昭一眼，他對沈明洲道：「明洲，難得縣主抬舉你，你好好教縣主練劍吧。」

沈明洲還能說什麼呢？只能應下了。

趙真帶著陳昭和付允珩回了自己院中的書房，他們三個人一起，其中一個還是趙真的表外甥，而陳昭現在是趙真名正言順的助教，旁人也不敢多說什麼。

進了書房，趙真便大剌剌的坐在椅子上，皺眉道：「為什麼那肖博士還要抽查呢？有什麼可查的？」

肖博士確實是要抽查，只是由陳昭代為抽查，還誰還不是陳昭說了算？他是知道他不這麼說，趙真不會老實的跟他唸書，才哄騙她的。

「肖博士的性子便是這樣，行事嚴謹。」陳昭卸下臉上的面具，走到趙真身旁磨墨，「妳也不用著急，我替妳答的那份答策本就是資質平平，就算問妳也不會問得太刁鑽，我今日替妳解釋一番，妳便明白了。」

站在門口沒敢往裡走的付允珩特別有眼力，道：「那個……我就不打擾外祖父外祖母唸書了，我自己到院中看書去……」說完人就要離開。

陳昭聞聲抬眸看向他，攔道：「誰讓你走了？你當我叫你來是為了讓你當陪襯的？我這幾日不管你，你背書都懈怠了，站那，將我讓你背下來的文章背一遍。」說完展開一張紙，開始默寫答策的題和文章。

付允珩一臉苦大仇深，怎麼還真抽查他的課業啊？說好的外祖父有話和外祖母說呢？他來這不就是為了掩人耳目的嗎？這和說好的不一樣啊！

付允珩站到陳昭指的地方，顫顫巍巍的背還不怎麼熟的文章，生怕背不好受罰。

趙真聽著外孫結結巴巴的背書聲也感到有點新奇，她還以為陳昭是尋摸機會想和她單獨說話呢，把外孫叫來不過是為了掩人耳目，沒想到他竟還真的要檢查外孫的課業啊，倒是她自作多情了。

趙真正打量陳昭，陳昭突地轉過頭來對她道：「那奶糕我尋了好多人，皆無人會做，我自個兒做不出來，回了軍營打算找路鳴去學。那路鳴是妳的人，我想和他學總要先知會妳一聲，免得妳誤會我欺負妳房裡的人。」說完不動聲色的看著她，等她做何反應。

趙真一聽皺起眉毛，當著外孫的面他胡說八道什麼呢！什麼她房裡人？他這麼說，外孫該怎麼想她啊，一把年紀了和小輩亂來？

趙真臉色漲紅起來，斥道：「你想學我不管你，可你胡說八道就不對了！路鳴什麼時候是我房裡人了？他不過是我故人之子，我看他就是看個孩子，可沒什麼亂七八糟的心思，你少以小人之心度君子之腹。」

一旁背書的付允珩聽見外祖母語氣不善，似是要和外祖父翻臉的樣子，聲音一頓，縮了縮脖子，恨不得捂上耳朵不聽他們說話。

陳昭聞言，唇角微挑，一副似是才察覺到自己用詞不當的樣子，向她賠不是道：「是我說岔了，我本是想說他是妳院中的人，沒別的意思。既然妳不反對，我便去找他學了。」說完還不忘提醒外孫：「你繼續背，停下做什麼？」

付允珩苦著臉繼續背，心裡哀號：我這是招誰惹誰了？得受這個苦！

趙真聞言倒是消了些氣，睨他一眼道：「你還真學啊，學那東西有何用？」

陳昭低頭繼續寫，笑道：「修身養性吧，我這人妳也知道，越學不會的東西越想鑽研。」

趙真癟了下嘴沒說話，反正她這次才不會自作多情呢。

趙真看著陳昭寫字，突地想起路鳴今日和她講的話了，她拉了拉陳昭衣服道：「哎，你也別白學人家手藝，路鳴想考科舉，但身邊沒人教導他，你學了人家手藝，也教導一下人家的課業，不算你白占便宜，那孩子我瞧著是個挺聰明的孩子，可惜無人教導他。」

陳昭筆鋒一頓，片刻後嗤了一聲：「真看出路鳴是妳院中的人了，不過是教一道點心，便讓太上皇為他單獨授課，真是抬舉他。」

一個路鳴而已，國公府還請不起一位先生嗎？讓他教？真是夠看重路鳴的。看來這路鳴近些日子頗得趙真的心意，都能讓她時刻想著替他從他這裡掙好處了。

趙真聽完不樂意了，「你少看不起人，你看不起人家就別跟人家學啊！你教了那麼多人，還怕多他一個啊？」心想陳昭這人怎麼變得這麼小氣了，他以前教軍中的白丁不是挺平易近人的嗎？當了皇帝人就傲了？

呵，瞧瞧她這護犢子的語氣，是把路鳴當她自己人，把他當外人了吧？這混女人到底還記不記得誰才是她名正言順的夫君了？他不過是挖苦一句，瞧她氣得，搞不清楚親疏遠近。

陳昭不悅道：「妳的人我怎麼敢看不起？我還怕他看不上我教他呢。」他可沒忽視路鳴看他時若有若無的敵意。

趙真聞言眉頭一擰，「陳昭，你什麼意思啊？說話夾槍帶棒的，你要是覺得我這要求過分了，你不答應便是，我也沒求著你！」

付允珩一聽勢頭不對，背書的聲音越來越弱，偷偷摸摸往門口挪步子。

陳昭擱下筆道：「我沒什麼意思，妳沒必要這麼著急上火的，妳我夫妻多年，何必為了個外人這麼爭來吵去？」說完他話鋒一轉，衝著付允珩斥責道，「你方才沒吃飽飯嗎？背個書和蚊子嗡嗡一樣，你想挪哪去啊？」

付允珩身子一抖，不敢動了：好可怕，我要回家！

趙真見他把氣撒在外孫身上，拍案而起，「你有氣別撒在外孫身上！和我說！」

陳昭吸了一口氣，盡量心平氣和道：「我沒拿允珩撒氣，我這是教育他，妳看他背個文章背得磕磕絆絆的，將來如何成就大事？妳以前便總是要慣著他，慣得他半點不知刻苦認真，成日裡無所事事。」

付允珩心裡苦啊：我明明每天都刻苦練武呢！讀書實在是不喜歡啊！

趙真知道外孫為何不唸書，不過是和她一樣喜歡武不喜歡文，到了陳昭這個讀書人嘴裡，他們這些不喜歡文的都成了不刻苦了！簡直可笑！

「虧你還是皇帝，不懂人各有志嗎？誰說只有讀書才能成大事？我也沒讀多少書，照樣給你陳家打天下！虧你之前說話好聽，骨子裡還是嫌棄我沒讀多少書，花言巧語，口腹蜜劍！」

陳昭真是服了她翻舊帳、顛倒黑白的本事了，無奈道：「我不是這個意思，現在和妳那時候哪裡還一樣？軍功難掙，朝中文武雙全之士又比比皆是，人人削尖了腦袋往上爬，就算允珩是皇親國戚又如何？他若只是憑個人喜好行事，將來朝政上處處被人壓上一頭，難以服眾，如何在朝中立足？他是世子，將來要承襲明夏侯的封號，身上肩負著光耀整個家族的重擔！這是男兒該承擔的責任，不是不喜歡或是不願意便能逃避的！」

本來就想著怎麼逃出去的付允珩此刻如醐醍灌頂，他是明夏侯世子，將來明夏侯府的門面要靠他撐起來，他肩負著整個家族的興衰大任，少時還能肆意妄為，如今長大了確實應該多為父親母親分憂了。

付允珩跪下身道：「外祖父、外祖母，你們不要吵了，是允珩不懂事，以後允珩會刻苦認真的。」

陳昭看了眼不說話的趙真，嘆了口氣，轉身從書架上取了一本書遞給他，「起來吧，你先出去看書，我和你外祖母還有話說。」

付允珩雙手接過，站了起來，臨走時小心翼翼對趙真道：「外祖母，您別生氣了，有話和外祖父好好說……」

趙真聞言抬眸看他一眼，擺了擺手，「不用你擔心，好好看你的書去吧。」

付允珩這才退了出去。

付允珩一走，屋中變得極其的靜。

趙真雙手環胸，靠在椅子上盯著陳昭，「來啊，繼續教訓我啊。」把孫子支走了不就是為了繼續教訓她嗎？那她洗耳恭聽。

陳昭看著她，百般無奈的嘆了口氣，沒有說話，而是默不作聲的取了一張新紙，提起毛筆蘸了蘸墨，在新紙上寫下兩個成語，「妳方才用了兩個成語，『花言巧語』和『口蜜腹劍』，兩個成語的意思都用錯了。一個唸錯了，妳把『口蜜腹劍』唸成了『口腹蜜劍』。」

等著陳昭長篇大論講倫理道德的趙真此刻的表情很精采，她耳朵沒問題吧？陳昭現在是在糾正她用詞不當嗎？

陳昭指著墨跡還未乾的字繼續道：「這『花言巧語』指的是用鋪張修飾、內容空泛的辭藻去誇大讚美一個人，以騙取他的歡心和信任，我從未對妳這樣過；而『口蜜腹劍』指的是嘴上說得甜美動聽，內心卻懷著害人的惡毒心思，同樣，我也未對妳這樣過。」

趙真聽著他的話，一時緩不過神來，愣愣的看著他，他不是單純的在替她解釋成語的意思吧？一定是在利用她用詞不當的這件事來諷刺她讀書讀不好對不對？

陳昭放下毛筆，搬了椅子坐她對面，娓娓道來：「錯誤的用詞，會使妳在與人爭辯的時候削弱自身的氣勢。早朝是什麼樣子妳也見過，群臣之間的鬥爭都是靠脣槍舌戰，沒有一言不合便刀劍相向之說。妳想想，若是兩個大臣正脣槍舌戰之時，其中一人用錯了詞，不僅僅是貽笑大方的問題，而且還會在氣勢上首先輸給了對方。所以我常說，讀書從不是讀死書，而是將來能夠學以致用。」

趙真聽完，鈍了的腦子好像終於活化了一些，「你講這個是想跟我說，讀好書並不只是為了做學問，而且將來和人吵嘴架的時候也能占優勢嗎？」

陳昭點頭道：「也可以這麼理解。但我和妳說這些，主要還是想告訴妳，妳將這些不恰當的成語強加在我身上，對我來講是一種不公平的對待。」

他頓了一下，繼續道：「之前我們說好了當彼此是親人，可因為我方才對妳言辭的反駁，妳便把我放到了對立面上，而和妳相處不過幾天的路鳴，因為對妳的順從和依附，使妳將他視為弱者，我就成了欺負他的惡人，但事實上我什麼都沒做，一切都是妳對我內心的揣測。妳認為我壞，我就成了壞人，連辯解都成了『口蜜腹劍』，妳覺得這對我公平嗎？」

在才華這事上，趙真是真的服氣陳昭，他現在就在身體力行為她展示讀書的力量，這讀書

多確實是有用，看看這話說得，趙真都覺得自己對他太過分了，半點想不起來剛才是怎麼和他吵起來的了，好像她對他是有些惡意的揣測，可憐的他其實什麼都沒做。

趙真擺擺手道：「算了，我不和你吵了，路鳴那裡你願意教便教，不願意教就算了，我本身也沒有立場為你或者為他做主。」

陳昭知道她的氣焰被成功的壓下去了，笑著道：「不，算是承了妳的情，我會教他的，但他若是不願意，我也不會強求。」

趙真奇怪的看他一眼，路鳴怎麼會不願意呢？雖然他不知道陳昭是太上皇，但陳昭可是神龍衛名副其實的助教，肖博士欽點的，他那麼虛心好學，肯定高興還來不及呢。

陳昭瞧著她不解的神情也沒多說，好不容易恢復了和諧的氣氛，他不想又壞了，便開始專心教她答策的題目。

趙真好像有些洗心革面了，這次聽得格外認真，沒一會兒就學完了。

教完了她，陳昭也不想走，放下毛筆四處看了看道：「這書房倒是沒什麼變化，擺設都和從前一模一樣。」

趙真翻著陳昭寫的手稿複習，隨意回道：「能有什麼變化？這書房本就是你用，我又來不了幾趟。」

是啊，這書房裡的書大都是他買來的，掛的字畫也是他挑的，唯有一個小架子上擺的是趙真的書，都是些遊記和話本。從前他陪她回娘家的時候，他看書，她便躺在塌上看話本，兩人雖不說話，但聽著她那邊時不時發出的笑聲，他卻覺得比什麼都滿足。

陳昭手指觸在琳琅滿目的書籍上，對趙真道：「明夏侯府書不全，我挑幾本帶走可好？」

趙真無所謂的點點頭，「拿啊，反正都是你的。」

話音落下，屋中便安靜了，趙真翻了一會兒手稿，然後抬頭看向陳昭。他站在書架前，長身玉立，修長素白的手指翻著一本不知道是什麼的書，絕色的面容不苟言笑，雙脣輕抿，滿滿是禁慾出塵的氣息。

陳昭這個男人，很多時候都美得想讓人侵犯。

趙真裝模作樣去了自己的小書架前，隨手抽了本書翻看，偷瞄著不遠處的陳昭。

陳昭似是察覺到了她的目光，轉頭看了過去，趙真趕忙收回視線，把手裡的書放回去換了一本，還裝模作樣的翻開看，可這一看不得了，這不是她早年藏的私貨嗎？

趙真買書向來不買正經書，連避火圖都買過幾本，怕被陳昭發現，就偷偷換了書皮參雜在一堆陳昭不看的話本裡面，後來自己都忘了看。

她憑著記憶翻了一番，竟被她找出三本來，背對著陳昭偷腥似的看著上面露骨的描繪，漸漸的臉都熱了起來。她不禁看向陳昭，他眉心輕皺，似乎遇到了什麼難題，手指在書本上有以下沒一下的敲著，專注而……誘人。

趙真捧著書湊過去，將手裡的書蓋在他手裡拿的書上，「之前跟你說的，長長姿勢。」

陳昭聞言不解的看向她，她是在說長長知識嗎？什麼書啊還讓他長知識？

他看了一眼書名——《月陽河遊記》？

「這本我看過了，講的不過是些風土人情，沒什麼可看的。」

趙真神秘兮兮道：「你看的那本和我這本不一樣。」

陳昭總覺得她這表情有「隱情」，半是疑惑半是小心的翻開了一頁，只看一眼，白皙的面

容便漲紅起來，眼睛瞬間瞪大了，忙合上道：「妳哪來的這種東西！」

趙真瞧著他這純情的樣子笑得前仰後合，「什麼叫這種東西啊，你敢做還不敢看嗎？送你了，拿回去好好學學，下次可別叫我失望了。」

陳昭登時氣得牙癢癢：趙真！妳竟還真準備了這種書給我看！到底是對我有多不滿？

陳昭再儒雅也是個血氣方剛的男人，被自己的妻子如此貶低那方面的能力，實在是不服，他將書扔在桌上，不屑道：「我用不著看這些！」

趙真咂咂嘴，從桌上撈了一本翻開，將陳昭推在椅子上，一隻腳霸氣的踩到椅座上，將他困在自己和椅子之間，把書舉在他眼前強制他看，「那你看這個動作你會嗎？這個呢？還有這個？你懂這個姿勢叫什麼嗎？我告訴你哦，它叫……」

陳昭看著書上一個個露骨的動作，早就滿面赤紅了，再看下去他都要沒臉見人了，突地抱住趙真的脖子，吻上了她，把她那些挑逗的話語堵在嘴裡。

起初趙真愣了一下，很快便偷笑起來：這可是你主動獻身的哦～

陳昭壓著趙真的腰，讓她對坐在自己腿上，繼而摟得緊緊的，像是要把她融進骨血裡。

趙真輕喘一聲推了推他，媚眼如絲道：「學以致用的速度夠快，這招叫觀音坐蓮……」

陳昭眸中火光一閃，重新壓上她那張口無遮攔的嘴，吻得專注而火熱，怕是不多時便可兵戎相見了。

偏偏這個時候，付允珩腳步匆匆闖了進來，急道：「外祖父！外祖母！萱萱她……啊！」

他趕緊背過身去：瞎了！瞎了！我的眼睛要瞎了！

陳昭聽見孫子進來立刻消火，忙推開趙真替她拉好衣服，站起身厲色道：「你說什麼！」

這聲音大到不知道是氣的還是急的。

付允珩顫顫巍巍道：「剛才下人過來說……說萱萱受了傷，正哭呢……」

趙真一聽也顧不上丟人了，穿好衣服走到外孫面前道：「怎麼回事啊？怎麼受傷了？」

付允珩想到剛才火辣辣的一幕就不敢看外祖母和外祖父，目光躲閃道：「我……我也不知道，我也是剛才聽說的……」

趙真聽完忙大步跑去校場了。

陳昭理好衣服走到外孫面前停住，付允珩心口一跳，縮了縮腦袋，生怕挨揍。

陳昭沒打他，只是在他頭上用力的揉了揉，「無論在哪，下次記得敲門再進。方才的事情就當沒看到，懂不懂？」就算心中丟人丟得厲害，表面上還是要威嚴。

付允珩連忙點頭，「我什麼也沒看到！瞎了！」

※◎※　※◎※　※◎※

其實付凝萱那邊沒什麼事情，不過是她和沈明洲練招的時候不小心被絆倒了，掌心被碎石劃出一道口子，也就是指甲蓋那麼長，還不深，但對於自小沒受過什麼傷的付凝萱可要命了，漂亮的小臉哭得鼻涕眼淚的。

趙真安慰她都嫌浪費口水，還是陳昭來了之後和她講幾句話才不哭了。

隔天一早，早飯都沒吃付凝萱就回公主府去了，急著用她那玉肌膏補救呢。他們這一走，趙真總算是清靜了。

不過也就清靜一天而已，她又回了神龍衛，再看外孫女那手，像是受了斷掌的重傷一樣，被紗布裹了一層又一層，宛若熊掌。

趙真咂咂嘴：「至於嗎？不就是道口子嗎？」

付凝萱聞言尖叫道：「不就是道口子？就這一道口子，若是好不了，我就不是完美無瑕的付凝萱了！嚶嚶嚶！」

趙真實在是沒法留在這裡聽外孫女為了一道小傷口悲秋傷春了，道：「我去陳助教那裡讀書了，妳去嗎？」

付凝萱聞言氣鼓鼓道：「不去！妳愛去妳去！」說完背過身去，為她那幾乎要看不見的傷口上藥。

趙真無奈搖了搖頭，動身往陳昭那裡走去，路上有那麼點心猿意馬，也不知道他有沒有好好看她送的書。

到了陳昭帳前，趙真照樣掀了門帳就進，正要說話，瞧見帳中的人不是陳昭，竟是一臉木然的魏雲軒。

「你怎麼在這啊？」

魏雲軒看見她，仍是一臉木然的樣子，本來好好的一張俊臉都沒點靈氣，「等陳助教。」

趙真四處看了看，奇怪道：「他不在嗎？去哪了？」這個時辰陳昭去哪了，平日裡不都等著她過來唸書的嗎？

魏雲軒搖搖頭，「不知道，我在等。」

趙真掃了魏雲軒一眼坐下，她原以為陳昭這裡要門可羅雀了，卻不想還有個認真的孩子。

左右閒著無聊，趙真開口問了魏雲軒幾句話，魏雲軒雖每句都答，但總讓人感覺清冷且疏離，她便也不說話了，兩人就坐在這裡枯等。

也不知過了多久，悶葫蘆似的魏雲軒突地對她道：「上次比試妳未盡全力，不如現下和我重新比試一番吧。」

趙真想著閒著也是閒著，便點頭站了起來，「行，我先回去拿刀，一會兒校場見。」

魏雲軒也站起來，拱手道：「校場見。」

趙真回到自己帳中的時候，付凝萱剛把她的手纏成熊掌，見趙真回來拿刀，問道：「妳幹什麼去啊？莫不是要砍了陳助教吧？」

——嘖，還挺關心妳外祖父的嘛。

趙真回道：「我砍他幹嘛？我和魏雲軒約了重新比試，到校場跟他比試去。」

本來還有閒情逸致綁蝴蝶結的付凝萱突地站了起來，驚叫道：「妳又和雲軒哥哥比試！」

趙真見外孫女反應這般厲害，覺得有些奇怪，「怎麼了？是魏雲軒要和我比的。」

付凝萱聞言立刻大聲道：「我也去！」

趙真也沒多想，就當外孫女要去看熱鬧，無所謂的聳聳肩，將自己的刀拿起來，「走啊。」

付凝萱迅速站起身，但不是和她走，而是攔道：「等我一下下！」說完她拿出自己的帕子用白開水把帕子浸溼，照著鏡子仔仔細細擦了擦臉，而後又拿出胭脂和唇脂塗了塗，又把髮髻散下來重新梳。

蘭花在一旁好奇的看著，問道：「這是啥啊？縣主抹上真好看。」

而趙真看著外孫女這一通梳妝打扮，疑惑的皺起了眉頭，「妳幹什麼呢？出去一趟還要塗脂抹粉的。」

不知道是胭脂的原因還是付凝萱自己的原因，她白皙的臉蛋此時泛著紅暈，大眼睛一瞥，嘟起嘴道：「妳們懂什麼啊？作為女子時時刻刻都要保持最完美的姿態。妳看妳們兩個，一天到晚不修邊幅，洗個臉就是和水碰一下，活得比男人還粗糙，以後會變醜的！」

蘭花聞言趕緊捂住自己的臉，「真的嗎？那以後縣主做啥我就做啥！」

付凝萱讚賞的看她一眼，「這就對了。」而後又瞄了眼趙真，心虛似的迅速別開眼睛，挑出花簪插在頭上，繼而去櫃中翻了身裙子出來。

趙真見她還要換衣服，有點不耐煩道：「妳還去不去了？」

付凝萱趕忙道：「去去去！妳再等我一下嘛！回來我教妳梳妝打扮的密技！保妳也能上京城美人榜～」

趙真聽說過那個什麼京城美人榜，據說她外孫女是第一，可她對這個一點也不感興趣。她不需要自己美，她的男人美就行。

等付凝萱收拾好一切，趙真看著外孫女傾世的美貌都呆了呆，她打扮自己的能力不得不讓人服氣，是比剛才又好看了幾分，她倒是把她從陳昭那裡繼承來的美貌發揮得淋漓盡致，趙真不禁想，陳昭若是個女子，該就是外孫女這般模樣吧？

付凝萱親親熱熱的搭上她的手臂，「走啦～」

趙真斂了思緒，問了句蘭花去不去，蘭花搖搖頭，她便和外孫女一起出了軍帳。

等她們到校場的時候，魏雲軒抱著劍立在那裡，似乎是等了一會兒了。

趙真有些不好意思道：「抱歉，有些事情耽擱了，讓你久等了。」

魏雲軒倒是臉上沒什麼不耐煩的表情，仍是那一成不變的木然，道：「無妨。」而後又看向付凝萱。

付凝萱見他看她，挺了挺胸膛，揚起自己那張出眾的小臉。

魏雲軒臉上沒有尋常男子見了她以後會有的驚豔，淡淡道：「縣主。」

付凝萱有點不高興的癟了下嘴，從鼻子裡哼了一聲。

旁邊的趙真轉頭看了她一眼：妳哼什麼？之前不還「雲軒哥哥必勝」，怎麼現在一副討厭魏雲軒的樣子了？

魏雲軒沒在付凝萱身上多停留，抽了劍對趙真道：「趙小姐，請。」

趙真聞聲回過了神，抽出自己的刀，把刀鞘扔給外孫女拿著，對魏雲軒道：「請。」

魏雲軒此人也是獨特得很，一般第一次和趙真過招的男人，都會因為她是女子而刻意降低自己的實力，發現她不容小視後才會全力以赴，可她和魏雲軒第一次過招的時候不是這樣，他的眼神和招式，都可以證明他不是把她當女子看待，而是當真正的對手。

旁人都覺得好男不和女鬥便是對女子的善意與尊重，可是對趙真來說，魏雲軒這樣才是對她的尊重，因而她也全力以赴，全然不當這是個比自己小了三十來歲的小輩。

值得欣慰的是，魏雲軒也值得她這般對待。頭一次見面時，因為他的相貌讓趙真忽略了他的能力，現下看來他確實是這三十人裡最出眾的一個，明明可以靠臉卻偏偏要靠才華的那種。

趙真也好久沒遇到有意思的對手了，變著招的試探魏雲軒的實力，兩人的對決如火如荼。

魏雲軒劍花武得極快，趙真揮著大刀抵擋，終於尋著空子一刀橫劈過去，魏雲軒手一翻用

劍擋住，只是趙真力氣極大，他被逼退了幾步，劍刃都要被逼到臉上了。

突地一條鞭子橫掃過來，纏住了趙真的刀，趙真目光一凜，一使力就把鞭子拖了過來，連帶揮鞭的付凝萱都被她拽著向前幾步差點摔倒。

等付凝萱站直了身子，沒理會自己被奪去的鞭子，匆匆忙忙跑過來看魏雲軒的臉，「雲軒哥哥，你沒事吧？」

魏雲軒退了幾步避開她，木然的臉上似乎多了幾分不悅出來，「我沒事，縣主為何要中途打斷我們？」

趙真對外孫女此舉也很不悅，「萱萱，妳這是做什麼？」

付凝萱跺跺腳，有些急道：「劍都快劃到雲軒哥哥的臉了，我不阻攔，還要眼睜睜看著雲軒哥哥破相嗎？」

嘖，外孫女這麼說，好像她多不懂憐香惜玉一般，她怎麼可能傷了魏雲軒這張俊臉啊？

趙真道：「不過是比試，我自有分寸。」

付凝萱噘嘴道：「可是雲軒哥哥沒有分寸啊！他對自己可是狠著呢，每日練武弄得身上到處都是傷，半點都不知道心疼自己！」說完又向魏雲軒湊了湊，「雲軒哥哥，我知道你刻苦，但也不能這麼拚命吧？」說完掏出自己的帕子，抬手去替他擦汗。

魏雲軒躲開道：「多謝縣主關心，還望縣主下次不要打斷我們，刀劍無眼，若是下次傷到縣主便不好了。」相比付凝萱的親熱，他的態度可是冷淡多了。

付凝萱瞪著疏遠她的魏雲軒，有點恨鐵不成鋼。

趙真瞧著兩個小輩，恍惚間似乎明白了什麼，原來……

她突地揚聲道：「我累了，今日便到此為止吧。萱萱，回去了。」

付凝萱又跺了一下腳，瞪了眼魏雲軒，「不識好人心！」說罷，隨著趙真回軍帳去了。

回去的路上，趙真開門見山道：「萱萱，妳喜歡的人是魏雲軒吧？」

付凝萱聞言臉上一紅，死鴨子嘴硬道：「才沒有呢！妳哪隻眼睛看出我喜歡他了？不過是因為他是我爹的徒弟，我才關心他的！可妳看他，不識好人心！我才不喜歡他呢！」

小孩子終究是小孩子，藏不住情緒，趙真一看外孫女這個反應，便知她多半是喜歡魏雲軒的，繼續試探道：「哦，妳不喜歡就好，我挺喜歡他的。」

付凝萱一聽就急了：「妳！妳不能喜歡他！」

趙真裝出疑惑的樣子，「為何？」

付凝萱張張嘴，半天沒想出個理由來，最後道：「好吧，我承認……我是喜歡他……但妳千萬不能告訴他！」

趙真聞言點點頭，「我不會告訴他的，我其實也不喜歡他，妳忘了我和妳說過，我已經有男人了。」

付凝萱這才鬆了口氣，但也明白過來趙真剛才是在詐她，用小拳頭打了趙真一下：「妳好壞！居然騙我！不理妳了！」說罷自己氣呼呼的鑽進了帳裡。

趙真看著外孫女的背影，臉色突地一沉：好你個陳昭！又騙我！

趙真腳步一轉，往陳昭軍帳走去，手裡還提著她那把陳昭鑄的刀。

※◎※　※◎※　※◎※

陳昭此時正在伙房之中，與路鳴在一起。許是趙真提前打過招呼，他來學做奶糕，路鳴沒感到半點意外，什麼話也沒說便教了。這奶糕製作方法繁複，陳昭倒是沒想到自己會在路鳴這裡耽擱那麼久。奶糕烤製的時候，陳昭看了眼路鳴道：「我聽說胡蒙族的人喜歡用奶來製作糕點，不知道路公子是哪裡學的？竟會如此繁複的製作方法。」

看著火光的路鳴聞言，轉頭看他一眼，面色沉沉道：「我曾遊學之時到過北部邊疆，在那裡逗留過一段時間，也結識了幾個胡蒙族人，便學會了用奶製造吃食，創了這個奶糕。」

陳昭聞言點點頭，狀似無意道：「原來如此。我記得北疆現下是豫寧王在鎮守。豫寧王未去北疆時，北疆流寇肆虐，胡蒙族人與陳國人相交惡，許多人對北疆大都避之不及，而豫寧王去了之後不久便是一派欣欣向榮了，連胡蒙族的文化都傳進我們陳國，可見豫寧王的厲害。」

路鳴聞言瞳孔一震，將目光轉向火光，道：「豫寧王確實很厲害，我去北疆遊學之時，還結識了豫寧王世子，世子為人隨和，好交朋友，我在北疆之時承蒙世子照顧。」

豫寧王世子陳寅現今就在京中，陳昭前幾日發現路鳴竟與陳寅有來往。他到路鳴這裡學奶糕，不過是原因之一罷了，更多的是他想親自會會這個才貌不揚卻頗得趙真歡心的路鳴，畢竟不是每個人都如外表看起來那麼簡單。

陳昭疑惑道：「哦？路公子有這般人脈，為何要屈居國公府做一個小小的下人呢？」

旁人說他是下人，路鳴不以為然，可眼前人這麼說，他便心生不悅了，語氣冷硬道：「明人面前不說暗話，陳助教應該知道為什麼才是。」

雖然兩人沒有正式的交鋒過，但對方懷的什麼心思，都早已心知肚明。

陳昭笑了笑，「路公子倒是坦誠，只不過你的心思，終究不過是一場空罷了。我今日來找你學奶糕，是你家小姐讓我以教你學問為交換，她是真心欣賞你，也單純的認為你跟著她是想出人頭地，路公子若是聽我一勸，便不要辜負她的一番好心。」

路鳴低著頭許久未說話，爐中柴火啪的一響，他才道：「我現今是國公府的人，自然一切以國公爺和小姐為重，反倒陳助教是外人，不該插手國公府的事才對。」

陳昭聞言，片刻後點點頭，反倒對他露出一個笑容，「言之有理，但我並不是插手，不過是善意的提醒罷了。」他也不多言，算了算時辰道：「依我之見，路公子是個聰明人，我便言止於此，叨擾的工夫夠久了，我改日再來。」說完也不等奶糕烤好，人便出去了。

路鳴望著他走遠，才鬆了袖中握緊的雙拳，手心中竟是一層薄汗。他到底是什麼人……

※◎※　※◎※　※◎※

此時天色已經暗淡，陳昭遠遠望去便見他的軍帳點著燈，心想：咦？趙真在等我嗎？我在桌上留了字條讓她今日不用唸書了，她該如獲大赦早就走了才是啊。

陳昭命暗衛守在遠處，自己掀了門帳進去，果然見趙真正坐在他案前，見他進來冷颼颼的目光射過來，明顯的風雨將至。

陳昭解了身上的披風掛上，又卸下面具走到案前，他寫的紙條掉在了地上，反扣著，怕是趙真沒有看到，他彎腰撿起來放到桌上，瞟了眼橫在桌案上的大刀，「一直等到現在嗎？我給妳留了字條，妳好像沒看到。」

趙真雙手環胸，目不轉睛的看著他，一言不發，讓陳昭不禁心虛了起來，她這是怎麼了？

陳昭搬了椅子過來，正要坐下，趙真呵斥了一聲：「你給我站著！」

陳昭抑制不住的心頭一顫，真沒敢坐下，愣愣的看著她道：「妳……怎麼了？我也不知道妳沒看到紙條……」

許是外面夜風寒冷，陳昭如白玉般精緻的面頰被吹紅了一些，白裡透粉，是少年人特有的美，桌上的燭光印在他睜大的眸子裡漂亮的像琉璃一般，這是一個看上去多麼絕色而又純淨的人，可內心卻如潑了墨似的黑，處處將她玩弄於股掌之中。

趙真眉心狠狠一皺，嘲諷道：「陳昭，愚弄我是不是很有意思？看著我因為你的謊言而輾轉反側是不是十分賞心悅目？你可真是能耐啊！你就是戲文裡長了一張天仙臉卻有顆蛇蠍心腸的人！」

陳昭隱約間知道趙真為什麼生氣了，面上仍是一臉的迷茫和不解，眉頭一皺反倒是露出委屈的模樣，「怎麼了？我怎麼愚弄妳了？妳把話說清楚。」

趙真冷冷一笑，看著他的眼神含著尖刀似的，「你怎麼愚弄我了？你說呢！騙我外孫女喜歡的人是你，還讓我和你逢場作戲，你懷的什麼心思啊！」

果然是這事被她發現了啊，倒是比他預想的快一些。但陳昭早就想好對策了，當即擺出一副大驚的表情，繼而有些怒氣衝衝道：「妳說話可要憑良心，我如何愚弄妳了？當初是妳跑來和我說外孫女喜歡我，害得我左右顧忌，還要想著法子應對，妳現在卻說是我愚弄妳？是不是黑白反正全憑妳一張嘴了！」

說完，仍是一副氣不順的樣子，他踹開椅子坐到了床上，憤憤道：「我算是明白了，不管我如何對妳示好，在妳心裡我就是個卑鄙小人，只要妳覺得我哪裡不好，我即便是跳進河裡都洗不清！」

趙真被陳昭突如其來的怒氣驚到了，不禁開始懷疑自己是不是又誤會他。她轉頭看向他，陳昭被氣紅了臉，雙唇緊抿微微發顫，長長的睫毛遮住了雙眸，模樣是說不出的隱忍和委屈，她心中的怒氣頓時煙消雲散了，反倒生出幾分愧疚來。

趙真想了想，站起身來走過去坐在他身旁，陳昭身子一扭挪開了些，一副耍脾氣的樣子。

趙真放柔聲音道：「你……你真的沒騙我？」

陳昭聽她的語氣便知道她已經氣消，當機立斷要乘勝追擊，負氣道：「就是我騙妳的行了吧！是我騙妳的妳心裡才能舒坦對不對？妳就當是騙妳的吧！」

趙真當然聽得出來他語氣中的負氣，皺了皺眉頭，他怎麼還耍小孩子脾氣了？都一把年紀了，讓他的臣子瞧見他這副模樣，他要不要臉面了？

趙真嘀咕道：「你有話能不能好好說啊？耍什麼脾氣啊……」

陳昭回過身來，瞪著她道：「妳方才有好好跟我說話了嗎？我一進來就讓我站著，對著我便是一頓冷嘲熱諷，妳讓我好好跟妳說話，可妳卻有跟我好好說話了嗎？」說著，他那雙漂亮的眸子裡溢出悲傷，看得趙真心頭不忍。

趙真動了動嘴唇，有點不知道怎麼安慰他，她剛才是有些衝昏了頭，又因為等得久了，滿腹的怒火，他一進來她就發了脾氣，沒有好好釐清一下思緒，可能真的是誤會了他……

陳昭瞧見了她眸子裡的動搖，又添了把火，有些悲慟道：「好，我承認，我想出那個主意確實是想藉故多接近妳一些，學奶糕也是為了討妳歡心，我還沒對妳死心。」

說著，他伸手遮住自己手背上的紅痕，看似是掩蓋，卻因動作太刻意被趙真看個滿眼，而後他又下定了決心一般，道：「但我現在是真的死心了，就算我對妳一片真心，在妳眼裡不過是我對妳的愚弄和不安好心罷了，我又何必這般苦苦相求呢？妳若是真的這般討厭我，我們以後還是不要往來了，我沒妳那麼狠的心，前一刻還能纏綿，轉頭便是路人，我裝不出像妳那麼不在意！」

說罷，他站起身來，背對她站著，少年郎的身形還是有些單薄的，此刻看起來異常的孤苦伶仃。

要是陳昭死不承認，繼續和她發脾氣，趙真可能就是以後少和他來往了，但是他現在承認了，又是這般被她傷了心的模樣，要和她一刀兩斷，趙真有點不知道拿他怎麼辦了。

其實她心裡還是因為陳昭之前在明月居說的話動搖了，加之最近見他見得多，又做了些親密之事，她的心思多多少少放在了他身上一些，沒有以前那麼怨恨和不願意見他了。要是以後真的不和他往來，她倒是覺得心裡空落落的。要不……就給一次和他重新來過的機會吧？左右他們現在也沒什麼太大的利益衝突，何必還像以前那般防備呢？

趙真打定主意之後，站起身從後面抱住他，感覺到陳昭身體微顫僵硬起來，心頭又軟了一下，哄道：「我錯了還不成嗎？是我覺得你模樣最出眾，便誤會外孫女喜歡你了，現在知道了不是你，便對你發脾氣，是我不好。」

這進展好像稍稍有些快了，陳昭有些不敢相信的轉過身來，「妳……妳這是……」

趙真瞧著他難以置信的樣子，仰頭對他一笑，「我覺著吧，我心裡還是有你的，捨不得和你一刀兩斷，別生氣了行不行？」說罷還親了他一下，又變成了從前那般不正經。

雖然這是陳昭想要的，可是來得太突然，總讓他覺得不踏實，狐疑道：「妳若是因為貪歡才捨不得我，還是算了，我和妳做那事從不是因為一時的慾望，是用了心的，妳要是想和我繼續，我以後不會對妳善罷甘休的……」

以趙真的性子這也不是不可能，她極有可能是因為他的容貌或者身體捨不得他，從前她那般反感他，床上的時候還能熱情似火的，這個女人很多時候都沒有心。

趙真埋怨的看他一眼，「瞧你這話說的……我是那般薄情寡義之人嗎？若是貪歡重慾，多的是男人供我消遣，何必和你糾纏不休呢？」

嘖，看她多好啊，曾經那麼多小鮮肉放在她眼前，她也不過是看看罷了，頂多摸下一手、碰一下臉，多規矩？

雖然趙真這話特別想讓陳昭狠狠打她手心一頓，但她現在總算是願意和他重新來過了，他便不能在此時和她吵。他攬上她的腰肢，有些受寵若驚道：「妳這話當真嗎？妳真的願意和我重新來過了？不是哄騙我的？」

陳昭這受寵若驚的表情成功取悅了趙真，趙真的手不安分的伸進他衣服裡，「騙你做甚？我也想明白了，我要是不覺得你好，怎麼會誤會外孫女喜歡你呢？當然是因為你在我心裡是極好的了……」

趙真慣會撩撥，即便陳昭已經有很多次經驗，還是被她幾下子撩撥了起來，擁著她滾到床上，貼著她的耳垂道：「妳這才是花言巧語呢……」

趙真壞壞一笑，反壓住他，在他身上肆虐，「那你愛聽嗎？」

陳昭的衣衫都被她扯開，她的指腹靈動而調皮，撩動他的心弦，白皙的肌膚都泛起紅來，

神情有些迷亂，「愛聽……」

趙真低頭含住他的脣瓣，含含糊糊道：「那你好好表現，表現得好我就說給你聽……」她輕柔的吻向下而去，呵著熱氣道：「我給你的書好好看了沒？」

雖然陳昭當時嘴上說得道貌岸然，但書拿回來他卻忍不住翻看了一番，就連夜裡做夢都在溫習，導致這幾日有點苦不堪言。其實對於他這種自制而內斂的人，一旦開始就會比常人更為渴望，越是壓抑越是期待爆發的那一天……

陳昭不說話，吸了一口氣，翻身壓住她，二話不說就開啃，和好幾天沒吃飯的小狗似的。

趙真被他鬧得癢，咯咯笑了起來：「別……你慢點……」

兩人正鬧得火熱，趙真突地神色一斂，推開有些難以自持的陳昭，開始穿起衣服，「別弄了，你外孫女婿來了。」

男人在這方面回神的速度總要比女人慢上一些，陳昭去擋趙真穿衣服的手，摟著她的腰不悅道：「什麼外孫女婿？」

趙真在他額頭彈了一下，扯開他的手，撿了他的衣服扔給他，「魏雲軒。」

話音剛落下，外面的魏雲軒高聲道：「陳助教，你回來了嗎？學生有問題請教。」

陳昭咬咬牙，有些苦不堪言的拾衣服穿上，「這個外孫女婿我不承認。」

軍帳外，魏雲軒木然著一張臉，在冷風裡等著陳助教叫他進去，心裡還納悶：明明還亮著燈，陳助教怎麼不理我？

※◎※　※◎※　※◎※

昨夜的好事被魏雲軒打斷，陳昭一天都無精打采的，熬到講學的時候終於來了精神，臨下課在趙真的桌子上敲了敲，和她遞了個眼神，自己先回軍帳去了，好好收拾擦洗了一番。

萬事俱備只欠東風，東風來敲門。陳昭笑吟吟的過去撩門帳，要親自迎她進來，可門帳打開，外面出現的卻是木然的魏雲軒。

魏雲軒見了他恭敬道：「陳助教，昨日的問題學生還有幾處不明白，特來請教。」

陳昭只想給他兩個字的回答：「滾開！」但他也就是心裡想想罷了，還是把魏雲軒迎了進來，替他溫書解惑。

過了一會兒，趙真來了，明顯也是洗漱過的樣子，一身清爽，神采飛揚，看見魏雲軒驚訝了一下，「你又在啊。」

魏雲軒看到她，也有一瞬的驚訝，原來趙小姐也這麼刻苦啊，昨天就在，今天又來了。

他很禮讓的從長凳中央挪到一邊，為趙真留出自己旁邊的位置，「是啊，趙小姐請坐。」

其實趙真看到他在就有點想走了，可是他這麼一讓，她也不好解釋自己不唸書是來做什麼的，便裝模作樣坐下。

陳昭看著對面並排而坐的兩人，是滿心的不悅，但只能硬著頭皮繼續講。

魏雲軒是真的刻苦好學，而且極其沒有眼力勁，直到趙真都忍不住走人了，他還坐在那裡孜孜不倦的討教，屁股上跟長了釘子似的一動不動。

翌日，魏雲軒繼續來找陳昭討教。一直到休假，陳昭都沒有機會和趙真單獨相處，現在見趙真要回國公府了，他總不能又把孫子攆過去賴在國公府裡，便主動湊上前道：「祿林山莊新建了一處溫泉，要不要一起去？」

趙真很遺憾的擺擺手，「今日去不了，我明日進宮看序兒去，若是回來得早，便去公主府找你。」她雖然心裡也想和陳昭去廝混，但孫子才是更重要的，只能把和陳昭的事往後推了。

陳昭聞言，眉心幾不可見的一皺。她明日要進宮啊？果然是孫子更重要，但她進宮的話，外孫又不能跟去，他自然也沒有藉口跟去了……

這時，付允珩和付凝萱策馬過來，付凝萱衝趙真招招手，「小表姨！明日一早我們在宮門口見哦！記得給我帶點心！」

趙真衝她點點頭，「知道了，忘不了妳的點心！」

陳昭看向馬上的外孫女，突地想起來了：對了，外孫女明日會和趙真一起去！

※◎※　※◎※　※◎※

趙真到宮門前的時候，付凝萱還未到，她站在高聳的宮門下仰望，身披銀甲的護衛神情肅穆的捍衛著高牆之後的一切，那裡神聖而不可侵犯，是世人心之所向，卻讓趙真感到深深的厭煩。若非重拾韶華，她將老死在這宮門之後，雖尊榮一生，卻再不知這世間的繁華。

一切的一切，都沒有她的自由來得可貴，她念著宮門後的骨肉親人，卻不會再回到那裡面去了。

「踏踏踏。」

身後傳來馬蹄聲，是付凝萱的馬車到了，她身為縣主，是有自己規制的馬車的，加之趙真與陳昭的寵愛，她坐的馬車堂皇富麗，遠遠看去便能讓人知曉她的尊貴。

馬車停下來，付凝萱在丫鬟的攙扶下從馬車上下來，一身粉白的襦裙極為素淨，卻更襯得她容貌傾城，即便遠遠看去都如盛放的曇花一般，使得這世間萬物都黯淡了。

她這個外孫女就是會投胎，她母親都沒將她父皇容貌上的優點全都繼承，而她這個外孫女倒是都繼承了去，這般容貌就算是刁鑽任性，都讓人討厭不起來。

付凝萱一下了馬車，便小跑過來找趙真討要點心，「小表姨，說好的點心呢？」

趙真無奈的瞥她一眼，從馬上取了一小包點心給她，「少不了妳的，進宮吧。」

付凝萱接了點心開心的笑起來，難得乖順的沒有再鬧她。

進宮之後，宮人早早就準備好了轎子接兩位貴人去中宮，皇后還派了身邊得力的嬤嬤親迎，可見對她們的重視。

趙真這個兒媳是當年的太子太傅秦太師的女兒秦如嫣，和她兒子算是青梅竹馬，但性格卻大不相同。

兒媳是京城中有名的才女，許多有才學的兒郎都比不過她，在京城的才子圈裡素有「女諸葛」的美名，就是性子十分的冷，做事雖然大方得體，卻總讓人覺得冷冰冰的，終日也沒個笑模樣，連趙真這個當婆婆的都有些畏懼她，何況她那傻兒子了。

當初為陳勍選妃的時候，她和陳昭沒少費心，畢竟是儲君，還不算聰明，就奔著缺啥補啥去了，於是窺上了秦太師這個才女女兒。

身為帝后的他們還要費盡心思，百般討好秦太師，讓秦太師把寶貝女兒嫁給她這傻兒子。本來都有些鬆口了，陳勍當時還挺不爭氣，他日常讀書就總受秦如嫣鞭策，一直怕秦如嫣這個

小師姐，極為的抗拒這樁婚事，說什麼都不娶。

就在一個多月後，趙真要放棄的時候，奇蹟出現了，秦太師肯嫁女了，他兒子也肯娶了，秦如嫣也願意嫁，婚事順理成章的成了，雖然到現在趙真都不知道為什麼。她和陳昭不多插手小輩的事情，好在他們夫妻倆婚後倒是恩愛，很快就生了陳序這個可愛的孫子，兒子也為了髮妻不納妃，有那麼幾分深情帝王的意思。

轎子漸漸慢了下來，快到皇后的宮殿了，趙真遠遠便看到殿門口有個小人兒在探頭探腦，她一看就知道是她的小心肝。小心肝這般期待見到她，趙真也是喜不自禁，恨不得馬上把小心肝抱在懷裡好好親一親。

轎子停下來，陳序擺脫阻攔的嬤嬤從宮殿裡竄出來，一下子抱住趙真大腿，仰著小腦袋歡欣雀躍道：「表姑！想序兒了沒有？」

這孩子就是機靈，激動之餘也不忘她的囑咐叫她表姑。趙真彎腰把他抱起，狠狠的親了一口，「當然想了，想殿下想得都睡不著呢！」

陳序咯咯笑了起來，也嘛著小嘴親她，摟著她的脖子親熱得不得了。

往常這個時候付凝萱該湊上來爭寵了，現下卻拉了拉趙真的袖子提醒道：「小表姨，皇后娘娘還等著。」

趙真一聽醒了神，瞧她這記性，一看到孫子便忘了自己現在不是太上皇后了，要先進去向皇后兒媳見禮才是。

趙真將孫子放下來，牽著他的手隨嬤嬤一同進到殿中。

皇后正在殿中等候，見她們進來，起身親自迎了上來，雖然臉上還是寡淡的笑意，舉止卻顯得親暱很多，「序兒盼了許久，終於將妳們盼來了。」

「皇后娘娘吉祥。」

趙真和付凝萱要跪地行禮，皇后命嬤嬤將兩人扶住。

「都是自家人，不必這麼多禮，都坐吧。」說罷讓人賜坐。

趙真坐下後看向她這個兒媳，因為在孝期，她此時穿的比平日裡更素淨，不像是尊貴的皇后，倒像下凡的仙女，清新而雅致，她唇邊掛著淡淡的笑容，更顯得比平日可親許多了。

陳序攀住趙真的大腿，爬到她懷裡坐下。即便母后在，他對皇祖母的親暱也不減。

皇后看著只是臉上笑意更深，並未阻攔，「太子前幾日一直是悶悶不樂的，偶爾寧樂縣主過來陪他，他才會開心一些，但人走了他便又不悶悶不樂了。前幾日他隨皇上出宮回來，日日便期盼著妳過來陪他，比之前開心了不少，讓本宮大大鬆了口氣，妳日後要與寧樂縣主常來才是。」

趙真鮮少看到兒媳笑得如此多，驚詫了一下，回道：「多謝皇后娘娘與太子殿下厚愛，只要皇后娘娘和太子殿下不嫌棄，趙瑾自然要時常進宮來陪伴太子殿下。」

皇后道：「妳這般討人歡心，如何會嫌棄呢？」說著她招了下手，令嬤嬤將她準備的見面禮送上，「本宮不知道妳喜歡什麼，聽皇上說妳好習武，總算尋到了一對能送妳的見面禮。」

趙真看向嬤嬤手中的托盤，上面有一對鑲嵌著數顆珠寶的短刀，最大的一顆珠寶是十分罕見的紅寶石，讓平日裡對珠寶不怎麼在意的趙真都驚豔了一把，她從前並未在藏寶閣裡見過此物，應是皇后自己尋來的，倒是對她真的有心。

「多謝皇后娘娘賞賜。」趙真謝恩接過，拿在手裡愛不釋手。

皇后笑笑：「喜歡就好。」而後又看向付凝萱，道：「萱兒自然也不能虧待了，本宮尋來一個極好的香囊，一見便知最是適合萱兒，萱兒看看可是喜歡？」

嬤嬤又將另一托盤端上，上面放的是個金累絲鑲珠石香囊，光芒照射下金光燦燦，做工極其精美，可見不是凡品。

付凝萱最是愛美，這禮物自是最可心的禮物，立刻高高興興的謝恩。

趙真和付凝萱都從皇后那裡得了禮物，陳序見了，向皇祖母伸伸手，問：「表姑給序兒的禮物呢？不是說好了給序兒帶點心吃嗎？」

趙真刮了下孫子的小鼻子，「自是少不了殿下的。」說罷揚手讓丫鬟將食盒拿上來。

丫鬟上前將食盒一一擺在小太子面前，裡面的點心琳琅滿目，雖然都不多，但是花樣卻很多，讓人看了新奇又有食欲，小太子立刻就高興了。

趙真按住他要拿點心的手，囑咐道：「殿下擦了手再吃。」

陳序聞言，乖乖伸手給嬤嬤擦洗，擦洗乾淨馬上拿了一塊滿足的吃起來。

皇后見了也有些新奇，「這裡許多點心本宮很多未曾見過，怪不得太子如此念念不忘。」說罷也拿起銀筷嚐了一塊，讚賞的點點頭。

付凝萱不甘示弱道：「我也帶了好吃的來，是我讓人煲了三個時辰才做出來的秘製甜棗銀耳湯，給皇后娘娘和太子殿下嚐嚐！」說罷轉頭對自己的丫鬟道：「去把湯端來。」

付凝萱每次進宮都會帶各式各樣她新發現的美味甜食給太子，皇后司空見慣，隨她去了。丫鬟去端湯，正巧這時外面傳來太監通傳的聲音：「皇上駕到！」

不多時陳勍便走了進來，腳下如風走得極快，端湯的丫鬟似乎是個新手，做活不俐落，躲閃不及，便與闊步而來的皇帝撞上了。

陳勍也是習過武的，眼疾手快，手一伸連帶湯和丫鬟都扶住了，扶穩之後難免低頭看向這個冒冒失失的丫鬟。

丫鬟也是被差點灑了的湯嚇了一跳的樣子，抬頭看向扶住她的人。

陳勍看到丫鬟的臉，猛地一驚，似是有一種過電般的感覺，心口突突跳了起來。眼前人薄施粉黛，一雙美眸璨若星河，朱脣不點自紅，配上一身素白的繻裙，美的似天仙一般，還有種似曾相識的感覺，莫不是年少時夢裡的仙女顯靈了？

陳勍自認不是個好色之人，可眼前人真的有種讓他見了夢中情人的感覺，心跳得很快，怪異得很，連他自己都不理解。

美人似是被他灼熱的目光嚇到了，退開身子別開了臉，白皙的頰上泛起淡淡的紅，更顯得嬌羞可人。趙真等人不免也向那個身段高䠷又冒冒失失的丫鬟看去，等趙真看清楚丫鬟的臉，嘴中剛喝進去的清茶一口噴了出來！

如果她沒瞎的話，那人是不是……陳昭？！

《回春冤家01下一個伴別是你》完

敬請期待更精采的《回春冤家02》

七爺座下02
她的傲嬌相公
焓淇 著
梓攸 繪
七爺座下 他的帥氣娘子
七爺座下 她的傲嬌相公
全套2集，全國各大書店、網路書店、租書店，持續熱賣中！
傲嬌相公韓初見×腹黑娘子秦守七
這世代，男人也可很嬌很柔，女人也可很MAN很腹黑……
秦守七笑道 我信任你，有多愛你便有多信你。
韓初見心想 ……肉麻的七郎！太陽從西邊升起了嗎？！Σ(゜△゜|||)
秦守七捏臉 你是無可替代的。
韓初見撲抱 討厭啦七郎～ ≧﹏≦
他終於守得花開，抱得美人歸了！
但是……為什麼是他被七郎公主抱？
典藏閣
華文聯合出版平台 www.book4u.com.tw
采舍國際 www.silkbook.com
不思議工作室 立即搜尋
版權所有© Copyright 2015

變態靈異學院
Novel 蝙蝠×illust TaaRO
Vol.4 END
ㄈㄨ入你口更揪心
世上只有你懂我、
我懂你，所以……
蝙蝠老師★補完計畫・新番外「畢業與離婚」
知名繪師
TaaRO、非光、夜風、花信、生鮮P共襄盛舉！
全套四集，全國熱賣中！
典藏閣
華文聯合出版平台
www.book4u.com.tw
采舍國際
www.silkbook.com
不思議工作室_
立即搜尋
版權所有© Copyright 2017

飛小說系列163

回春冤家01

下一個伴別是你

出版者■典藏閣
作　者■焓淇　繪　者■梓攸
封面設計■Aloya
總編輯■歐綾纖
製作團隊■不思議工作室
郵撥帳號■50017206 采舍國際有限公司（郵撥購買，請另付一成郵資）
台灣出版中心■新北市中和區中山路2段366巷10號10樓
電　話■(02)2248-7896　傳　真■(02)2248-7758
物流中心■新北市中和區中山路2段366巷10號3樓
電　話■(02)8245-8786　傳　真■(02)8245-8718
ISBN■978-986-271-783-7
出版日期■2017年8月

全球華文國際市場總代理／采舍國際
地　址■新北市中和區中山路2段366巷10號3樓
電　話■(02)8245-8786　傳　真■(02)8245-8718

新絲路網路書店
地　址■新北市中和區中山路2段366巷10號10樓
網　址■www.silkbook.com
電　話■(02)8245-9896
傳　真■(02)8245-8819

☞您在什麼地方購買本書？☜

1. 便利商店（________市／縣）：☐7-11　☐全家　☐萊爾富　☐其他________

2. 網路書店：☐新絲路　☐博客來　☐金石堂　☐其他________

3. 書店（________市／縣）：☐金石堂　☐蛙蛙書店　☐安利美特animate　☐其他____

姓名：________ 地址：________________

聯絡電話：________　電子郵箱：________________

您的性別：☐男　☐女　　您的生日：西元________年________月________日

（請務必填妥基本資料，以利贈品寄送）

您的職業：☐上班族　☐學生　☐服務業　☐軍警公教　☐資訊業　☐娛樂相關產業　☐自由業　☐其他________

您的學歷：☐高中（含高中以下）　☐專科、大學　☐研究所以上

☞購買前☜

您從何處得知本書：☐逛書店　☐網路廣告（網站：________）　☐親友介紹

（可複選）　☐出版書訊　☐銷售人員推薦　☐其他________

本書吸引您的原因：☐書名很好　☐封面精美　☐書腰文字　☐封底文字　☐欣賞作家

（可複選）　☐喜歡畫家　☐價格合理　☐題材有趣　☐廣告印象深刻

☐其他________

☞購買後☜

您滿意的部份：☐書名　☐封面　☐故事內容　☐版面編排　☐價格　☐贈品

（可複選）　☐其他

不滿意的部份：☐書名　☐封面　☐故事內容　☐版面編排　☐價格　☐贈品

（可複選）　☐其他

您對本書以及典藏閣的建議________________

____

____

✌未來您是否願意收到相關書訊？☐是　☐否

✍感謝您寶貴的意見✍

印刷品

請貼
3.5元
郵票

235 新北市中和區中山路二段366巷10號10樓

華文網出版集團　收

（典藏閣－不思議工作室）